少年读西游

李天飞 著

山東文藝出版社

本书所引用《西游记》原文，以明刊金陵世德堂本为底本

目录

妖界

法术 法宝 坐骑

其他

取经人

须菩提祖师
为什么和孙悟空断绝关系？

《西游记》里有一个非常有意思的情节，就是孙悟空来到灵台方寸山斜月三星洞，跟着须菩提祖师（俗称“菩提祖师”“菩提老祖”）学艺。

菩提祖师教了他了不得的本事——七十二变和筋斗云。有一天，师兄弟让孙悟空表演变化，孙悟空变了一棵松树。师兄弟们拍手叫好，就把师父引来了。

菩提祖师教训了孙悟空一顿，说：“你走吧，不要在这里了。而且，从今以后，不要说我是你的师父，我也不再见你！”这句话好像一个晴天霹雳，孙悟空苦苦哀求无果，只好含着眼泪走了。

果然，孙悟空再也没见过菩提祖师（1986版电视剧《西游记》，孙悟空偷吃人参果后还找来一次，没见着，那是电视剧的改编），也没有向人提过他师父的名字。

我小时候看到这一段时，那哭得呀！为什么祖师这么狠心地把徒弟赶走了？赶走还不算，怎么提还不许提？不但我觉得这事“虐心”，许多人都觉得这事“虐心”，所以一直到今天网上还有无数人在讨论菩提祖师为什么不许孙悟空提他？

于是，就产生了许多解读。比如有的说须菩提祖师是如来佛的师弟，隐居在这里，怕人找到他。还说菩提祖师是故意的，暗中在保护孙悟空。还有根据其他玄幻小说，猜测菩提祖师身份是这个是那个……

当然，这些“脑洞”都很有趣，但是，我是一个以写故事为生的人，随着我写作的经验越来越多，我发现了一个问题：这句话与其说是祖师说的，不如说是作者说的。

我会问：同学们，如果你是作者，你会怎么写孙悟空的师徒告别呢？换句话说：如果我们把这个情节，放在“讲故事的技巧”和“塑造孙悟空性格”这两个角度去考虑，恐怕就大不一样。

第一，作者安排祖师这样说，是为了避免讲故事的麻烦。你想，菩提祖师本领这么大，如果他还和孙悟空保持联系，比如说，孙悟空被如来佛祖压到五行山下，他是去救，还是不救呢？

如果他来救，势必和如来佛祖打一架，到时候，作者是让他输呢，还是让如来佛祖输呢？谁输了都不好，所以干脆制造一个理由，让他们别见面。

而且，如果玉帝知道孙悟空还有个师父的话，他治不了孙悟空，为什么不去找他师父，或托人给他带个话，请他帮忙教训教训呢？何必兴师动众发十万天兵讨伐呢？如果这样的话，闹天宫这个热闹故事，就发生不了了。

事实上，在古代小说里，很多师徒告别时声明不许公开师承的，都是为了剧情需要。民国时期，有一部写清代雍正时期侠客的《童林传》（又称《雍正剑侠图》）。主人公童林年轻时来到江西龙虎山学艺，遇到两位道士尚道明、何道源，两人传授给他一身绝世武功。

临走的时候，童林很顺理成章地问了一句：“师父，我们这是什么门派啊？以后江湖上问起来我的师承门派，我怎么说呢？”没想到，两位师父突然说：“你以后闯荡江湖，不许说是我们的徒弟！有人问起来，就说你是自己练会的。你要‘别开天地，另创一家武术’。”童林没法再问，只好满腹狐疑地走了。江湖上有人问起，他就老老实实地说：“我的武功是自创的，我要别开天地，另创一家武术。”

这句话可给童林惹了大麻烦！因为当时江湖上最讲究师承门派。一个人明明身怀武功，怎么可能没有师父呢？你敢说没有师父，那就是欺师灭祖。就是反派也得守这个规矩。所以，童林日后见了武林高手，不管是正是邪，只要这句话一说，对方都认为这人狂妄透顶了，这场架非打不可。

然而你想，作者设计这句话的目的，就是给童林不断制造麻烦。只有这样，童林才能不断地“得罪”武林高手，“打怪升级”，结下恩情或仇怨，故事才能进行下去。一句话，这个情节就是为了不断打架设计的。没那么多架打，故事也就没法进行了。

第二，作者安排祖师这样说，是塑造孙悟空这个人物的需要。

孙悟空是《西游记》里当仁不让的主角，也是这部书里最大的英雄。然而，作者要写一个英雄，就必须给他英雄成长的环境。如果他师父不和他断绝关系，那么孙悟空以后取经路上遇到困难，是去找他呢，还是不去找他呢？如果去找他，师父一出手就解决了问题，那又怎么显出孙悟空的英雄本色呢？如果不去找他，我们会想，明明有个师父在，为什么不去找他帮忙？这个师父不就等于多余的了吗？所以，最干净利落的办法，就是设计一个情节，让师父从此和他脱离关系。只有这样，英雄的旁边没有了依靠，他才会真正成长。

《西游记》中孙悟空的故事，是一个典型的英雄故事。英雄故事是遍布全世界的。然而，几乎所有的英雄故事都是“成长故事”。

英雄故事一定要讲英雄的成长经历，而不是他一出来就天下无敌，大杀四方。

在这种成长的故事里，有一个重要的原则：英雄必须独立地完成使命。这个故事框架，几乎刻在了全人类的潜意识中。无论哪个民族的英雄故事，一定会这样讲。

所以，你会看到，在英雄故事里，英雄都很惨。要么是断绝师生关系，要么师父突然死亡，要么就是父母双亡或不在身边……菩提祖师在《西游记》里，也等于提前“死”了。并不是作家一定狠心，他千方百计地设计剧情，让英雄“惨”，就是为了促成他独立地成长。

你看过《名侦探柯南》吧？柯南的父母并不在他身边，而是在美国洛杉矶住着，只有极特殊的时候，才会回到日本。为什么这么安排呢？因为如果柯南父母在身边，柯南出去办案，要不要和他父母请示呢？柯南遇到了麻烦，要不要他父母帮忙呢？父母一出手，还怎么体现柯南的本领呢？干脆不让他父母出现最省事。

《哈利·波特》也是这样。哈利一出生，父母就死了，他是在姨妈家长大的。这不是罗琳阿姨心狠手辣，而是剧情必须要这样。如果他父母还活着，哈利遇到伏地魔的威胁的话，他们管还是不管？如果事事代劳，哈利还怎么成长呢？只有干脆写死，哈利才能独立地面对一切，这个人物才有成长的空间（当然也有一个寻找身世的由头）。

甚至罗琳阿姨把书里法力最强的人物——霍格沃茨的校长邓布利多也写死了。这是必须的，因为剧情决定了哈利要在最后和伏地魔决战。邓布利多绝不能活到最后，否则就是邓布利多单挑伏地魔了。所以，这老爷子必须死。

金庸的武侠小说《笑傲江湖》里，主人公叫令狐冲。他的剑法，是华山派高手风清扬教的。这位风清扬隐居在华山的后山，极少露面。令狐冲临走时，风清扬对他说了一段意味深长的话：“从今以后，我再也不见华山派门中之人，连你也非例外。”见令狐冲神色惶恐，便语气转和，说道：“冲儿，我跟你既有缘，亦复投机。我暮年得有你这样一个佳子弟传我剑法，实是大畅老怀。你如心中有我这样一个太师叔，今后别来见我，以至令我为难。”

你瞧瞧，这段话和菩提祖师跟孙悟空说的话，有没有相似之处？

狂放不羁的令狐冲和世外高人风清扬，正像孙悟空和菩提祖师。他们师徒分别时说的话，也居然十分相似。这不是金庸先生抄袭了《西游记》。首先还是剧情需要：风清扬不能事事出手，比如帮令狐冲打东方不败。更重要的是，英雄故事的模式，决定了必须让保护者退场。

这是英雄故事的普遍规律：只有保护者退场，主角的性格才能独立。

关于菩提祖师的分析，大概就是这样。但是，通过对这件事的分析，我们可以看出更有意思的问题：小说虽然是虚构的故事，但这么多故事都在讲同一个剧情，这就说明，它们反映的人性却是普遍的、真实的。我们生活中也是一样。

如果说人生是一个剧本，那每个孩子，都有独特的剧本。他本人，就是这个剧本的主人公。既然是主人公，就要独立和成长。这就决定了：到了一定的时候，他的保护者（大多数情况下是他的父母），必须及时退场！

父母要学会让孩子自己去解决问题。即使发生了困难，也应该让他自己面对，品尝困难的滋味。这是教育的规律决定的，也是人生的剧本决定的。

但可惜的是，有些父母，并不懂得这些。他们会把孩子的生活安排得好好的，中小学安排了也就算了，但直到上大学还不算完，他们要过问，要指导。

20 多岁的人，凡事还要向他们请示，小到吃饭、交友、旅游，大到结婚、工作、考学。因为父母的强力控制，导致重度抑郁的年轻人越来越多。因为他们在自己的人生剧本里，就没有当过主人公，而永远是父母的配角。身边总有一个保护者，让他们不能独立行动。剧本从正剧变成了悲剧。

所以，我经常跟青少年朋友说，你的父母是不是十分宠爱你，事事为你安排得妥妥帖帖，让你完全按他们安排的路线走？如果有这种情况的话，你首先要感谢他们。但同时，如果你有自己的想法，也可以在适宜的场合对他们说“不”！

同时我也会和家长朋友说，不要试图主导孩子的发展轨迹，要在适宜的时候退场。因为，只有保护者退场，一个人的人格才能真正独立，才能真正得到成长。否则，保护者的过度关爱，虽然会使孩子一路顺风，但同时也是孩子人格的囚笼。他们在自己人生的剧本里，将永远成为不了主角！

孙悟空的英雄之旅

《西游记》这部书，最好看的就是孙悟空的故事。不但中国人爱看，西方人也爱看。我也认识西方一些年轻人，一见我就和我聊中国的孙悟空。

可以说，在中国的四大名著里，《西游记》是最具有世界性的，各国人民阅读都没有障碍。为什么会这样？因为《西游记》写的是主人公孙悟空的"英雄冒险故事"。关于这类英雄的故事世界各国都有，而且结构都差不太多。

你可能看过很多关于英雄的故事，比如哪吒、赫拉克勒斯、哈利·波特、《寻梦环游记》里的小男孩米格……他们都经历了一番冒险，似乎都有一些相似之处。

你会发现，这些英雄无论是古代的、现代的、中国的、外国的，一般都有一个"套路"，这个套路是三大阶段：

一、出发。总有一个动力，召唤着英雄从原来舒适的生活中走出来。他学到了本领，然后用自己的能力去试探外界。

二、磨炼。这位英雄在路上遇到了各种各样的困难，接受各种挑战和考验。

三、回归。英雄经历了最后的磨难，取得成功（爱情、自由……），或者带着各种神奇的宝物回来，使世界受益。

不信，你仔细看一下除《西游记》以外的故事，虽然细节千差万别，但英雄大致都经历过这三大阶段。

比如《哈利·波特》一共七本，在第一本中，哈利·波特收到了猫头鹰的信，在霍格沃茨学了一点法术，是“出发”。从第二本到第六本，哈利经历各种“磨炼”。最后，哈利战胜伏地魔，长大后去了魔法部工作，为魔法世界服务，是“回归”。

回到《西游记》，你会发现孙悟空从出生到出海寻找神仙，和各路神仙交手，试探自己的实力，被压到五行山下，这是“出发”。路上经过九九八十一难，是“磨炼”。取到普度众生的真经，成了斗战胜佛，是“回归”。

这种英雄故事共同的“套路”，就叫“原型”。

懂得原型最大的好处就是：你会知道故事是怎么写出来的。你也可以根据“原型”编故事。还有一个好处是：英雄故事其实就是一个人的成长经历。了解故事里英雄的成长，也就能够反过来，审视自己的成长。

因为人类的心理是共通的。地球上的所有人类，你别看肤色不同，语言不同，但他们喜欢的故事脱去外壳，骨架都是差不多的。只要你能抓住人类共通的心理，你一定能成为讲故事的行家。

“磨炼”就是取经路上一次次考验，“回归”就是取到了真经，自己也成了佛，这些我们可以以后慢慢聊。这篇文章重点讲一讲孙悟空“出发”的过程。

英雄故事里的“出发”，大概可以分为五个小环节，孙悟空也不例外。

第一个环节：冒险的召唤。孙悟空虽然找到了水帘洞，过了几百年快乐的日子，却并不是万事大吉了。因为虽然眼下快乐，但自己的生命，老天想收回就可以收回。生物都有一死，这是不可避免的自然规律。这就是未来的冒险在召唤他，要他来解决这个问题。《哈利·波特》里猫头鹰送来了霍格沃茨魔法学校的信，也是冒险的召唤。

第二个环节：拒绝冒险。原著里讲，孙悟空发现大家都是要死的，他没有办法，只好坐在那里“堕下泪来”，他哭了，不知道该怎么办。哈利·波特的姨父看到了猫头鹰传书，却非常反感，带着哈利去了海中小屋躲着，这也是一种拒绝冒险，姨父替哈利选择了拒绝冒险。

第三个环节：遇到导师。导师会教他本领，指引他方向。孙悟空出海之前，有一位通臂猿猴告诉他：“只有找到神仙，学到法术，才能躲过生死。”这位通臂猿猴就是小导师。孙悟空的师父须菩提祖师，就是大导师。《哈利·波特》里的邓布利多校长，哪吒的师父太乙真人，也是导师。

第四个环节：试探力量。当英雄有了一定的能力后，故事会安排他对外部世界“试探”一番。一方面，英雄需要建立自信；另一方面，读者也需要知道，你讲的这个英雄，本事到底有多大。说到底，故事里面英雄的自信，其实就是你的自信。这很好理解，比如买到一部新手机，我肯定会急不可耐地打开试一试它的性能，而不是先把它收藏起来。

孙悟空学会了本领，就开始试探了，他先试着和妖怪交手，杀了混世魔王，发现自己已经不是原来那个普通石猴了。他已经有能力打败成名的妖怪了。

但是，不能让他再杀第二个什么魔王了。因为故事不能重复，于是，孙悟空又去傲来国抢兵器。他发现人类也没那么可怕，他只要吹一阵风，就可以把傲来国的兵器库搬空。当然，花果山还缺别的物资，比如旗子、盔甲、粮食……但绝不能让他再去别的什么国抢东西了。所以把这些东西随手安排成别的妖王进贡来的，就可以了。

然后，他又去龙宫取宝。发现龙王也好对付。他把金箍棒抡几下，四海龙王就都怕了。

最后，他又下到地府，销掉了生死簿，然后又闹了天宫。可以说，《西游记》开头的几回，都是孙悟空对这个世界的试探。而且，作者让孙悟空和《西游记》里大的势力都交了一遍手，也就把整本书的世界观呈现给了我们。这也是一种写故事的技巧。

在哪吒的故事里，哪吒和龙王三太子交手，和石矶娘娘交手，都是试探。哈利学了一点本领之后，和德拉科他们对着干，也是一种试探。

第五个环节：重生。或者说，丢掉过去的自己。这个时候，英雄会陷入一片黑暗，等待着新的使命。

孙悟空在花果山造反，后来大闹天宫，被如来佛祖压到了五行山下整整 500 年。这是他人生中最大的失败。这等于说，他之前所有的努力，全都被否定了。这段黑暗时间，你可以认为，孙悟空已经“死”了。或者说，原来的孙悟空已经“死”了。等他再出来的时候，是个焕然一新的自己，等待接受新的任务。

唐僧来到五行山，揭掉了山顶的六字真言后，孙悟空就从五行山里蹦了出来。这时候的孙悟空，和闹天宫时的孙悟空，已经完全不一样了。

所以你在电视里看到轰隆隆一声巨响，整座大山被孙悟空一下子掀塌，你会觉得激动、振奋。因为这意味着一种重生，一个新故事的开始。所以那首歌唱得特来劲：“猴哥猴哥你真了不得，五行大山压不住你，蹦出个孙行者。”

这就是孙悟空的“重生”，新的任务就是保护唐僧去西天取经。

而且这个新的使命，是造福千千万万人，与孙悟空当年个人的反叛，是不能同日而语的。

你如果看世界上的神话、童话，就会发现，许多英雄在冒险时，都要经历一次“重生”。“重生”之后，抛弃原来的自己，迎来新的自己。

在冒险之路上，抛弃旧我，迎接新我，虽然有点痛苦，却是所有的英雄要面对的事情，也是我们每个人要面对的事情。

哪吒闹海的故事，你一定很熟悉。哪吒打死了东海龙王的三太子，又打了龙王，就被逼死了。他死后，灵魂孤零零的，四处飘荡。幸亏他的师父太乙真人用莲藕给他重造了一个身体，才让他复活。重生之后，他就不再是原来那个哪吒了。原来的形象是个小孩，重生之后，身高一丈六尺，威风凛凛，相貌堂堂，肩负着新的使命了。

《哈利·波特》的第一部《哈利·波特与魔法石》的最后，哈利进了活板门里的密室。与奇洛搏斗后，他昏迷了，“沉入了一片黑暗”，在医院里昏迷了三天。醒来的哈利，开始明白了许多事情。这场昏迷，也相当于哈利“死”了一次。这段黑暗时间，让哈利“重生”。

还有一个最有名的故事，就是精卫填海。说是上古时期，太阳神炎帝有一个小女儿叫“精卫”。有一天，她在大海里游玩，不料海面上起了狂风巨浪，精卫被淹死了。精卫死后，灵魂不灭，变成了一只鸟儿，每天叼着石子扔到大海里，发誓要把大海填平。

西方传说中还有一种不死鸟，叫“菲尼克司”，也可以翻译成凤凰。满五百岁后，菲尼克司就把带着香气的木料堆积在一起，点起火焰自焚，然后就从死灰中重生，从此不再死亡。民国时期，文学家郭沫若先生还根据这个故事，写了一首长诗《凤凰涅槃》，把凤凰比喻成中国社会，凤凰涅槃，就是埋葬旧社会，建立自由平等的新社会的意思。

精卫变成了鸟儿，菲尼克司从火焰中重生，哪吒变成了莲花化身，都是死后重生的过程，这和孙悟空从五行山里重生是一样的。我们发现，神话故事里的主角死后重生，往往是和过去的自己告别，而且会有更加重大的使命。换句话说，重生后的自己虽然还是自己，但却意味着抛弃旧的自己，迎来新的自己。

刚才讲的，当然都是神话或童话故事。真实的生活里，人是不可能被压500年的，更不可能死后重生。但是，既然这些故事都这么讲，你就应该想到一点：当一个故事讲到重生的时候，它想讲什么？或者说，当我们在讨论一件超越现实的幻想事情的时候，我们在讨论什么？

其实说明了一点：我们人类的奋斗历程，被用一种“象征”的方式，写进了故事里。所以不管古代，还是今天；不管中国，还是外国，都会用同样的模式讲英雄故事。或者用今天的话说，用了同一个“梗”。这不是谁抄袭谁，而是因为这反映了我们人类共同的特点。这个特点就是：不停地自我更新，尤其是注定要接受痛苦和决裂的自我更新，是我们人类成长的普遍规律。小到一个人，大到一个团队、一个社会、一个民族、一个国家，都是这样。因为人们从古至今，对这种必须以否定旧我、迎接新我来赢得发展的事情看得太多了，对因为没有及时更新而遭到毁灭的事情也看得太多了。所以不由自主地就把这种经验，写进了神话，编成了各种不同的故事。你可以说这是人类在叙述自己的经验，也可以说完全是不自觉的。

在真实的生活中，你如果不想平平淡淡，想做成大事，一定要经历一场这样的象征性的重生——抛弃旧的自己，迎接新的自己。尽管这种经历可能会痛苦，会黑暗，但这是成为英雄所必需的。痛苦和黑暗过去之后，你会迎来新的使命，打开新的视野。所以，当你在生活中遇到大大小小的黑暗的时候，我反而要恭喜你，不要放弃，不要害怕，因为这是成为英雄的必经之路。

孙悟空的名字有什么讲究？

孙悟空出海学艺，找到了他的师父须菩提祖师。这时候，这位猴王还没有名字，须菩提祖师就给他起名叫“孙悟空”，为什么要叫这个名字呢？

原文是这样说的：

> 祖师笑道：“你身躯虽是鄙陋，却像个食松果的猢狲。我与你就身上取个姓氏，意思教你姓‘猢’。‘猢’字去了个兽旁，乃是个古月。古者，老也；月者，阴也。老阴不能化育。教你姓‘狲’倒好。‘狲’字去了兽旁，乃是个子系。子者，儿男也；系者，婴细也，正合婴儿之本论，教你姓‘孙’罢。”
>
> 祖师道：“我门中有十二个字，分派起名，到你乃第十辈之小徒矣。”猴王道：“那十二个字？”祖师道：“乃‘广、大、智、慧、真、如、性、海、颖、悟、圆、觉’十二字。排到你，正当‘悟’字。与你起个法名叫做‘孙悟空’，好么？”

这两段话不太好懂，因为这里面有好几个知识点。

第一，“孙”这个姓，是从孙悟空这个“猢狲”来的。猢狲就是猴子的别称。去掉“犭”旁写成“胡”“孙”。孙悟空要么姓胡，要么姓孙。

但是“胡”字拆开来，是“古”和“月”。古，就是古老，太旧了可不好。月呢？在古人看来，凡是光亮的，温暖的，积极向上的，都叫“阳”；凡是黑暗的，寒冷的，懒惰向下的，都叫“阴”。白天和太阳象征阳，夜晚和月亮象征阴。所以“古月”就是“又老又阴”，是不好的。在这里阴和阳已经成了两个哲学概念，“老阴”就是发展到了极致的“阴”，意味着僵化腐朽，当然被祖师否定了。

要是姓“孙”呢（繁体写成“孫”）？“孫”字拆开来，是“子”和“系”。子，就是孩子；系，原义就是“细小的线”。又是小，又是孩子。小小的孩子最有生机。所以，祖师认为姓“孙”比“胡”好。

第二，“悟”这个字，是一个固定的字。古代大家族，每一辈的名字里，都有一个固定的字，这就叫“字辈”。一看你名字里带什么字，就知道你是哪一辈的。

师父收徒弟，也是一样。这个习惯在今天的传统艺术界还保留着，比如相声大师侯宝林、常宝华，名字都带个“宝”字，他们就是“宝”字辈的师兄弟。所以须菩提祖师说，他收徒弟，也有规定好的 12 个字的“字辈”，是“广、大、智、慧、真、如、性、海、颖、悟、圆、觉”。到孙悟空正赶上“悟”字，他的师兄弟们就全都叫悟什么。

第三，“空”这个字，是祖师对猴王的希望。“空”在这里，是一个哲学概念，它的意思是“没有”，但并不是简单的没有。因为要想知道这个世界上“所有”的一切是怎么回事，就必须知道这个世界上“所没有”的一切是怎么回事。就像你画画，既要知道哪些地方可以有颜料，也要知道哪些地方必须没有颜料。这个“没有”，古代思想家把它叫作“空”。能悟到“空”，就是很高明的境界了。所以祖师给猴王取名“孙悟空”，可不只是想教他些简单法术，而是希望他悟到最高明的道法。

而作者给这位老神仙起名“须菩提”，也是为了照应孙悟空的“空”字的。因为须菩提本来是佛教人物，是释迦牟尼的大弟子之一，号称“解空第一”，也就是说他在各位弟子中“最能理解掌握‘空’的道理”。《西游记》里的须菩提祖师，是一派道士形象，当然不能和佛教人物须菩提画等号。但作者借用了这个名字是肯定的。

所以，《西游记》里有很多隐喻，不但孙悟空的名字有很深的意思，这位老神仙住的地方，叫“灵台方寸山，斜月三星洞”，也有很深的意思。为什么会起这样绕嘴的山名、洞名呢？

原来这也是一个隐喻。这两个名字，都是“心”的代称。“灵台方寸”和“斜月三星”，也可以说是两个字谜，谜底都是“心”。

“灵台”是心的意思，因为古人认为，心是主管人思想的，是最灵的地方，所以叫“灵台”。现代医学有了发展，知道大脑才是主管思想的器官，心脏只是为全身血液提供循环动力的。但今天的语言里仍然用“心”指思想，例如“心理学”“心怀不满”。

“方寸”，也是心的意思，因为古人认为，心脏位于胸前一寸见方的地方。所以一个人心里很乱，就说他“方寸大乱”或者“乱了方寸”。当然这个前提也是古人默认心脏是管思想的。

“斜月三星”，也是“心”的字谜。你看“心”这个字，一钩就像弯弯的月亮，三个点就像三颗星星。

所以这山名和洞名，在现实地理上并没有。而是说，寻找长生不老之术，成佛成仙，实际上都不要外求，而是应该修炼自己的内心。其实也等于说：别看孙悟空漂洋过海，找神仙找了十多年，最后反倒在自己的“心”里，找到了真正的答案。一切美好的东西，高明的境界，都离我们不远，只在自己的心中。

所以孙悟空离开灵台方寸山时，有这么一句话。祖师告诉他不许提起自己的师承，孙悟空就说：

> 决不敢题起师父一字，只说是我自家会的便罢。

这句话也照应了这个意思——如果自己不去留“心”，别人再教你什么厉害法术都是没有用的。

孙悟空在山上学了七年，祖师终于要传他道法了。祖师说了好多种道法，没想到孙悟空非常坚定，每次都要问“这种道法能长生不老吗”。祖师回答“不能”，他就一口回绝：“不学，不学。”

祖师假装生气，说“你这猴子，这也不学，那也不学”，拿过戒尺来，打了孙悟空三下，背着手走进门去了。

这下可了不得了。师兄弟们吓坏了，围上来，七嘴八舌地怪罪孙悟空。孙悟空却笑嘻嘻的，一声不吭。原来，他已经猜出了师父的意思。打他三下，倒背手进去，都是暗号。打三下，是师父要他半夜三更时分起来。倒背手，是叫他从后门进去，传他真本事。

当天夜里，孙悟空来到后门。祖师果然十分高兴，就传他长生不老之术。

但是，你可能会问：孙悟空怎么就猜出来了呢？打三下怎么就一定是半夜三更让他去呢？怎么就不能解释成让孙悟空今晚多吃三个烧饼呢？

原来，这是考验徒弟的一种方式。就看你有没有这个悟性。

原著这种写法叫“化用”，化用了前人的故事。《西游记》之前，还有一个故事，是一部佛教著作《坛经》里记载的。

佛教有一个派别叫禅宗，这个派别就很讲究悟性。《坛经》里的故事有个禅宗的和尚叫惠能，不认识字，却很有悟性。当时有位大师叫弘忍，他叫惠能干杂活，用石碓舂米（就像祖师叫孙悟空砍柴、烧火）。有一天，弘忍来到舂米的房子，对惠能说："米舂好了吗？"（意思是"你修行得怎么样了"）惠能说："好了是好了，就是差一面筛子。"（修行好了，只是没人指点）弘忍用手杖敲了三下石碓，就走了。惠能一下子明白了，三更的时候，悄悄来到弘忍的房间。弘忍用袈裟把窗户都遮上，不叫人看见，给他讲《金刚经》，讲着讲着，惠能就悟到了真正的佛法。后来，他继承了弘忍的地位，成了禅宗第六代祖师。《西游记》这个故事，完全是从弘忍给惠能传法的故事里借鉴来的。

须菩提祖师给徒弟们编了字辈：广、大、智、慧、真、如、性、海、颖、悟、圆、觉。其实从这个字辈的风格就可以看出，这也是佛教的字辈。比如禅宗的一个分支叫"临济宗"，它的字辈，在明代就是"智慧清净，道德圆明，真如性海，寂照普通"。其中智字辈的智板禅师、圆字辈的圆清禅师，都是明代高僧，而最有名的，就是真字辈的紫柏真可大师，是明代四大高僧之一。

所以比照一看，就知道《西游记》和禅宗关系很大了。

《西游记》还有故事和禅宗有关，例如猴王在拜访须菩提祖师之前，在山里碰上一个樵夫。猴王问他："你既然和神仙做邻居，为何不跟他修行？"樵夫说母亲老了，要供养老母，所以不能修行。猴王很赞赏，认为他是个孝子。

后来猴王见到须菩提祖师。祖师问他："你姓什么？"猴王说："我无性。别人打我，我也不恼；骂我，我也不生气。"

这几段，其实也是佛教故事。樵夫那段，化用的是《坛经》和《祖堂集》，是惠能的故事。惠能出家前，砍柴为生，有人问他为何不去修行，惠能说：

> 缘有老母，家乏欠阙，如何抛母，无人供给。

猴王说自己“无性”，作者有意混淆“性”和“姓”，这也是化用的禅宗五祖弘忍的故事。另外一部佛教典籍《传法正宗记》里记载四祖道信问五祖弘忍：“你姓什么？”弘忍时年七岁，回答说：“没有常姓，其性空故。”道信大为惊奇，就收他作了弟子。

所以小说里，有许多传承了很久的故事，在这里用过之后，又在那里用。我们如果慢慢地探索，会发现这是一件非常好玩的事情。《西游记》有这样丰富的层次，数百年来才得以广泛流传，有着极大的魅力。

唐僧到底取到了什么真经？

说到唐僧，就不得不提到历史上的一位高僧：玄奘法师。他就是《西游记》里唐僧的原型。

玄奘法师在历史上实有其人。他俗家姓陈，名祎，洛阳缑氏人，自幼出家，曾游历各地，参访名师，学习了很多佛教经典。因为认为各位高僧讲经说法并不一致，各种经典的文字也很不相同，于是决定西行，到印度本土求学。

玄奘于贞观元年（627 年）从长安出发，沿着河西走廊来到敦煌。因为当时边疆很不太平，禁止普通人出境。玄奘就冒险偷渡，经今新疆及中亚等地，辗转到达当时印度的佛教中心那烂陀寺，师从戒贤法师学习。

过了几年，学有大成，玄奘就到印度各地游历。此后又在几次佛教法会上与人辩论经典，获得了极高的声誉，于贞观十九年（645 年）返回长安。前后历时十八年，行程五万里，游历了一百多个国家，带回数百部佛教经典。玄奘归国后，唐太宗请他还俗，入朝为官，被玄奘推辞。晚年的玄奘在长安弘福寺、大慈恩寺翻译经书，直到 62 岁圆寂。

玄奘法师西行求法，是佛教史、中外交通史上的一件大事。他为我们留下了无数翻译成汉语的经书，以及一部记录西域地理的《大唐西域记》，这才是他真正的事业之一。但他西行的经历实在太过传奇，所以在玄奘还在世的时候，就流传着各种各样的传说。这就是西游故事的源头。后来经过唐、宋、元、明几百年的层层加工，就成了今天我们看到的一百回的《西游记》。

玄奘法师在外 18 年，《西游记》说唐僧取经走了 14 年。看上去虽然差不多，但情况完全不一样。因为玄奘这 18 年，是连去带回，将沿途的访学、在印度的生活都算在了里面。从长安到印度这段路程，其实顶多一年就能走完。所以玄奘真正赶路的时间其实并不太多，大部分时间是在求学、读书、说法。赶路只是不得已罢了。

但你如果去看《西游记》可了不得。《西游记》这 14 年取经路，真是一步一步走过来的，而且一点都不能投机取巧，让孙悟空背着飞一段更是不可能。等写到上了灵山，取到真经，故事反而就结束了。至于这真经是用什么语言写的，拿到东土大唐大家能不能看懂，里面高深的道理是怎么一个讲法，《西游记》的作者根本就不关心。

所以这么说来，《西游记》其实只是玄奘西行的一个“副产品”。假如玄奘复活，有人给他一本《西游记》，说：“这书是写你的故事的，你快读读吧！”他读了肯定哭笑不得：“合着我在印度取得的那么多成就都没说，我翻译的那么多佛经也没提，就把我赶路的事编排了将近 100 万字……”

所以，《西游记》里的唐僧，虽然原型当然就是这位玄奘法师，但是一个历史人物和一个文学人物，还是有很多不同的地方。

玄奘西行的目的是“求法”，换句话说，其实就是出国留学。如果说有什么精神推动着他走的话，是他对知识的渴求，或者说是对信仰的虔诚。他并不是奉了朝廷的什么命令。

但唐僧不一样，看看唐僧取经之前，大唐发生的事情。

唐太宗李世民寿命已到，亡魂来到了阴曹地府。幸亏他早先有一位大臣叫崔珏，死后在地府当判官。崔珏耍了点小花招，让阎王把李世民放了回去。

回去之前，崔判官带着李世民游览地府。经过了一个地方，叫“枉死城”。“枉死”，就是无辜、白白地死掉的人。比如战乱中被杀的老百姓，政变中的牺牲品等。当时唐朝刚刚建立，隋唐改朝换代的战争刚刚结束，所以“枉死”的人特别多。

按照“天道”的逻辑，善有善报，恶有恶报，行善的人就有好报，作恶的人会受到恶报。天道有赏有罚，看上去是很公平的。但枉死城的人不同，这些人本来没什么过错，因为倒霉，无辜丢了性命，他们的怨气当然是极大的：“我明明没干坏事，怎么受了恶报了呢？”这就像人间受了不公正待遇的人，他们一定会到处呼吁，不安心生活、工作。

阴间其他地方，还算秩序井然：好人托生到好去处，恶人下地狱受苦。但枉死城的人，并没犯什么错，所以没法关进地狱，只好到枉死城来住。这些人很痛苦，既无法回到阳间，又忘不掉生前的痛苦，不愿就此转世投胎。他们时时刻刻都在抱怨、哀号，时刻都想讨一个公道。

所以，崔珏和李世民告别的时候，说了一句话：“您要记得，阴间没有了抱怨之声，阳间才能享受天下太平。”这句话非常重要，甚至可以说，是取经故事的总纲。

为了消除阴间的“抱怨之声”，李世民回到阳间，就举办了一场大法会，想靠佛法的力量超度这些亡魂。主持法会的高僧，就是唐僧。这时候观音菩萨现身，告诉唐僧说：现在东土大唐流传的“小乘教法”，根本超度不了亡魂，要想超度亡魂，就得经历十万八千里的重重磨难，去西天取“大乘教法”。唐僧听了，就对唐太宗说：

“无论多么艰险，我也要去西天取经，保陛下江山永固。”

所以，取经这件事的动机，就从历史上玄奘的求学，变成了《西游记》里唐僧超度亡魂。一连串发生了这么多大事，追根究底，就是崔珏的这句话导致的。

为了超度亡魂去取经，听起来好像不如历史上玄奘那样真实。但其实这里面，隐含着一个重大的变化。那就是取经这个故事，经过了几百年的演化，终于走向了民间。

因为老百姓对高深的理论并不感兴趣，玄奘法师搞的那些研究，也没人懂。但老百姓在意的，是自己的生活。

真实的世界是没有阴间的，但人类世界，却有各种各样的阶层。有的人在底层，经常忍受苦难、受欺负，无辜遭受不公正的对待；有的人在上层，生活就很优越。但是，谁也不愿意受苦受难。一旦一个阶层受的苦难和欺负太多，就像枉死城一样，一定会引起社会动荡。社会一动荡，谁也没有好日子过。

所以，你把“阴间”换成“社会底层”，“阳间”换成“社会上层”，就能理解这句话的含义。《西游记》代表了流传衍变的几百年间，底层老百姓的心声。底层百姓不懂高深的哲理，但一定要对自己身受的种种苦难有一个解释。

任何神话故事，都是真实人世间的投影。透过神话，你如果能看到真实的人间，那就说明你读懂了。

《西游记》里面讲到的“佛法”，其实是老百姓理解的“佛法”，和历史上玄奘法师研究的“佛法”，完全是两回事。《西游记》三十六回，唐僧进了乌鸡国宝林寺的大门，看见佛像高大庄严，有这样一句台词：“我那东土，若有人也将泥胎塑这等大菩萨，烧香供养呵，我弟子也不往西天去矣。”足见小说中借唐僧之口表达的“佛法兴盛”，无非是世俗所喜欢的庙高菩萨大而已。与玄奘法师西行，求证佛教精义实在没有半点关系。

又比如观音菩萨告诉唐僧说的，你现在讲的是“小乘”经，必须去西天取“大乘”经。其实“小乘”和“大乘”，原本是佛教的术语，指佛教的两个派别。但《西游记》里的“小乘”和“大乘”，只是借用了这个术语，意思和正宗的佛教术语根本不一样。《西游记》里的“小乘”，其实指的是民间流传的各种唱词以及伪造的经书；“大乘”指真正的（《西游记》作者认为的）佛教经典。

既然《西游记》里的“佛法”已经民间化了，所以唐僧来到灵山，取到的“真经”，就非常古怪。

《西游记》第九十八回，唐僧师徒来到灵山的藏经楼，看到了“真经”的目录。原文还煞有介事地把这份目录写了出来。某某经某某卷，看着像那么回事。其实呢，这目录完全不靠谱，是民间瞎编出来的。

比如，里面有“《金刚经》一部，一百卷”。真正的《金刚经》只有一卷，是薄薄的一小本，根本没有一百卷。

还有“《五龙经》一部，三十二卷”。佛教典籍根本就没有《五龙经》。宋朝有一个叫王则的，他借传播宗教，起兵造反，他传播的经书里就有《五龙经》。这是一部伪经，怎么可能出现在如来的藏经楼里呢？

还有《恩意经大集》《礼真如经》《菩萨经》等，佛教也根本没这些经。所以我们看《西游记》，就当故事看就好，里面的佛教知识，多半是民间流传的，是不靠谱的。

不过，《西游记》里唐僧取经，毕竟是以历史上的玄奘求法为原型的，两者还是有千丝万缕的联系。例如《西游记》里说唐僧在取经路上，途径许许多多的国家，如车迟国、朱紫国、祭赛国等。这其实也和真实的玄奘法师西行历史有关。当时唐代的西域至印度的途上，被林林总总的政权占据着。有的很大，有的是一个小城邦，有的就是一个游牧部落。

玄奘法师从印度回国，唐太宗对西域的地理很感兴趣，于是就请玄奘法师根据他的经历编写了一部书，叫《大唐西域记》。这部书详尽地记录了唐代西域、中亚乃至印度的地理情况。书中的一部分是这样的：

> 阿耆尼国，东西六百余里，南北四百余里。国大都城周六七里。……从此西南行二百余里，逾一小山，越二大河，西得平川，行七百余里，至屈支国。
>
> 屈支国，东西千余里，南北六百余里。国大都城周十七八里。
>
> 跋禄迦国，东西六百余里，南北三百余里。国大都城周五六里。

这是玄奘法师一路上经过的小国，这和《西游记》里今天经过一个国，明天经过一个国，岂不是很相似吗？

《大唐西域记》里面有许多内容和《西游记》的故事有关。比如玄奘法师到过印度的一个小国，叫健驮逻国。王城内东北有座台子，是存放佛陀钵盂的地方。这钵盂据说是四大天王所献，每位天王献一石钵，被佛陀用神力合成了一个。《西游记》里写如来佛用钵盂将六耳猕猴扣住，这神奇钵盂的故事，在印度早就有流传了。

《西游记》里还有一个灭法国，这位国王仇恨和尚，发誓要杀一万个和尚。唐僧到来时，他恰好杀到9996个。孙悟空就惩治他，半夜变了许多小猴，把国王和满朝文武的头发都剃光，让他们也做了和尚。

这个灭法国的故事，应该是从佛经里的鸯掘摩罗的故事演化来的。鸯掘摩罗是一个杀人狂，他相信一种奇怪的修炼方法：杀掉一千个人，就可以修成正果。

于是他杀害了999个人，然而还差一个。这时他母亲来给他送饭，鸯掘摩罗就想：不如把我母亲杀了，让她升天。刚要动手时，佛陀到来，向鸯掘摩罗说法。鸯掘摩罗听了佛陀的教导，终于忏悔，皈依佛法。这里灭法国王要杀一万个人，还差四个，和鸯掘摩罗要杀一千个人，还差一个，其实都是一样的。

而关键在后面，佛陀度化了鸯掘摩罗之后，并没用刀子给他剃头，而是朝他说了一句："善来比丘！"鸯掘摩罗的头发就嗖的一声，突然掉得干干净净。比较一下孙悟空变了许多小猴，趁夜给皇帝大臣们剃头的故事，就可以知道这两个故事的联系了。

玄奘法师到达印度的时候，还去探访过佛陀点化鸯掘摩罗的地方，这个地方在室罗伐悉底国。玄奘法师去时，还见到了为纪念这件事情修建的佛塔。

《大唐西域记》里还记录了很多故事，虽然在《西游记》中没有被采纳进来，但这些故事绝不比《西游记》里的故事差。最关键的是：这都是玄奘法师的亲笔记录。

比如玄奘法师记载：跋禄迦国西北，有一座凌山。山谷积雪，就是春夏季节，有时候也会结冰。据说山里住着许多暴龙，经常出来伤人。行人从此路过时，不能穿红色的衣服，不能大声叫喊。否则惊动了暴龙，立即会暴风大作，飞沙走石，遇到就难以活命。

现在看来，玄奘说的"暴龙"，应该就是高原雪山上的雪崩。在雪山附近，如果大声叫喊，会使空气震动，导致积雪崩落。所以这些禁忌还是有一定的道理的。

我也曾在丝绸之路上，沿着玄奘大师的路走过。即使是在现代，我们开着越野车，可以去任何地方，拿着手机，可以随时求援。我们仍然觉得，在这样的环境中旅行太辛苦了。然而一千多年前的玄奘大师，并没有孙悟空保护，没有白龙马骑乘，只靠他一个人的信仰和意志，一步步走到了印度。

在中国的四大名著里，我最喜欢的是《西游记》。因为《三国演义》是靠三国时期波澜壮阔的战争撑起来的，《水浒传》是靠宋代一群好汉的热血撑起来的，《红楼梦》是靠四大家族的无数豪华富贵撑起来的。唯独《西游记》，里面的主要人物，竟然只有一个玄奘是历史上实有的！以一个人的力量，不但完成了历史上伟大的旅行壮举，而且催生出一部伟大的世界名著。一个小小的“副产品”都世界驰名，家喻户晓。由此可见，一个人的人格力量，是可以何等的壮伟，足以与千万人的力量相抗衡！

唐僧的身世和英雄神话

历史上的玄奘大师，是当之无愧的旅行家、中外交流的使者。《西游记》里的唐僧，虽然只是文学作品里的一个人物，在书里很多时候表现得很窝囊。但他的身上，也有许多不平凡的东西。

首先我们来看一下《西游记》里唐僧的故事。

唐僧的父亲陈光蕊是海州人，有一年中了状元，正好赶上当朝宰相殷开山的女儿殷小姐在绣楼招亲，抛绣球选女婿。绣球就打在了陈光蕊的头上，于是陈光蕊就和殷小姐成了亲。

后来陈光蕊要到江州去做官，两个人过长江的时候遇到了水贼刘洪。刘洪把陈光蕊打死，将尸体推入水中，又霸占了殷小姐。这时候殷小姐已经身怀有孕，如来佛的二弟子金蝉子已经投到了她的肚子里。她要保住孩子，只好忍辱偷生。于是刘洪拿着陈光蕊的委任状去江州，冒充陈光蕊上任当官。殷小姐后来生了一个小孩，这就是后来的唐僧。

殷小姐怕刘洪杀害孩子，就抱着孩子来到江边，把他捆在一片木板上，撕下一块布，写了一封血书，写明白了来龙去脉，把孩子推到水里，顺水漂走。

木板漂来漂去，漂到了一座叫金山寺的寺庙前面。寺里的方丈法明长老把小孩救了起来，就放在寺里抚养成人，让他从小就当小和尚，给他取名为玄奘。又因为他是从江里漂来的，就起个小名叫“江流儿”。

玄奘长到 18 岁，法明长老就把血书给他看，告诉他身世。玄奘按着血书的地址，找到了母亲，并且到京城告状。最终朝廷发兵，杀了刘洪，报仇雪恨。

唐僧这个故事，虽然没有孙悟空的故事那么神奇，也相当不寻常了。最引人注意的是两点：第一就是唐僧是金蝉子转世，这可不简单；第二就是唐僧出生之后，被扔到江里，顺水漂走。你想，一个刚出生的婴儿，在江里别说漂几百里，就是几里也活不了啊。

还别说，世界各民族的神话里，有许多的杰出人物，都符合这两条：第一，出生很神奇；第二，生下来就被扔掉，但是因为种种神奇的原因活了下来，最后干了一番大事业。

周朝的始祖，有这么一个传说：很久很久以前，周族部落里有个女子叫姜嫄。有一天，姜嫄到野外去，看到地上有一个特别大的脚印，肯定不是一般人踩出来的（今天有学者猜测可能是恐龙脚印化石）。姜嫄想，是不是天帝的脚印呢？她觉得特别好奇，就也用脚伸进去踩了一下。这一踩不要紧，就觉得肚子动了一下，竟然怀孕了。回来不久，就生了一个男孩。部落里的人非常害怕：这男孩从哪来的啊，别是妖怪吧！就把这孩子拎着扔出去了。

一开始，扔到巷子里，哪知道有牛马经过，都不敢踩他，绕着走。大家更觉得奇怪，于是又扔到树林里，正好碰上一个砍柴的经过，把他救了。族人说不行，这回扔远点，就又把他扔到冰上，冻死得了。哪知道来了一群鸟儿，成群结队地伸开翅膀，有的盖在他身上，有的垫在他下面，好像怕他冷似的。

族人这才害怕了，认为一定是神仙下凡。就把他抱回来，抚养他长大。这孩子特别聪明，长大后，就教部落的人种植五谷，使周族越来越强盛。后来，他就被尊为周族始祖、农业之神。因为他一出生就被抛弃了，所以名字就叫“弃”，又叫“后稷”（后是君王的意思，稷是粮食的意思）。

你看这个故事，和唐僧的故事是不是很相似？都是出生很神奇，都是遭到了抛弃，然后又因为莫名其妙的原因活了下来，最终都做成了一番事业。

和后稷故事相似的，还有朝鲜古代神话中的朱蒙。故事说朱蒙的母亲被太阳照了之后，就怀了孕，生下一颗蛋，里面出来一个孩子。人们觉得奇怪，把他丢给狗，狗不敢吃；又丢给猪，猪也不敢吃；丢在路上，牛马全都躲避他；最后丢在野外，有许多鸟儿来保护他。最后，朱蒙成长为一位大英雄。

你如果看过西方神话故事，就知道有个叫摩西的神奇人物。摩西是犹太人，但是出生在埃及。埃及法老唯恐犹太人繁衍，就下令要杀死所有的犹太男婴，结果因为上帝的安排，正好错过了摩西。于是摩西的妈妈把他藏起来，后来不能藏了，就把他装在一个蒲草箱里，外面抹上石漆和石油，放到水里漂走，最后摩西被一位公主救了。摩西长大之后，就成为族人的领袖，带领族人离开了埃及。

你看这故事和唐僧的故事太像了：都是一个宗教或一个民族的英雄，都神奇地被生下来，都被抛弃，在江河里漂流。但一个是东方的故事，一个是西方的故事，为什么两者这么相似呢？是谁抄的谁呢？还是巧合呢？

还有古希腊神话里，有一个国王叫阿克里西奥斯，他从神示得知女儿达那厄会生一个儿子，而他会被这孩子杀死。他就把女儿囚禁在一座高塔里，不许女儿接触任何人。没想到天神宙斯化成一阵金雨，和达那厄相会，生下了帕尔修斯。国王就将母子二人装在一只箱子里，投入大海。没想到箱子漂流到一座岛上，帕尔修斯逃过一劫，最终获救。后来帕尔修斯成长为一位大英雄，杀死女妖美杜莎，杀死了海怪，解救了公主安德洛墨达。历经种种冒险，在一场事故中，帕尔修斯误杀了外祖父阿克里西奥斯。随后帕尔修斯继承了王位，做了国王。

所以，并不一定是谁抄谁。这些故事都体现了同一个主题：杰出人物的故事，往往有一个非常神奇的出生经历，以及出生之后历经磨难，他们往往被抛弃、在外面流浪，最后才能建功立业。

那么，为什么这些杰出人物的出生故事都这样相似呢？

其实，我们只要用今天的眼光来看这些故事，就会知道，并不存在谁抄谁的问题。人类创造的英雄故事，往往都有一个共同的模式，那就是首先要有一个神奇的出生故事。然后出生之后，要经历一种特别的苦难故事。这种苦难一般人都承受不起，要么就饱受折磨，要么就九死一生。神奇的出生，是英雄注定不平凡的标志；而历经过的苦难，却是英雄要成为英雄的必经之路。

无论是东方还是西方，大家都编出同一个模式的故事，那就说明人类对英雄的定义是一样的。这就是钱锺书先生说的“东海西海，心理攸同”。

刚才讲的，都是古代的神话，直到今天，人们仍然喜欢按照这样的模式给英雄编故事。

比如哈利·波特，他的出生也是不平凡的。你看他在婴儿时期，就被伏地魔袭击，他爸爸妈妈被伏地魔杀害，伏地魔的灵魂被打散了，一部分进入了他的体内，所以哈利从婴儿时候开始，额头上就带了一个闪电标志。这就是他的不平凡的出生。而且，他出生之后，也经历了一个类似被抛弃的过程，就是被送到了他的姨妈家，由姨妈抚养成人。姨妈和姨夫对他很不好，所以哈利从小就有一种流浪的感觉，这也是另外一种遗弃或漂流。

所以，一个人神奇的出生，象征着不平凡，而被抛弃象征着英雄要经受的苦难。这二者通常是合二为一的。一个人假如认为自己不平凡，就要准备好迎接各种苦难、流浪、漂泊、放逐，被人看不起，九死一生。甚至很可能，英雄之路被无情地中断。

那时候，有没有做成为“打不死的小强”的准备？有没有无论如何也要活下去的勇气？这才能判定一个人是不是真正的英雄。

为什么说吃了唐僧肉就能长生不老？

《西游记》里，有一个有趣的设定：唐僧是十世修行的好人，吃他一块肉，就能长生不老。为什么会有这样的设定呢？

首先，还是从作者角度来看问题。我们之前提过《雍正剑侠图》，这部书里的童林，学会了武艺，师父却不叫他说师承，他只能说："我的武功是自创的，我要别开天地，另创一家武术。"

从作者的角度来说，这句话就是给童林惹事。无论到哪里，只要一说这句话，一定会有人不服气，和他交手。情节就这样快速展开了。

唐僧当然什么都不会，不可能和妖怪们交手。但只要"吃一块唐僧肉，就能长生不老"这句话传出去，唐僧就会寸步难行，走到哪里都会被妖怪拦路。于是一个个过关打怪的故事就顺理成章地展开了。

但为什么不是别的设定，一定是这句话？因为这件事在历史上真实的玄奘法师那里，还真有点影子。

根据《大慈恩寺三藏法师传》的记录，玄奘来到印度，有一次坐船要去一个叫阿耶穆佉国的小国。路上经过一片茂密的树林，忽听一声呐喊，树林里冲出十几条船，上面坐着一伙强盗。强盗们把玄奘的船劫了，叫他们一个个解开衣服，搜查金银财宝，搜完后，又把玄奘抓了起来。

原来这伙强盗信奉一位名叫“突伽天神”的神灵。他们每到秋天，都要选一个相貌端庄、气质华贵的人，割他的肉，取他的血，祭祀天神。天神就会降下福气。他们发现玄奘很符合要求，就要把玄奘杀了献祭。

玄奘对强盗们说：“我这副肉身倒是不可惜，杀我献祭也没什么。但我是远道而来，到印度求取佛法的。你们杀我，怕不吉利吧。”船上其他人也纷纷求情。强盗们不听，就地堆起一座祭坛，把玄奘拉上祭坛，就要动刀。

玄奘毫不惧怕，说：“我死到临头，没什么可遗憾的，但能不能允许我临死前念念经，也让我死得安详？”强盗们答应了。玄奘就闭着眼睛，念起经来。

没想到这时候刮起一阵大风，飞沙走石，把树都吹倒了，河里的船一下子翻了好几条。强盗们吓坏了，以为天神发怒，赶紧把玄奘放了。玄奘又好言相劝，叫他们不要随意杀生。强盗们叩头忏悔，归还了抢去的金银，扔掉了兵器，慢慢散去。

当然，这个故事里面肯定有一些不实的地方。也许突然刮风就是一个巧合，也许是玄奘的徒弟写书时故意神化，甚至都有可能是玄奘本人回忆这件事时，故意加了一些神异的情节。但这总归是玄奘法师比较原始的资料，是一件有点影子的事。其中杀玄奘取血肉，求天神赐福，可以说是“吃了唐僧肉就能长生不老”的一个原型。

而且这件事也说明，在玄奘在世或去世不久的时候，他的故事就已经非常神奇，有了后来《西游记》的风格了。

在原始思维中，自古就有吃人肉以获得能力的巫术。比如人类学家弗雷泽有一本著名的书叫《金枝》，其中就讲到了“吃神肉”的巫术。现实中当然不可能吃到神的肉，这种“神肉”，指的是被看作神的人。比如部落的酋长、敌方的将领，他们在战场上被杀后，立即就会被敌人吃掉，敌人就借此获得被吃者的所谓的“灵力”。

木乃伊是古埃及法老贵族的遗体。古代欧洲发现了木乃伊之后，一度认为这种东西有神奇的效力，有钱的人会买来吃。据说后来真木乃伊不够了，市面上就开始卖假木乃伊。这种行为持续了至少八百年。这也可以理解，在古代被做成木乃伊的不是普通人，在欧洲人眼里，这些人自然有一种类似神的特征。

所以“吃唐僧肉就能长生不老”的说法，本质上是一种巫术思维，而且在真实的历史上有许多类似的例子。

《西游记》里唐僧肉的功用，写得还是比较简略的。只说吃上一块肉，就能长生不老。但是民间的说唱可是将其说得极其详细。例如一种说唱叫“香火戏”，里面说道：

> 有人吃了唐僧肉，与天同寿佛同庚。
> 有人喝了唐僧汤，不害杨梅结毒疮。
> 有人唐僧闻一闻，到老不发涨头风。

连肉带汤，带味道，都有神奇的功效了！

另外还有一个问题：为什么说唐僧是“十世修行的好人”呢？这就涉及一个更加有趣的话题。

这个说法的源头，还是源于《大慈恩寺三藏法师传》。书里说，玄奘法师去世之后，有一位高僧叫道宣，在乾封年间（666—668年）梦到了一个神，自称“韦将军，诸天之子”，是来护持天下佛法的。这位韦将军看道宣法师对佛法的理解有误，怕他岁数大了，来不及改，耽误了后人，就来纠正。道宣当然很欢迎，于是他就一一指出道宣著作里的错误。道宣又向他请教各种佛法的疑问，他也一一回答。因为玄奘刚去世不久，又是著名的翻译大家，道宣就问他对玄奘的评价怎么样。韦公子说：

> 自古诸师解行，互有短长而不一准；且如奘师一人，九生以来，备修福慧，生生之中多闻博洽，聪慧辩才，于赡部洲脂那国常为第一，福德亦然，其所翻译，文质相兼，无违梵本。

这段话的意思是说，自古以来，各位讲经的高僧有优有劣，各自不一。但玄奘法师修行了九世，他福德双全，知识渊博，能言善辩，在中国为第一，翻译的佛经既准确又优美。

佛教认为人的生命是代代轮回的。这一生结束，下一生开始，这叫"一世"。根据这个说法，玄奘去世不久，社会上就流传着他是九世修行的人（算上他现今这一世，正好是十世），具有非常大的智慧，当然也具有非常强的神性。

这个故事在《西游记》里，还有一点点痕迹。不过，这就是《为什么沙和尚要挂九个骷髅？》这一章要讲的内容了。

猪八戒和天蓬元帅是什么关系？

在今天的《西游记》里，孙悟空是大师兄，猪八戒是二师兄，沙和尚是三师弟。但并不是一直这样排序的。

西游故事在民间流传了几百年，并不是明朝突然出现了一部《西游记》。按照西游故事的形成，三个徒弟加入的顺序是孙悟空第一，沙和尚第二，猪八戒第三。在元代的几种西游故事里，都是这样的顺序。

猪八戒本来是民间传说里的一个猪精，有许多有趣的故事。他的故事本来是独立的，和西游故事没有关系。随着西游故事的发展，就被吸纳进来了。这和之前说过的齐天大圣故事被吸纳进来是一个道理。

为什么猪八戒和沙和尚换了个位置呢？因为猪八戒的性格，容易和孙悟空形成对比和互动。

你看，猪八戒天生喜感。他和孙悟空正好是极端的一对：一个极胖，一个极瘦；一个笨拙，一个灵活。所以，如果还把猪八戒派作老三，中间夹一个沙和尚，孙悟空就很难和猪八戒搭上戏。如果换一个位置，沙和尚作为三师弟，大师兄和二师兄发生矛盾或斗嘴，他就没有资格插话了。

根据《西游记》的说法，猪八戒下凡前是天蓬元帅，同时又总管天河八万水兵。这你要注意：并不是这个猪精在早期故事里就是天蓬元帅下凡，而是《西游记》为了让他的背景高贵一些，给他编的身份。早期的西游故事里，还有说他是“摩利支天部下御车将军”下凡的。总之中国神仙很多，换一个故事，换一个作者，就可以编排他是另一个神仙下凡。

天蓬元帅在道教信仰里，是“北极四圣”之一（其他三位是天猷副元帅、真武将军和黑煞将军）。既然名字里有“北极”，就说明是北方之神。

为什么把猪八戒安排成天蓬元帅？因为天蓬元帅的造型，经常是一副猪头的模样。《西游记》总得给这个人物找一个神奇的出身，找来找去，一眼就相中：天蓬元帅这个形象不错。那为什么天蓬元帅又是一副猪头模样呢？这可能是因为天蓬元帅是北方的大神，而北方天空的北斗七星，传说中可以化身为七头猪。

唐代段成式写了一本书叫《酉阳杂俎》，里面有这样一个故事。

唐代高僧、天文学家一行年轻时很穷，受邻居王姥接济。后来王姥的儿子犯了杀人罪，一行就想办法救他。

一行找了两个人，给他们几个大口袋，对他们说：“长安城某个地方，有一座废弃的园子，你们去等着，从中午到傍晚，如果有东西进来，数目是七的，你们就把它们捉来，一个都不能丢。”两人去了，等到傍晚，果然有七头猪进了园子。两人把猪捉来，一行就把猪关在大瓮里，上面盖上盖子，画上符。

哪知这天晚上，天上的北斗七星就莫名其妙地消失了。吓得玄宗赶紧召他询问。一行趁机劝他大赦天下，玄宗果然听从，王姥的儿子也就放了出来。一行就每天放一头猪，于是当天晚上，北斗出现了一颗星，七天后恢复了原状。

这个故事，就叫“一行封扣北斗”。这也是天蓬元帅外形像猪的一个解释。当然，其中还涉及很复杂的民间信仰的变化，比如和开头提到的“御车将军”，也有许多关系，这里就不必多说了。

为什么又说猪八戒主管天河水军呢？因为中国古代，有一种五行配五方的学说。东、西、南、北、中分别配木、金、火、水、土。北方按五行属水，所以天蓬元帅也可以说是司水之神。道教有许多咒语，就是向天蓬元帅求雨的。而且，在传统文化里，猪和水的关系是非常密切的。比如《周易》里就说“坎者，水也”，又说“坎为豕”，豕就是猪，坎就是八卦之一，代表水。

最近网络上有人喜欢夸大猪八戒的本事，说猪八戒是天蓬元帅，天蓬元帅是北极四圣之一。北极四圣很厉害，所以猪八戒就很厉害，比孙悟空还厉害。这其实就是把道教的逻辑和小说的逻辑混为一谈了。北极四圣是道教大神没错，但是《西游记》就是借了一个名字而已。

猪八戒这个名字，是孙悟空把他降服后，带回高老庄见师父，唐僧给他起的。

> 悟能道：“师父，我受了菩萨戒行，断了五荤三厌，在我丈人家持斋把素，更不曾动荤。今日见了师父，我开了斋罢。”三藏道：“不可，不可！你既是不吃五荤三厌，我再与你起个别名，唤为八戒。”那呆子欢欢喜喜道：“谨遵师命。”因此又叫做猪八戒。

也就是说，“八戒”等于“五荤三厌”（也叫五辛三厌、五腥三厌），因为5+3=8。那么，五荤三厌又是什么呢？

五荤又称“五辛”，是佛教的饮食禁忌，一般指大蒜、小蒜、兴渠、葱、薤五种有刺激性气味的食物。当然，具体是哪五种，不同的典籍有不同的说法。后来道教也借用了这个词，某些道教流派也禁吃五荤。

“三厌”，却是道教自有的说法。某些道教流派认为，天上的雁有夫妇伦常，地上的狗有保卫家的用处，水里的乌鱼有忠敬之心，不准食用这三种食物，叫“三厌”（当然也有不同的版本）。反过来，除了这三种肉，其他的肉，这些流派却是可以吃的。

但是猪八戒进的是佛门。佛教本来就戒杀生，凡是肉就不能吃，何必限制雁、鱼、狗肉？所以，“五荤三厌”，既不是佛教戒律，也不是道教戒律，而是民间人士形成的禁忌。

佛教里也有类似“八戒”的说法，叫“八关斋戒”，又叫“八戒斋”，包括：不杀生、不偷盗、不非梵行、不妄语、不饮酒、不非时食、不化妆歌舞、不坐卧大床。道教也有“八戒”，指皈依道、经、师，再加上五戒，即戒杀、盗、淫、妄语、酒。但这两种戒律，都和猪八戒的“八戒”没有任何关系。两教根本就没有称“五荤三厌”为“八戒”的说法。所以，就冲“八戒”这个名字，也说明《西游记》是十分民间化的。

为什么沙和尚要挂九个骷髅?

看过《西游记》，都会感觉沙和尚是一个很没有存在感的人，既没有本领，也没有发言权。其实这个人物，有非常复杂的来历。

我们先回顾一下故事，看沙和尚是如何归顺唐僧的。

唐僧收了孙悟空、猪八戒，经过了黄风岭，就来到波涛翻滚的流沙河。这条河又叫“弱水”，哪怕一片鹅毛也漂不起来。

师徒正在商量怎么过河，忽然一个妖怪从流沙河里钻出来，十分凶恶，脖子下面挂着九个骷髅，扑向唐僧。猪八戒上前与妖怪交战，不分胜负。接着孙悟空一棒子下来，吓得妖怪转身躲进流沙河里。

猪八戒下水想要引妖怪上岸，妖怪眼看快到了岸边，孙悟空举起铁棒，劈头就打，妖怪又被吓回了河里。隔天，猪八戒再次下水，引妖怪上岸，妖怪却不肯上岸了。

孙悟空没了办法，就去南海见观音菩萨。菩萨说：“那妖怪是卷帘大将下凡，也是我劝化了保护取经人的。”就取出一个红葫芦，叫徒弟惠岸拿去，跟孙悟空去流沙河。惠岸喊出妖怪，带着他去见唐僧。唐僧就收下他，给他剃了头，从此叫他“沙和尚”，又叫“沙僧”。惠岸又让沙和尚把九个骷髅解下来，按九宫格排好，把葫芦放在上面，这就是一条“法船”，就可以漂在河面上了。师徒四人乘法船渡过了河，九个骷髅化成九股阴风，消失了。

按照故事，沙和尚在归顺唐僧之前，住在流沙河。但历史上真的有流沙河吗？流沙河真的是一条河吗？

不是的，流沙河在《西游记》里是一条河，但是在历史上，却是一片沙漠的名字！

我们知道，《西游记》的唐僧取经，其实是根据历史上的玄奘法师西天求法的事迹虚构出来的。玄奘法师是偷渡出大唐国境的，经过了国境上几个关卡后，独自一人闯入了一片沙漠。

这片沙漠，在今天新疆哈密市东南与甘肃的交界处，如今叫“哈顺戈壁”，在唐代叫“莫贺延碛”。莫贺延碛还有个名字，叫“沙河”，或者叫“流沙”。因为这里风特别大，沙子永远在流动着，就像河流一样。高高的沙丘今天在这里，过几天就会移动出去很远。所以说，“流沙”本来指的是沙漠，只不过后来在《西游记》成为一条河流了。

这个地方至今还有，即便现如今科技这么发达，要想徒步穿越这片沙漠，还是相当困难的。在唐代，更是中原地区和西域交通的大障碍。在穿越沙漠之前，得做好充分准备，几十个人组一个商队，赶着骆驼，带着淡水、食物，跟着有经验的向导。就这样，还有可能被风沙吞没。所以说，在沙和尚这个形象出现之前，“流沙”或“沙河”，已经非常有名了。

根据玄奘法师的回忆（这段故事写在他弟子为他整理的传记里），在沙漠里，玄奘法师犯了一个很大的错误：他拿出皮袋来喝水，不小心把袋子打翻了。这可麻烦了。他想来的路上有水源，刚要回去取水，又想起他出长安的时候曾经发下一个大誓愿：如果不到天竺，就不后退一步。他便不再回头，毅然向沙漠深处走去。

于是他也不回原路取水，就骑着马硬往前走。五天四夜，滴水未进。沙漠里的景象很恐怖，一到晚上就到处闪着奇奇怪怪的荧光，还有若隐若现的妖魔鬼怪（荧光应该是死人骨头发出的磷火，鬼怪应该是玄奘的幻觉）。这天夜里，忽然梦到一个大神对他说："别睡觉，快走！快走！"玄奘法师惊起，走了几步，忽然他的马发疯似的往前跑，跑到一个水草丰美的地方，人马都得救了！

关于这位大神，玄奘法师并没有说叫什么名字。然而玄奘法师去世之后不久，就产生了许多关于这位大神的传奇故事，都说他是"深沙神"。这就是沙和尚的雏形。

深沙神，是佛教传说中的一个恶鬼的名字。翻看佛经就会发现，其实根本和沙漠没关系。东晋竺昙无兰译的《佛说摩尼罗亶经》里说：有两个恶鬼，一个叫深沙，一个叫浮丘。这两个鬼，跑得很快，善于找人麻烦。假如有头痛、目眩、寒热、伤心的症状，就是这两个鬼在作祟。

这个深沙神或深沙鬼，来头可不小。我们之前提到过，佛教故事里有一个杀人狂叫鸯掘摩罗，大肆杀人，受佛力感化才改邪归正。有一个说法认为，深沙神就是这个杀人狂的化身。

在佛教雕塑、画像中，深沙神是很恐怖的。头有火焰，口若血河，以骷髅为颈璎珞。今天《西游记》描写的沙和尚也基本保持了这样的特点：

> 一头红焰发蓬松，两只圆睛亮似灯。
> 不黑不青蓝靛脸，如雷如鼓老龙声。
> 身披一领鹅黄氅，腰束双攒露白藤。
> 项下骷髅悬九个，手持宝杖甚峥嵘。

深沙神为什么会变成沙漠之神呢？他的名字里有个“沙”字，这就容易让民间老百姓把他和沙漠联系起来。而玄奘法师确实梦到了一个大神，唐代又流行深沙神信仰，就很容易将大神联想成深沙神。

深沙神既然是恶鬼，后来又被佛力感化，所以他身上，既有神的一面，也有魔的一面。

比如佛经里有一个故事是这样的：

玄奘法师取经的时候，路过沙漠，每到吃饭的时候，就会发现路边有一口新开的井，井水甘甜可口，井旁边放着饭。玄奘法师很奇怪，就向天发问：“这里荒无人烟，饮食从哪里来？”空中就有人说：“我是您的护法神，专为您布置饮食的。”玄奘法师吃完后，井就消失了，只见流沙旷远，荒无人烟，于是人们管这位护法叫深沙神。

这一故事出自《大正新修大藏经·阿娑缚抄·深沙大将》引《唐三藏记》，比今天的《西游记》早得多。在这里，深沙神是玄奘法师的保护者。

但他也有魔的一面。宋代有一本小书《大唐三藏取经诗话》，讲的也是玄奘取经的故事：说玄奘并不是这一世去取经，他前两世，也做僧人，也去取经，结果每次走到沙漠，都被深沙神吃了。深沙神吃掉他，就把他的头骨装在袋子里。但玄奘一片坚贞之心不灭，即使被吃了，仍然再转世，再取经。第三次深沙神终于被感化了，化成一座大桥，让玄奘通过了沙漠。原文写得很好：

> 深沙当时哮吼，教和尚莫敬。只见红尘隐隐，白云纷纷。良久，一时三五道火裂，深沙衮衮，雷声喊喊，遥望一道金桥，两边银线，尽是深沙神，身长三丈，将两手托定，师行七人便从金桥上过。

> 过了，深沙神合掌相送。法师曰：“谢汝心力。我回东土，奉答前恩。从今去更莫作罪。”两岸骨肉，合掌顶礼，唱喏连声。

不过这里深沙神只是闪开一条大道，让师徒过去了而已，并没有跟着玄奘继续走。这故事继续演化，在又过了许多年后的西游故事里，这位深沙神才不再留在沙漠里了，而是跟着唐僧，做了徒弟。做了徒弟之后，再叫什么神就不合适了，所以改名叫沙和尚或沙僧，名字里还保留了这个沙漠的“沙”字。

这骷髅的故事，是非常震撼人心的。因为在今天的《西游记》里还有痕迹，就是沙和尚说：

> 菩萨，我在此间吃人无数，向来有几次取经人来，都被我吃了。凡吃的人头，抛落流沙，竟沉水底。这个水，鹅毛也不能浮。惟有九个取经人的骷髅，浮在水面，再不能沉。我以为异物，将索儿穿在一处，闲时拿来顽耍。

这九个骷髅，在渡过流沙河后，就化为阴风消失了。

这九个骷髅是谁的，原著没有说。但是根据之前的取经故事演化的情况看，这九个骷髅，可以理解为是唐僧的九次前世。佛教认为人的灵魂是可以转世的。根据这个设定，唐僧的上辈子、上上辈子也是僧人，也去西天取经。结果每次经过这里，都被沙和尚吃了。这僧人被吃了之后，灵魂仍然不忘取经的使命，投胎转世之后，长大了还当和尚，还要去西天取经，就这样死了一次又一次，直到第十次才成功。

不得不说，抛开背后的神话色彩，这是一个极其悲壮的故事。当然，投胎转世，这是古代人的迷信。但沙和尚的演变故事，其实说明了两件事：

第一，古代中原地区和西域的交通太艰难了。路上的艰难险阻，被老百姓想象成有恶神挡路。死在沙漠里的旅客，大家就认为是被恶神吃掉了。深沙神，其实就是这样一个符号。他把骷髅挂在胸前，其实就有向这些开拓者们示威的象征意义。

第二，玄奘法师或者唐僧的决心太坚定了，用生命为代价去西天取经，前后死了多少次，终于感化了沙漠之神使他成为了自己的徒弟。其实，历史上的玄奘法师，并不是第一个去印度交流的人。所以也可以说，沙和尚从沙漠之神到唐僧徒弟的演变过程，是历代中西交通的开拓过程。这些开拓者们，前仆后继，用生命为代价，终于让茫茫沙漠不再成为交通的障碍。今天我们通过这里，有高速公路，有铁路，不再像古代那么艰辛，这正是千百年来我们降服沙漠的结果。

我们今天不相信轮回转世，但我们可以认为：唐僧或玄奘，就是开拓中外交通路线勇士的一个代表，一个符号；而这九个骷髅，其实代表着在这条路线上牺牲过的人们。所以唐僧师徒渡过流沙河，要靠一个葫芦和九个骷髅组成的法船。葫芦象征的是不断前行的信念，九个骷髅象征着前面开拓者的牺牲，在它们的共同努力下，才形成了这样一条畅通无阻的“法船”。

沙和尚挑的行李里都有什么？

很多人熟悉西游故事，是从 1986 版《西游记》电视剧来的。这部剧里，是沙和尚一直在挑行李。然而《西游记》原著中，师徒四人最后成了正果。如来佛对猪八戒说："因汝挑担有功，加升汝职正果，做净坛使者。"那么，这担行李到底是谁来挑呢？

仔细看原著就发现，这担行李大多数时候是猪八戒挑的。比如在乌鸡国，孙悟空救活了国王，就让猪八戒把行李分一担给国王挑着。在女儿国，猪八戒抢着要米，连行李沉重都不顾了。

然而有时候这行李是沙僧挑。比如书里经常写"沙僧歇下行李"这样的话。沙僧这也太冤了吧，出了一路力不说，功劳都被抢跑了？

其实这个问题，是和西游故事的形成有关。

早期的西游故事，担子都是猪八戒在挑。后来猪八戒的地位升为二师兄，这个任务才慢慢转到沙和尚身上。《西游记》原著里两个徒弟混着挑的现象，正是故事演变留下的痕迹。

白龙马那么膘肥体壮，为什么不能带行李呢？这个原著也解释了：它不能驮，驮了算越权！

在师徒四人刚刚凑齐的时候，原著有这么一段话。猪八戒嫌行李沉重，抱怨起来，想让白龙马帮忙驮行李。

> 行者道："错和我说了。老孙只管师父好歹，你与沙僧专管行李、马匹。但若怠慢了些儿，孤拐上先是一顿粗棍！"八戒道："哥呵，不要说打，打就是以力欺人。我晓得你的尊性高傲，你是定不肯挑；但师父骑的马，那般高大肥盛，只驮着老和尚一个，教他带几件儿，也是弟兄之情。"行者道："你说他是马哩！他不是凡马，本是西海龙王敖闰之子，唤名龙马三太子。只因纵火烧了殿上明珠，被他父亲告了忤逆，身犯天条，多亏观音菩萨救了他的性命。他在那鹰愁陡涧，久等师父，又幸得菩萨亲临，却将他退鳞去角，摘了项下珠，才变做这匹马，愿驮师父往西天拜佛。这都是各人的功果，你莫攀他。"

这说得很明确了，八戒、沙僧只管行李马匹，白龙马只负责驮唐僧，给唐僧做脚力，不管行李的事。如果管了，那猪八戒的功果就得不到了。

有很多同学问我，《西游记》里沙和尚的行李，到底包括什么东西？这个只要勤翻翻原著，就很好回答，但答案却超乎我们想象。因为这些行李，沙和尚一个人绝对挑不了！下面就不妨看一看。

行李里最占地方的，你可能想不到，其实是被褥，比如：

> 次早，悟空起来，请师父走路。三藏着衣，教行者收拾铺盖行李。

孙悟空、沙和尚也有自用的被褥。

八戒解包袱，展开铺盖，请行者安置。

那沙和尚却卷起铺盖，收拾了担子。

徒弟们都有被褥，师父当然也得有。所以，行李里面，光被褥就有四床！在没有羽绒睡袋的古代，您想想这得占多大地方！被褥约占全部行李体积的一半。而且褥子不能直接铺地上，还要加一层垫子，这个猪八戒早就说过：

四片黄藤篾，长短八条绳。

又要防阴雨，毡包三四层。

扁担还愁滑，两头钉上钉。

铜镶铁打九环杖，篾丝藤缠大斗篷。

篾，就是藤编的席子。古人解释说"踏足隔货者曰篾"（方以智《通雅》）。这里带了四张，当然是师徒四人用的。相当于今天户外用的防潮垫。

有粮食，而且起码得够几天吃的。比如在五庄观，唐僧安排徒弟们干活：

沙僧看守行李，教八戒解包袱，取些米粮，借他锅灶，做顿饭吃。待临行，送他几文柴钱，便罢了。

在女儿国：

女王见他不受，教："取御米三升，在路权为一饭。"八戒听说个"饭"字，便就接了，捎在包袱之间。

三升米得五六斤。加上别的干粮，包袱里常备十斤左右的食物，四个人分实在不算多。

有衣物，猪八戒要分行李，就说：

> 你把那包袱里的甚么旧偏衫，破帽子，分两件与他罢。

有鞋子，在祭赛国，唐僧要扫塔：

> 三藏沐浴毕，穿了小袖偏衫，束了环绦，足下换一双软公鞋。

衣服和鞋子，从头到脚，每人至少两套，因为在祭赛国，国王给唐僧师徒做衣服：

> 却命当驾官照依四位常穿的衣服各做两套，鞋袜各做两双，绦环各做两条，外备干粮烘炒。

杂七杂八的衣服，就得十多件，这还没有算上冬天穿的棉袄棉鞋。

还有四套“篾丝藤缠大斗篷”，这东西看似没什么用，其实你想，古代是没有雨衣的，所以只能穿藤编的斗篷，这是很笨重的东西。雨具是出门必备的，元代的制度《元典章》规定“今后出使人员，除随身衣服、铺盖、雨衣外，别不得捎带其余物件”，衣服、铺盖、雨衣是基本配置三件套。

此外，还有日常杂物；有纸笔，唐僧给孙悟空写贬书的时候用过；有经书，光书里提到的就有《金刚经》《观音经》《弥陀经》《孔雀真经》《梁皇水忏》。

俗话说“远路不捎书”，书也是压分量的东西。这些书唐僧当然不背，放行李里挑着。锦襕袈裟、紫金钵盂、通关文牒也是必备的。当然还要包括包裹这些东西的青毡，“又要防阴雨，毡包三四层”，行李包装的自重也不轻。

还有一件东西——铜镶铁打九环杖。唐僧只是在正式场合才拿着它，平时赶路，都是徒弟给挑着。由此可见，沙和尚的行李挑子的确东西不少，倒未必有多重，只是很多东西太占地方了！

饶是如此，孙悟空这种站着说话不腰疼的人，甚至还建议在行李里带尸体。在乌鸡国，乌鸡国王被妖道淹死在井里，孙悟空要去打捞，就对唐僧说：

> 待老孙与八戒趁此时先入那乌鸡国城中，寻着御花园，打开琉璃井，把那皇帝尸首捞将上来，包在我们包袱里。

那可是泡了三年的尸体，就算只剩骨头也得有二三十斤。难怪猪八戒要拼死反对了。

《西游记》里的行李，其实就是古人出门行李的写照。古人出门到底带多少行李？这个问题不好回答，因为“穷家富路”。古人只要有钱，出门不愿委屈自己，带多少的都有，反正就雇人、雇马甚至雇车呗。但是我们从古人的一些描写中，可以总结出一般的规律来。

首先，铺盖是必须带的，其次是口粮，最后是换洗的衣服。很多旅馆是不给准备铺盖的，有时候荒郊野外露宿，没有铺盖更不行。古代还没有发明鸭绒睡袋和防潮垫，被褥要占很大的体积。有一部古小说《连城璧》写道：

> 一日立在门前，有个客人走过，衣裳甚是楚楚，后面跟着两担行李，一担是随身铺盖，一担是四只皮箱。

铺盖和杂物基本就是一比一的关系。甚至很多地方都是“行李铺盖”连着说的，行李不算在铺盖之内。不过这是个讲究的人，光铺盖就需要打一担子，此外还需要用皮箱装日用衣物杂货。

主人自己至少需要一担行李，但别忘了：只要多带一个仆人，就要多出一担行李！这基本上是个通例。因为仆人也是人，他一样需要吃喝拉撒睡，需要被褥和干粮；一样怕淋雨，需要斗篷。他随身带的基本物资并不会比主人少多少。

所以，根据前面的分析，我们可以看出：唐僧师徒四人的行李，正常算起来需要四担。白龙马驮一担，三个徒弟各挑一担。即便是最精简的情况（比如孙悟空不需要），也需要三担，需要猪八戒、沙和尚、白龙马三个单位的运力，才能保证取经路上的基本生存。否则风餐露宿，师徒四人是受不了的。

有人说，三个徒弟不都是天神下凡吗？猪八戒、沙和尚的兵器都是5000多斤，怎么区区一点凡间的行李挑不了？而且，他们这样的神体，怎么还需要被褥干粮？

其实这就是《西游记》的写意手法。它并不是一部考证严谨的历史小说，所以不会拘泥于这些细节。理论上来说，四个人的行李虽然需要这么多，但实际写来只需要一担意思意思就得了。假如孙、猪、沙三个人都挑个担子赶路，那画面就没法看了！这正像戏台上的千军万马，只需要四个人代替。

三个徒弟虽然是神体，但猪八戒当然是怕饿，沙和尚虽然是水怪出身，但居然也表现得怕冷，和猪八戒一起穿青牛精变化的纳锦背心挡寒。然而在冻着寒冰的通天河，两人却也能随便下水。这些矛盾并不是作者的疏忽，而是作者根本就不会在意这些事情。因为他只是随着情节编故事。这正像传统的山水画，人马、房屋有诸多不合理之处，你去用透视、比例要求真实，那反倒是外行了。

白龙马到底是红色的还是白色的？

白龙马，本是西海龙王的三太子，因为纵火烧了一颗夜明珠，犯了罪，才被贬到蛇盘山鹰愁涧。为了赎罪，他答应变成白马，驮着唐僧西天取经。

不过，你要是看过原著就会发现，唐僧手下这几个成员的本领：孙悟空最厉害，猪八戒差一点，沙和尚又差一点，白龙马本领最小。孙悟空、猪八戒、沙和尚这三位，是按本领大小的顺序收的。但白龙马则不一样，唐僧收了孙悟空之后，马上就收了白龙马。又过了很久才收了猪八戒、沙和尚。白龙马为什么不是最后出场，而是要紧跟着孙悟空在开始就出现了呢？

在讲这个问题之前，有必要聊一聊白龙马的历史。而这匹白龙马，还真是和孙悟空紧紧联系在一起。

《西游记》故事，是从唐代玄奘法师去印度求法的故事演变而来。当时的玄奘法师当然也是骑马的，不过是一匹经验丰富的老红马。

根据玄奘法师的回忆，他从长安出发的时候，做了一个梦，梦见自己骑着一匹老红瘦马西去，马鞍前还挂着一块铁片。后来他一路西去，走了几个月，到了瓜州（今天的敦煌），这里就是当时的国境线了。

然而，玄奘法师面前，横着四个大难题。

原来当时唐朝正和西域打仗，边疆很不太平，禁止普通居民出境。《西游记》里的唐僧，一路上带着通关文牒（相当于护照），走到哪里都通行无阻。而历史上的玄奘法师并没有经过朝廷准许，不能私自越境，这是难题一。

边境线上，有一条波涛汹涌的大河，叫瓠卢河（又名葫芦河，是疏勒河的一条支流），不熟悉地形的话，很难渡过，这是难题二。

瓠卢河附近，还有五座烽燧，都有兵将把守，这是难题三。

过了烽燧，就是茫茫沙漠（在今天的甘肃敦煌和新疆哈密之间，名“哈顺戈壁”），单人独骑走进去，如果迷了路，就是死路一条，这是难题四。

玄奘法师不敢擅自行动，就在当地停了下来，寻找出境的机会，这一停就是好多天。这时候，玄奘法师遇到了一个年轻的胡人，名叫石磐陀。石磐陀见玄奘佛法高深，就拜他为师，并和他说：“我经常走边境线，可以偷偷送你出去。”

玄奘法师很高兴，石磐陀就给他找来了一匹马，让他把原来骑的马换给他。玄奘一看，马主人是个老头，这匹马也是又老又瘦，心里很疑惑：这匹马能通过沙漠吗？

老马的主人说：“您别看它老，它走了十五次沙漠了。”

玄奘法师细细一看，发现这匹马是红色的，而且鞍前也有一块铁片，和半年前的梦境很相似，就将信将疑地收了下来。

石磐陀带着玄奘法师，偷偷出了国境线，来到瓠卢河边。他是当地人，知道什么地方水浅，什么地方没有急流，就砍树铺路，让玄奘法师过去。前两个难题解决了。

然而越走离守兵越近，石磐陀突然害怕起来。他担心被捉住杀头，夜里拔出刀，想加害玄奘，然而犹豫半天，又放弃了。天亮时，他就对玄奘法师说：“我有家有业，不敢犯法越境，不能再保护你了。”

玄奘法师理解他，两人就此分别。玄奘法师骑着那匹老红瘦马，向沙漠走去。路上被守兵捉住，幸亏带兵的将军是信佛法的，没有为难他，还指给他取水的泉眼和去沙漠的路径。

玄奘法师骑着马，走进沙漠，谁知喝水的时候，不小心把水袋泼翻了，一滴水都没有剩下。他刚要回头去取水，但是想起他从长安出发时立的誓言：“不到天竺，决不后退一步。”

于是玄奘法师继续向沙漠里走去，走得口干舌燥，四天五夜，没有水喝，快要渴死了。当天晚上，玄奘梦见一个大神，催他上路。走了一段，忽然那匹老红马疯狂地奔跑起来，拉也拉不住。它带着玄奘法师跑到了一个水源旁边，人和马都得救了！

可以说，玄奘法师的性命，是这匹老红马救的。当然不一定是什么大神显灵，更可能是这匹老马对沙漠太熟悉了，它知道哪里有水源。这就是老马识途。

然而这段故事太过传奇，后来的《西游记》从中吸取了不少素材：玄奘法师，当然就是后来的唐僧；高鼻深目、脸上长毛的胡人石磐陀几经变化，成了孙悟空的原型之一；那片沙漠（唐代又叫“沙河”），在《西游记》里就变成了“流沙河”；那个喊玄奘上路的大神，就变成了“深沙神”，后来改名叫“沙和尚”；而那匹立了功的神奇老马，当然也就成了白龙马的前身。

所以我们在今天的《西游记》故事里，还可以看到玄奘这段经历留下的影子：比如孙悟空刚刚归顺时，还想加害唐僧，而且主动离唐僧而去；比如在鹰愁涧，唐僧原来骑的马被小白龙吞掉，然后由小白龙变马来替换，总称为“陡涧换马”；比如鹰愁涧和瓠卢河一样，也是一条波涛汹涌的大河……

有朋友会问：按这样的说法，《西游记》里唐僧骑的马，应该是一匹红马才对，那么，为什么是一匹白马呢？

其实，今天我们读到的《西游记》写于明代，而西游故事流传了数百年。在早期的西游故事里，这匹马确实不是白色的。而在元末明初的《西游记》杂剧里，它还叫“火龙太子”，而不是“玉龙太子”，仍然隐隐带着红色的影子。

为什么今天的《西游记》变成了白马？这和历史上另一匹和取经有关的马有关，这就是东汉时期，汉明帝派人到西域求取佛法的故事。

据说汉明帝有一天做了一个梦。梦见一个金人，头顶白光，绕着大殿飞，飞了一会儿，就向西边飞走了。他醒来之后，就让大臣圆梦。一个大臣就说：“陛下，臣听说在中国西方几万里远的地方，有一个国家叫天竺（印度，唐以前称天竺、身毒。玄奘取经后，正名为印度），他们信奉的神叫佛。这个金人，可能就是佛。”汉明帝一听，觉得挺有意思，当即传旨，派两个大臣蔡愔和秦景，到天竺去求佛经。

蔡愔、秦景和唐僧一样，经过千山万水，终于到达天竺国，果然取回很多佛经，还认识了两位高僧，一个叫摄摩腾，一个叫竺法兰。公元 67 年，蔡愔、秦景带着两位高僧，用一匹白马驮着一幅佛像和四十二章佛经，经过西域回到了中国。

汉明帝很高兴，就叫人在洛阳西面按照天竺的式样，造一座佛寺。为了纪念这匹驮经的白马，这座寺就叫白马寺。这寺直到今天还有，寺里还有一尊白马的雕像，是为了纪念当年那匹白马雕刻的。你看《西游记》里唐僧取到经书之后，确实仍然是由白龙马驮着回到东土大唐。

这其实等于说，《西游记》里的白龙马身上，至少叠加了两匹马的故事：唐代玄奘法师取经骑的红马，以及汉代驮经归来的白马。

如果你觉得这故事还不够离奇，我就再讲一个更离奇的。

我们今天说的《西游记》，通常指明末世德堂出版的百回本《西游记》。但民间仍然流传着许许多多的西游故事，这些故事和《西游记》有关，但也有很大的不同。里面有些“脑洞”，简直让人惊掉了下巴。

比如福建泉州，有一种地方戏，叫“傀儡目连戏”。里面讲西游故事，和百回本系统的《西游记》就完全不同。

这戏里说：齐天大圣姓孙名悟空，兄弟十一人，号十一曜星君，居花果山水帘洞。入天宫偷食王母蟠桃十二颗、老君仙丹三钵，饮御酒三千瓮。被玉皇差二郎神、三太子、托塔天王率天兵擒拿，八卦炉中炼成火眼金睛。逃出丹炉，被释迦佛五指山压住，关在幽州野马桥下万丈花闪琉璃井。

是不是和《西游记》好多情节不一样？更神奇的还在后头。

唐三藏西天取经，来到琉璃井边，用丝绦救出齐天大圣。这是他的大徒弟。

后来又碰上了黑沙洞深沙神。深沙神吃了很多人，孙悟空被火烧败，求见南海佛祖观音。观音诱深沙神捧起钵盂，以钵盂罩住他，罚他变作白马同行取经。在这个故事里，白龙马竟然是深沙神（沙和尚）变的！

紧接着，碰上了二郎神。二郎神因戏弄玉女受罚，被贬至灌口山镇守。见到三藏师徒，发愿一同去取经。这就是二徒弟。

后来，又碰上了猪八戒。猪八戒镇守猪屎山，被孙悟空收服，愿同往西天。这就是三徒弟。

你看，前面和原著顺序倒是一致。先收孙悟空，再收白龙马，后面就大变样了。二郎神代替了猪八戒的位置，猪八戒代替了沙和尚的位置。但是你说这样编完全没道理吧？也不是。因为历史上的玄奘和那匹老红马的故事正发生在沙漠里。深沙神又是沙漠之神，所以让他变马驮唐僧，是很有来历的。

又比如还有一部名叫《真经宝卷》的明代民间说唱，也是讲西游取经故事的。按这部书，白龙马可不得了，它是“赤龙三太子”，而且是孙悟空的得力助手，有时候比八戒、沙僧还厉害。比如在金谷洞，洞里有金狮子、象元帅、虎先锋三个妖怪（有点像狮驼岭），白马就化为火龙，烧尽了洞中妖怪。又比如遇到七个蜘蛛精（书里说在“百花山”），蜘蛛精放出蛛丝，把金箍棒、钉钯等兵器缠住，三人空手回来。又亏了白马化成火龙，吐火烧丝，孙悟空才打死了蜘蛛精。在这个故事里，“白”和“红”的特征恰好同时出现在这匹马的身上。

中国古典小说里的故事，往往都是这样形成的：最早有一个故事，后来又有一个故事，大家讲来讲去，发现这些故事有共同的地方，之后写书的时候就编到一起。就有点像你吃的汉堡，是一层层叠加起来的。这种小说，就叫“历史层累式”的小说。这种故事的形成过程，就叫“层累式的叠加”。所以，我们看名著的时候，除了看它表面上的故事情节，还要学会探讨故事背后形成的原理。这对培养我们的思辨能力、研究能力是非常重要的。

唐僧为什么能成为师父？

在取经队伍里，唐僧是三个徒弟的师父。

有人跟我说，如果让他组建取经队伍，他肯定不会让唐僧当师父。唐僧什么本领都没有，怎么能成师父了呢？师父得教徒弟本领啊。唐僧不但不会教本领，还得被孙悟空师兄弟三个保护。

唐僧不但没本领，胆子还小。你看孙悟空胆大，经常天不怕地不怕地去打妖怪。唐僧遇到野兽，或者遇到妖怪，就战战兢兢，甚至吓得从马上摔下来。

唐僧不但遇到妖怪就哭，遇到困难也哭。比如有一天晚上，师徒四人走着走着，忽然见到一片波涛汹涌的大水，仔细一看，原来是一条大河。孙悟空发现这条河叫通天河，有八百里宽，也没有船，根本过不去。唐僧还没碰上妖怪呢，一听这河这么宽，就哭了。

唐僧不但胆小，还人妖不分。你肯定知道白骨精的故事。这个故事太气人了。白骨精善于变化，她一共变了三次。第一次变成少女，被孙悟空打倒，留下一具假尸体逃跑了。后来又变成老太太、老公公，都被孙悟空认出来。直到第三次，孙悟空才把她彻底打死。可是唐僧偏偏以为他们都是好人，反而念紧箍咒，让孙悟空疼得死去活来。最后，唐僧还嫌孙悟空杀生，把他硬是赶走了！

那么，为什么取经队伍的首领还是由唐僧来当呢？

当然，唐僧的原型，是历史上的玄奘法师。从写故事的角度来说，必须让唐僧当首领，不然这个故事就立不住了。

另外，还有一些理由。比如说，唐僧取经，是为了救东土大唐的众生，是为了人类的幸福。唐僧取经可不是为了花果山的猴子，所以说，这个队伍的首领，必须是人类。

人类是不能把命运托付给别的生物的，哪怕自己再渺小，哪怕被人骂各种无能，也要独自承担苦难。如果是孙悟空取了经，功劳岂不属于猴类了吗？

所以《西游记》中沙和尚有句话说："世上只有唐僧取经，从来没有个孙行者取经之说。"就是这个意思。

而且，唐僧本来就是一个凡人，他没有火眼金睛，没有超能力，见到妖怪害怕是很正常的。你想一想，你遇到生命危险，难道就能保证不哭吗？和他天天打交道的，不是神仙，就是妖魔。在这个充斥着超能力的世界里，凡人当然是渺小的。就好像一只蚂蚁，试图在一群大象的践踏中，找到一条穿过森林的路。在这样的历程中，这只蚂蚁有点胆怯，有点糊涂，又算得了什么呢？

原著说唐僧在离开大唐的时候，发了一个誓："我这一去，定要捐躯努力，直至西天；如不到西天，不得真经，即死也不敢回国，永堕沉沦地狱。"这段话不是《西游记》原创的。历史上去印度求法的玄奘法师，也就是唐僧的原型，他出发时也立下了一个誓言，原话是："如果到不了印度，宁死也不后退一步！"

这就和儒家大师孟子说过的一句话很像："虽千万人，吾往矣。"哪怕前面有千万个敌人，我也要往前走！

唐僧的渺小，也就是我们的渺小。唐僧的伟大在于：明知道自己渺小，明知道自己肉眼凡胎，要被妖精吓哭，要窝囊一路，也要前行！别看他窝囊，这个誓言，他真的是做到了。虽然每次都哭成一个“脓包”，却从不曾真的投降或放弃。这其实是很了不得的。人可以软弱、可以渺小，但这绝不等于卑微和猥琐。

历史上的玄奘法师，遇到的困难再多，也无非是人世间的困难。但和唐僧天天打交道的，不是神仙，就是妖魔鬼怪。所以，害怕是必然的，不害怕才是反常的啊。

唐僧收了孙悟空之后，立即又在鹰愁涧收了白龙马。在这几回里，作者安排了几次非常有意思的对比。一开始，就说孙悟空怎么胆大，唐僧怎么胆小：遇到强盗，唐僧害怕；遇到小白龙，唐僧也害怕。孙悟空要去打仗，唐僧怕他走了自己孤单。孙悟空斗志昂扬，唐僧抖抖索索……两边一比，我们一定觉得，孙悟空是在天上，唐僧是在地下了。

谁知等到请来观音菩萨，收了白龙马之后，剧情却反转了。因为孙悟空对菩萨说出这样一句话：“我不去了，我不去了！西方路这么难走，保着这个凡人，什么时候能到？别把我自己的命也搭进去！”一贯胆大的孙悟空居然怕了，居然不想去了！还是菩萨给了他三根救命毫毛，才让孙悟空安下心来。

但是，你反过来看看唐僧。他虽然遇到危险就害怕，被吓哭，他说过一句退回的话吗？一句都没有。你翻遍了整本《西游记》都没有。这就是唐僧比孙悟空高明的地方。

因为遇到危险被吓到，这是人之常情。我们谁都不是神通广大的孙悟空，钢筋铁骨，砍不死、打不坏。恐惧，是我们生理上正常的反应。甚至可以说，恐惧，恰恰是人类躲避危险的重要本领。如果遇到危险不知道害怕，人类早就灭亡了多少回了。

不光是人类，普通动物也会害怕。哪怕是老虎，遇到雷电、大火，也会害怕、躲避。而且，恐惧这种情绪因人而异，有的人天生胆大，有的人天生胆小，我们总不能觉得天生胆小的人就低人一等。

但是，尽管害怕，却还是坚定不移地前行，这就是人类超出其他动物、超出生理反应的地方，这就是信念。在信念面前，无论胆大的人还是胆小的人，都是平等的。哪怕天天提心吊胆，哪怕天天被吓哭，但还是要不回头地朝前走。这才是唐僧乃至我们人类的伟大之处。

从《西游记》故事来说，孙悟空当然是胆大的。但这种胆大，是他天生的，是很正常的事情。只有他遇到了唐僧，才知道比胆量、比神通更加可贵的东西，就是信念。唐僧哪有别的本事呢？只有这坚定不移的信念，征服了孙悟空，也征服了猪八戒和沙和尚，使他们忠心耿耿地围绕在自己身边，一路同行。

而且，唐僧也不是完全糊涂，他是有一定的见识和智慧的。书里有一段写唐僧和孙悟空在初期磨合时的较劲，很值得一读。

唐僧收孙悟空时，给孙悟空戴上了紧箍咒。孙悟空老大不愿意。这时候师徒之间，发生过四次很微妙的冲突。比如收了白龙马之后，原著里写孙悟空三次嘲笑唐僧：

第一处是孙悟空带着白龙马来见唐僧。唐僧大喜："咦，这马比以前肥了？在哪里找到的？"孙悟空说："师父，你还做梦呢！"就把刚才的事说了。唐僧大惊："啊？菩萨在哪里？我要谢她。"孙悟空冷笑着说："还等你来谢？这工夫人家早到了南海啦。"

第二处是孙悟空请师父上马过鹰愁涧。唐僧道："这马也没有鞍子，怎么骑呢？还是找条船渡过去。"孙悟空说："这个师父真不知时务！这荒郊野岭的，哪给你找船去？就骑着它渡过去吧！"师父就师父呗，还"这个师父"，明显带着对唐僧的嘲笑。

第三处是师徒过了山涧，来到一座小庙借宿。看庙的老人送给唐僧一套马具，马鞍啊，马鞭啊，什么都有。唐僧低头拜谢，抬头一看，那老人和小庙都不见了。空中有人说道："圣僧，我们是观音菩萨派来的山神土地，送这套马具给你。"唐僧慌忙下马，望空礼拜，磕头不计其数。孙悟空在旁边，"活活的笑倒个孙大圣，孜孜的喜坏个美猴王"，意思是都把孙悟空笑得趴下了。他拉起唐僧说："师父，起来吧。他们早就走远啦，还拜什么拜？"

唐僧说："徒弟啊，我这么拜，你怎么连个头都不肯磕，就站在旁边笑？"孙悟空说："行啦！像他们这种藏藏躲躲的，没打他们一顿就算便宜他们啦，还敢受我的拜？嘿！老孙从小就不会拜人，就是见了玉皇大帝、太上老君，我也只是招呼一声罢了！"

这三处，唐僧显得很迂腐，孙悟空显得很有本事，谁都不拜，谁都不服，句句都是顶着唐僧说的。

第四处是紧接着发生的，师徒经过观音禅院。唐僧给观音菩萨的塑像磕头，孙悟空就去撞旁边一口大钟。唐僧磕完头站起来，孙悟空却还"铛——铛——铛——"地撞个不停。

旁边有个和尚嚷："喂！人家都拜完了，你还撞什么钟？"孙悟空这才丢下槌子说："嘿嘿，我这是当一天和尚撞一天钟。"

孙悟空为什么说这句话？首先是调侃、调皮，其实也说明了孙悟空一个微妙的心态：他还是不服气，他新当了和尚嘛，所以就会说这种阴阳怪气的话，有点故意指桑骂槐的意思。

但是情况马上就反转了。金池长老给唐僧师徒炫耀袈裟，孙悟空和唐僧的表现完全相反。

孙悟空笑着说："好好好，收起来收起来，让你们看看我们的！"唐僧急忙拉住："悟空啊，千万不要和人斗富，咱们孤身在外，只怕惹出事来。"

孙悟空大咧咧地说："看看袈裟，能惹什么事？"唐僧说："唉，你不知道。古人云：'珍奇玩好之物，不可使见贪婪奸伪之人。’万一他惦记上了，把你图财害命，也不好说啊！”

孙悟空只当耳旁风，连说：“放心，放心！都在老孙身上！”

这一回孙悟空可惹麻烦了，袈裟丢了，费半天劲去找，还耽误了行程。这回反倒是唐僧预见到了风险，孙悟空一手促成了麻烦。

这段还是在写唐僧和孙悟空合作初期的争执，正好照应了前四次孙悟空和唐僧的明争暗斗。前四次，一直是孙悟空压着唐僧，笑话他没出息啊，脓包啊，不识时务啊，当一天和尚撞一天钟啊，要么把唐僧损个够，要么就说怪话。这回倒反过来了。这一次，在唐僧和孙悟空的争执里，唐僧说的都是对的。当初，孙悟空笑话唐僧“不识时务”“脓包”，这回他要为自己的冒失莽撞承受代价了。这几次磨合，就建立了唐僧的地位。

取经团队里到底有几个人？

有人问我，取经队伍到底有几个人呢？

其实如果不抠字眼的话，当然是四个人：师父是唐僧，先在两界山收了大徒弟孙悟空，然后在高老庄收了二徒弟猪八戒，最后在流沙河收了三徒弟沙和尚。当然啦，中间还收了一匹白龙马，白龙马也会变成人，如果说五个人似乎也不能算错。

但是，如果我告诉你，取经队伍里只有一个人，你会不会相信呢？

没错，你发现没有，取经队伍里其实只有唐僧是人类。或者说，是普通的人类。孙悟空是个猴精，猪八戒是个猪精，沙和尚虽然不是动物成精，却也是一个妖怪，他的原型是佛教的深沙神，是一种恶鬼。你看他的形象是青脸红头发，脖子上挂骷髅，就知道了，哪有人类长这样啊？白龙马呢，虽然能变人，可他本质上是一条龙啊。

所以“取经队伍里只有一个人”，这句话并不是我这么说。明清两代的《西游记》评点家们，就经常这么说。比如现存最早的明代百回本《西游记》里有一篇陈元之写的序言。他就认为取经相当于一个人的修炼过程，五个角色分别代表一个人的心、神、意等不同的方面。后来清代的很多评点家，也都继承了这种说法，甚至用佛教或道教各种玄妙的理论去附会。

我们今天不谈这种理论学说。我们只简单地谈一谈取经成员在文学上的作用，基本上也可以得出相似的结论。

先说唐僧。从上一章得知，唐僧是一个非常平凡的人。他胆小、迂腐，有时还糊涂，人妖不分。但是，他有一个非常重要的优点，那就是有一种坚定不移的信念，从来没有说过后退。这种信念，把孙悟空、猪八戒和沙和尚都征服了，他们忠心耿耿地围绕在自己身边，一路同行。

一个普通人，想要做成一件困难的事情，可以胆怯，可以犯错，可以暂时失败，但唯独不能放弃的，就是信念。一旦信念没有了，全盘皆输。

说完唐僧，我们再来看看孙悟空、猪八戒和沙和尚这三个非人类的徒弟。

你要注意，非人类的精灵、妖怪、神仙，一般都有象征意义。这在全世界都一样。比如圣诞老人，象征着孩子们对过节的幻想。土地公公，象征着土地对人类的保佑。其实你可以这样想，如果唐僧象征我们普通人的话，这三个非人类的徒弟，其实象征着我们普通人性格中的三个方面。

孙悟空象征着哪一面呢？从一个故事就可以看出来。

在驼罗庄，孙悟空和猪八戒去打一条大蟒蛇。大蟒蛇把孙悟空吸到肚子里了。猪八戒吓了一跳。孙悟空却说："八戒，你看我让它搭个桥。"就拿金箍棒往上一顶。大蛇背上疼，就弓起身子来，两头高，中间低，好像一座拱桥。猪八戒说："虽然像桥，就是没人敢走。"孙悟空说："没事，你看我再让它变条船。"就把金箍棒顶着大蛇的肚皮。大蛇两头翘起来，肚子贴地，好像一条大船。孙悟空又说：“你看我立一根桅杆。”拿金箍棒变长了一捅，从蛇背上捅了出去。大蛇疼得一下子蹿了出去，蹿了二十几里，就趴在那里死了。

所以，孙悟空永远是调皮的、勇敢的，哪怕和妖怪打仗，也要玩出各种花样，这是不是反映你性格中积极向上的一面呢？

猪八戒很多时候，正好是孙悟空的反面。他总是懒惰、嘴馋，碰上妖怪就往后退，还动不动就分行李散伙。

比如说，有一次在狮驼岭，孙悟空和青狮精打仗。青狮精变成一头大狮子，一口把孙悟空吞到肚子里了。猪八戒赶紧跑回来，大喊大叫，说孙悟空死了。唐僧惊呆了，一头倒在地上。猪八戒也不管师父，反倒对沙和尚说：“沙和尚，反正也取不成经了，你把行李拿出来，咱们分了吧。我回我的高老庄，你回你的流沙河。把白龙马卖了，买口棺材，等师父岁数大了，留着给他送终。”说完了真的你一件，我一件，分起行李来了。幸亏孙悟空及时赶了回来，把他揍了一顿，不然就真的散伙了，这经也取不成了。

所以，猪八戒是不是象征着每个人性格里消极退后的一面呢？

积极和消极之间，勇敢和退缩之间，总是会有冲突的。所以取经路上，发生冲突最多的，就是孙悟空和猪八戒。孙悟空总是挖苦他，捉弄他。猪八戒也天天撺掇唐僧，让他给孙悟空念紧箍咒。唐僧只要一念紧箍咒，猪八戒就在旁边高兴。

其实，孙悟空和猪八戒的冲突，是我们心灵中这两面起冲突的象征。比方说，你放暑假时，雄心勃勃打算看多少书，这就是孙悟空的一面在起作用。实际上玩了整整一个假期，这就是猪八戒的一面在起作用。到暑假快结束了，发现什么都没干，就垂头丧气。情绪不好，就是你心中积极和消极的两面打架的作用。

沙和尚呢？沙和尚的法力是最差的，他加入取经队伍之后，没什么特别出色的表现。打妖怪的是孙悟空，卖萌耍宝的是猪八戒，沙和尚一直沉默，甚至台词都很少。但是，沙和尚是最可敬的成员。他的任务，是在孙悟空和猪八戒之间拉架、劝和。

孙悟空三打白骨精之后，被赶回花果山。后来唐僧被黄袍怪变成了老虎，猪八戒没有办法，又去请他。孙悟空打败了黄袍怪之后，仍然耿耿于怀，对猪八戒说："你天天在师父面前说我的坏话，是他的好徒弟，你不救他，又找老孙怎的？我回去了！"

这时候，沙和尚说了什么呢？他赶紧走上去，对孙悟空跪下说："哥哥啊，不看僧面看佛面，还是求你救救师父吧。要是我们能救，也就不请你了。"

男儿膝下有黄金，沙僧这一跪，我们只能称赞他明大局，识大体，丝毫看不出有多么卑微！所以孙悟空这么高傲的人，也赶紧伸手拉起来，不敢受他这一跪，立即使法术解了困住唐僧的妖法。

还有一次，在镇海寺，唐僧被老鼠精抓去了。孙悟空勃然大怒，迁怒于两个兄弟，发生了一次大矛盾。这段原文写得很好，可以引用一下：

> 行者晓得中了他计，连忙转身来看师父。那有个师父？只见那呆子和沙僧口里呜哩呜哪说甚么。行者怒气填胸，也不管好歹，捞起棍来一片打，连声叫道："打死你们！打死你们！"那呆子慌得走也没路。沙僧却是个灵山大将，见得事多，就软款温柔，近前跪下道："兄长，我知道了。想你要打杀我两个，也不去救师父，径自回家去哩。"行者道："我打杀你两个，我自去救他！"沙僧笑道："兄长说那里话！无我两个，真是'单丝不线，孤掌难鸣'。兄啊，这行囊、马匹，谁与看顾？宁学管鲍分金，休仿孙庞斗智。自古道：'打虎还得亲兄弟，上阵须教父子兵。'望兄长且饶打，待天明和你同心勠力，寻师去也。"行者虽是神通广大，却也明理识时。见沙僧苦苦哀告，

便就回心道："八戒、沙僧，你都起来。明日找寻师父，却要用力。"那呆子听见饶了，恨不得天也许下半边，道："哥啊，这个都在老猪身上。"兄弟们思思想想，那曾得睡，恨不得点头唤出扶桑日，一口吹散满天星。

沙和尚又跪了一回，而且苦口婆心，连着说了两个典故：管鲍分金，说的是春秋时期的管仲和鲍叔牙互相理解的友谊；孙庞斗智，说的是战国时期孙膑和庞涓一对师兄弟的死斗。最后连猪八戒都表态要出力，矛盾化解了，队伍团结了。

又比如说，在四圣试禅心那一回，猪八戒上了菩萨们的当，被吊在树林子里，孙悟空朝着他又是挖苦，又是笑话。沙和尚呢，书里写他："老大不忍，放下行李，上前解了绳索救下。"这就是化解矛盾，这就是厚道。

所以，沙和尚象征着我们性格中负责调节的那部分。如果积极向上的那一面过于激进了，他就往回拉一拉。如果消极的那面过于不像话了，他就往上拽一拽。也许越是沉默的人，越是这个队伍中的"定心丸"。

唐僧虽然是队伍的核心，却经常人妖不分。要是事事依着他，没准早就给妖怪吃了。

孙悟空呢？心高气傲，经常和师父吵架。唐僧还把他赶走过。如果事事依着他，也只能搞分裂。

猪八戒呢？遇到困难，就喜欢嚷："分行李散伙。"经常想起他的高翠兰，闹着要回高老庄。如果事事依着他，也只能散伙。

然而你再看沙和尚，从来都是任劳任怨的。他从来不抱怨，不打退堂鼓，也从来不和师父、师兄吵架。唐僧和孙悟空闹矛盾，他就出来劝解。孙悟空和猪八戒闹矛盾，他也出来劝解。猪八戒要分行李，他也出来劝解。到了连孙悟空、猪八戒都搞不定的时候，他也能出来，尽到自己的力量。

他不是冲锋陷阵的大英雄，却是稳定后方的大功臣。有了沙僧，这支队伍就不会涣散，一直走到了西天。

所以，神奇之处就是：沙和尚虽然没什么本事，但代表着这些力量的合力，代表着取经的大方向。取经队伍的大方向，不是依着唐僧走的，也不是依着孙悟空、猪八戒走的，竟然是依着沙和尚走的！

我们心里，其实也有沙和尚代表的一部分。比如我上中学的时候，假期快结束了，什么都没干，十分懊恼。这时候就有个声音劝自己："下次放假再努力吧。"就不那么垂头丧气了。又比如得了第一名，打心眼里是想炫耀一番的，可心里一定有个声音说："别嘚瑟啦，让别的同学嫉妒。"

这些声音，都是心中的沙和尚在调节的结果。

《西游记》通过队伍成员的组合，告诉我们这样一件事：人性是复杂的，人的内心是多面的。不要简单地把人归结为好人和坏人。任何人的心中，都有积极进取的一面，也有退缩、懒惰的一面，还有在中间调和的一面。是这几个方面的共同作用，才使我们成为完整的人。

天宫

南天门

如何区分神、仙、妖、魔、精、怪？

《西游记》是一部神话小说，里面经常出现神仙、妖怪、妖精、妖魔、魔王、妖仙等等称呼。那么，这些称呼到底有没有区别呢？现在就来理一理。

其实《西游记》里各种神奇的称呼，无非是六种：神、仙、妖、精、怪、魔。如果只从字面来说，《西游记》里的“妖精”“妖怪”“妖魔”，其实都是可以画等号的，书里也经常混用，这一点要先说清楚。

但如果细分，还是可以讲出一些道道的。其中，“魔”是一个特殊的概念，需要单独拎出来，在讲妖怪的一章单说，这就还剩五个：神、仙、妖、精、怪。靠什么来分呢？你记住两组概念就行了：好和坏、自然和人类。

神、仙、妖、精、怪、魔这六个哪一个历史最悠久、故事最多呢？你可能想不到，是这个“精”。“精”的历史可是非常古老，“神”和“妖”都是从“精”里分化出来的。在很久很久以前的原始社会，科学不发达，原始人解释不了千变万化的自然现象，就认为大自然的万物都由一种神秘的力量在管着，也就是万物都有精灵。门口的一棵树，有大树的精灵。一块石头有石头的精灵，一条河有河水的精灵。家里的老鼠，有老鼠的精灵。树林里的蛇，有蛇的精灵。

所以，什么叫“精”呢？说一个东西成精了，意思就是大自然里的东西，动物啊，植物啊，石头啊，有了人的样子，或者有了特殊的本领。这就是精，也叫“精灵”。注意这里说的都是“大自然”。大自然的东西或力量，本来是各种各样的。但原始人会把它们都想象成具有人类的样子，这就是“精灵”的起源。

这些精灵，有好的，也有坏的。有对人类有用的，有危害人类的。所以人们就用好坏区分这些精灵。好的就叫“神”，坏的就叫“妖”。那些好的、有用的，比如河水的精灵、风的精灵、山的精灵、雷的精灵，就成了后来的水神、风神、山神、雷神，成了这些自然现象的管理者。所以有时候，水神还叫水之精，雷神还叫雷之精。《西游记》里有一位火德星君，书里就管他叫“火之精”，他确实代表火这种力量，是火的精灵。

神管的事有方方面面。《西游记》里有一个最典型的故事，就是车迟国求雨。唐僧师徒走到车迟国，当地有三个妖道，要和唐僧师徒比赛求雨。求雨是怎么个求法呢？就是向各部门的神发出一个个命令，叫他们执行。

下雨之前得先刮风。孙悟空就拿金箍棒往空中一指，风来！天上就有一个神，叫风婆婆，她专管刮风，她的风都装在大口袋里面。风婆婆把口袋的绳子一解，风就刮起来了。

这个风婆婆，其实就是古人想象中的风的精灵，她的起源非常早。在秦汉时期的画像上，就有风神背着口袋的形象。甚至不光是汉族故事，其他民族、其他国家的风神，也都是拿一个大口袋。

下雨之前得有云。孙悟空拿金箍棒又一指，云起！天上又有一个神，叫推云童子，是个专门管云的小孩儿，其实就是古人想象中的云的精灵。一会儿整个天空就布满了云。

风、云都有了，孙悟空又一指，电闪雷鸣！天上又出现了两个神。一个叫雷公，专门管打雷；一个叫电母，专门管打闪电。电母拿着两面镜子，雷公拿着一把斧子、一把凿子。他们其实就是雷和电的精灵。镜子一晃，斧子一敲凿子，电光一闪，雷声就响起来了。

孙悟空拿金箍棒又一指，下雨！天上又有管下雨的神，就是四海龙王。龙王下雨是用嘴喷的，大嘴一张，倾盆大雨就下起来了。龙王当然是古人想象中水中动物的精灵。

所以你看，下雨是最常见不过的自然现象了，但《西游记》里就分风、云、雷电、龙王四个部门在管。因为古人一看，下雨之前先有风，然后乌云密布，然后电闪雷鸣，然后才下雨，就会想，这风是谁在管啊，云是谁在管啊，闪电和打雷肯定是两个吧……每个现象都有精灵在管着，它们对人类有用，就成了风神、云神、雷电之神和龙神。

除了下雨，古人认为其他的自然物也有精灵在掌管。太阳有太阳的精灵，月亮有月亮的精灵，天上每一颗星星都有精灵。五大行星中的金星，当然有它的精灵，古书上叫“太白之精”，这就是太白金星。甚至每一座小山，都有山的精灵，就是所谓的“山神”。总之，大自然的方方面面，只要人们需要，古人都安排神去管。

神都是对人类有用处的。那些坏的、有害的、天天闹人的精灵呢，就叫妖，比如老鼠的精灵、蛇的精灵，后来就叫鼠妖、蛇妖。“妖”和“精”，连起来就叫“妖精”。

有些说不上好还是坏的精灵呢？比如一棵大树的精灵，一朵花的精灵，就叫树精、花精。

《西游记》里还有许多精灵，比如无底洞的老鼠精、琵琶洞的蝎子精。甚至一副死人的骨头，都可以成精，叫白骨精。蝎子、老鼠、死人的骨头，对人类都没有什么用，甚至还被人类讨厌、蔑视。所以，这些精灵，一般就会成为“妖”。

另外，有些是从天上下来的神仙，在西天路上干了坏事。比如金角大王、银角大王本来是太上老君的童子，就不能叫金角精、银角精。

如果神仙原来是好的，后来变坏了，那就加一个“妖”字。变坏的神仙叫“妖神”，变坏的仙人叫“妖仙”。有些妖精原来是坏的，后来变好了呢？那就不叫“妖”了，叫“神”。比如孙悟空，干坏事的时候，就叫“妖猴”；被人尊敬的时候，就是“神猴”。所以“神”和“妖”一直是对立的，但都来自大自然。

明白了精、神、妖的关系，再来看看神和仙。

咱们平时经常说“神仙”，其实神和仙是完全不同的。无论是神，还是妖，都是来自大自然的神秘力量。但神和仙的区别，在于“自然”和“人类”。

神是自然力量的管理者，风神也好，雷神也好，都是大自然的拟人化。他也许长着人类的样子，但并不是人类。但仙是人类修炼成的，是有超能力的人。神代表自然的力量，仙代表人类的力量。

因为古人觉得人生就那么几十年，太短了，有没有一种办法能长生不老呢？人类的能力太渺小了，去远处得一步步走过去，能不能腾云驾雾，嗖一下就到了？于是古人就想，世界上一定有长生不老的法术，一定有腾云驾雾的办法。掌握了这些本领的人，就是仙。你看“仙”这个字，带人字旁，就说明仙是人修炼成的。

所以孙悟空出海学艺，遇到了一个老仙人，叫须菩提祖师。祖师教了孙悟空什么本领呢？不是打雷、打闪电、推云彩、下雨，这些是神负责的，不是仙负责的。祖师教给孙悟空的是长生不老之术、筋斗云、七十二变，让他活得更长，跑得更快，通过变化能办成的事儿更多。掌握寿命、速度、变化的能力，这是人类自己的力量。即使有法术叫“呼风唤雨”，也指的使用、驾驭风雨的“能力”，而不是主管风雨的“职责”。

西天路上，有一个地方叫五庄观，里面有一个镇元大仙。镇元大仙别的什么事都不干，就干一件事——种人参果。这个人参果可不得了，闻上一闻，能活 360 岁；吃上一个，能活 47000 年。孙悟空听说了，就去他园子里偷。他爬到果树上，打下来一个。结果，人参果掉地上没有了。孙悟空想：“咦，这是怎么回事啊？难道人参果长着腿儿会跑？会跑也出不了这个院子啊。我知道了，一定是这个地方的土地神，不许我偷果子，他收去了。哼，老孙把他叫出来，教训教训他。”

孙悟空就念了个咒，这个园子的土地神就从土里钻出来了。“大圣，你要找人参果呀。你错怪我了，不是我收的。这果子有个特点，叫遇土而入。只要遇到土，果子就会钻进去。你也别找了，再摘别的吧。”孙悟空没办法，就叫他走了。

所以你看，镇元大仙够厉害吧？但他不是神，因为他不是这片地方的管理者，是另外有一个土地神在管。镇元大仙就专门研究吃了可以长寿的人参果。吃人参果长寿，这提高的是人类自己的能力，而不是大自然的能力。所以，他的名字就叫“镇元大仙”，不叫“镇元大神”。

不过，神和仙有时候可以互通。比如有些仙人，因为修炼得好，就升上天宫，管理一摊事，就成了一个神。比如猪八戒，如果你看过第十九回，就会知道猪八戒有一段自述，回顾他最开始的时候，是一个普通的凡人。有一天遇到一个仙人，教了他长生不老的法术。他练会了之后，也成了仙，就飞上了天宫。玉帝就封他做了天蓬元帅，他就成为一个神了。在第二十二回，沙和尚回顾自己的经历也是如此。

这不是个别现象，在中国的神话里，似乎有这样一种“公务员选拔制度”。只要是你修炼成了仙人，天庭就有可能召你去做官。做官就要管一摊事，这就成了一个“神”。这很像大学毕业后考上公务员。甚至孙悟空也是如此，他在花果山的时候，只能叫“妖仙”，不能叫“妖神”。但他被召上了天，做了弼马温，哪怕是一个芝麻绿豆大的小官，他也就成了一个“神”了。

如果是没有官职的仙人呢？也有个名字，就是“散仙”。他们会在天地间任意遨游，不会管什么事情。但是，他们不能叫“散神”。

另外，人间的一些名人，去世后受到尊重，民间也会认为他成了“神”。例如关羽、岳飞，都成了天上的神将；著名的清官包拯，传说做过阎王。这就是凡人和神互通之处。这种现象在唐宋之后越来越多。

所以,“精”来自大自然,“仙”来自人类。“精”通过好坏来分，又分出了“神”和“妖”。“神”“仙”（以及人类中有影响力的人）后来又联合起来，管理这个世界。这就是这四个字的关系。

《西游记》里还有个词叫“怪”。“怪”原来的意思，就是奇怪的东西。它不一定好，也不一定坏。它也许来自大自然，也许来自人类。妖精当然都是奇怪的东西，所以“妖精”就等于“妖怪”。《西游记》里的小西天，有一个黄眉老佛，假扮佛祖，骗唐僧进小雷音寺，把他们抓住了。黄眉老佛是弥勒佛的童子，但也可以叫黄眉怪。

有些来自大自然的“怪”，并不干坏事。比如在八百里通天河，孙悟空请观音菩萨帮忙降服了鲤鱼精之后，师徒要过河。书里说，这时候“那水里钻出一个怪来”，是一头大鼋，就是一种巨大的龟，还会说话。这大鼋说：“唐长老，我送你们过河。只要答应我一个条件，你到了西天，问问如来佛祖，看我还有多久才能修成一个人身。”

唐僧就答应了，师徒四人站在它背上，渡过了八百里通天河。又过了许多年，等取经回来的时候，唐僧师徒又碰上了大鼋。大鼋又渡他们过河，半路上问唐僧：“唐长老，您问了没有啊？”

唐僧一想：坏了！我忘了问了。大鼋说：“啊？你忘了呀？那可不怨我了！”一晃身子，师徒四人就掉水里了。

你说这个大鼋是“精”吗？当然是，他能说人话，有了特殊的本领，当然是成了精。但它是“妖精”吗？当然不是。他并没有干坏事，把唐僧扔水里，也是唐僧有错在先。但是，书里就管他叫“怪”。因为你想啊，比如你在河边玩，突然哗啦一声，河里冒出一个比房子还大的大乌龟来，你害怕不害怕，奇怪不奇怪，你肯定喊：“哎呀，怪物呀！”但他是来帮你过河的，所以虽然是“怪”，却不是“妖怪”。他要是爬上岸来要吃你，那就是妖怪啦！

玉皇大帝到底是一个神还是许多神？

在《西游记》里，万神之首，是玉皇大帝。

那么，玉皇大帝到底是一个神，还是几个神？换句话说，“玉皇大帝”到底是一个人的名字，还是一个职位的称呼？

今天就来聊一聊这个问题。

首先，玉皇大帝在《西游记》里，肯定是一个人，而不是几个人。他姓张。在《西游记》的金峨山，孙悟空和青牛精打仗，回顾自己的英雄历史，有这么一句话：“绑见玉皇张大帝，曹官拷较罪该当。”就是说，在《西游记》里，人们公认玉皇大帝姓张，所以叫张大帝。直到今天，民间传说也是如此。

“张”是他的姓。那么他叫什么名字？很多民间传说都说玉皇大帝叫“张友仁”。

这不是空穴来风，而是来源于很早之前的民间故事。玉帝叫“张友仁”的传说，较早出自《玉皇宝卷》（宝卷是一种说唱文学）。故事说的是一个农民叫张友仁（又叫张百忍），善于忍耐，行善积德，然后上天做了玉帝。

张友仁在历史上确有其人。他倒不是什么农民，他真名叫张公艺，是唐代一个很有名的人。他九世同堂，子子孙孙没分过家。唐高宗问他原因：“你是怎么做到子孙和睦、全家幸福的呢？”张友仁就拿出一张纸，在上面写了一百个“忍”字，意思就是说要想全家和睦幸福，那很多事情就要忍耐。后来民间根据他的这个故事，编出了“张百忍”这个形象。

但是，民间传说总有不同。张百忍虽然是唐朝人，但玉帝姓“张”其来源更早。玉帝是天上最高的统治者。最高统治者，也叫“天翁”或“天公”。唐段成式《酉阳杂俎》记载了一个故事：

> 天翁姓张名坚，字刺渴，渔阳人。少不羁，无所拘忌。尝张罗，得一白雀，爱而养之。梦天刘翁责怒，每欲杀之，白雀辄以报坚。坚设诸方待之，终莫能害。天翁遂下观之，坚盛设宾主，乃窃骑天翁车，乘白龙，振策登天，天翁乘馀龙追之不及。坚既到玄宫，易百官，杜塞北门，封白雀为上卿侯，改白雀之胤，不产于下土。刘翁失治，徘徊五岳作灾。坚患之，以刘翁为太山太守，主生死之籍。

这段话大致讲的是这样一个故事。“天翁”原本姓刘，后来被一个叫张坚的人用计策篡了位。刘天翁上不去天，只好做了泰山太守（就是所谓泰山府君），阴间的主宰。这位张坚救下了一只白雀，每次刘天翁害张坚的时候，白雀就来帮忙。张坚上天后，也把白雀封了神，凡间就不产白雀了。

这样看来，天上最高统治者这个位置，也并不是一成不变的，而是可以更换的。

为什么“张”天翁会替代“刘”天翁？据著名学者张政烺先生考证，这是流传于汉代的故事。因为东汉末年，发生了著名的黄巾起义，领袖就是张角兄弟。他们利用一种叫“太平道”的宗教发动群众。另外，还有一位叫张陵的人，创立了“五斗米道”（最早的道教）。张角也好，张陵也好，都是早期道教人物。所以这个故事，有道教人物反对刘氏政权的隐喻。

张天翁也不是一直在位的。根据南北朝时期的《殷芸小说》：

> 晋咸康中，有士人周谓者，死而复生。言天帝召见，引升殿，仰视帝，面方一尺，问左右曰：“是古张天帝邪？”答云：“上古天帝，久已圣去，此近曹明帝也。”

“曹明帝”就是魏明帝曹叡。看过三国故事的都知道，司马氏篡夺了曹氏政权，而在晋代的民间传说中，曹氏子孙却在天上继续当皇帝，这大概体现了民间的怀念之情。

在我们中国古代的信仰中，先秦就有天帝的概念，但当时只有一个字“帝”。这个“帝”，也写成“上帝”，但并不是基督教的“The God”。“上帝”本来就是我们中国人的概念，指的是老天爷、天公，即天上的主宰。

至于这个主宰是个什么样子的，不同的人、不同的阶层有不同的认识。但是无论是学者也好，官府也好，老百姓也好，总得有一个名字来喊他。自秦一直到汉代，官方喜欢喊“帝”或“上帝”（后来又出现了“昊天上帝”的说法）。在民间，老百姓喜欢喊“天公”或者“天翁”。

天公也好，天翁也好，翻译成今天的话来说就是“老天爷”。“公”“翁”就是老人，就是爷。所以现在听起来，“天公”好像挺雅，其实当时就是一句大白话。所以可以这样说，这位最高统治者，他的大名叫“帝”“上帝”“昊天上帝”，小名叫“天公”“天翁”，就这么大概一直沿用到唐代。

昊天上帝也好，天公也好，和道教没有任何关系。而“玉皇”这个名字，才是道教的独创。

魏晋南北朝时期，宗教势力开始渗入民间和朝廷的信仰。“玉皇”这个名字，最早出现在南北朝时期陶弘景的《真灵位业图》。这是一部最早的神谱，其中就有“玉皇道君”，其他道经里还有“高上玉皇”“玉皇九晨君”等等。“玉皇”是个通称，不是专称，很多地位崇高的神，名字前面都带“玉皇”两个字。

既然“玉皇”可以称呼地位崇高的大神，那么这位天上最高统治者，自然也可以带“玉皇”的称呼。所以随着道教的渗透，大概在唐代，开始出现了“玉皇上帝”这么一个称呼，并渐渐在民间和道教中沿用。而且唐朝人喜欢在诗歌里用“金”“玉”等漂亮字眼，所以称呼天上的大神，就经常称“玉皇”。比如：

> 峨眉道士风骨峻，手把玉皇书一通。（陆龟蒙）
> 玉皇欲著红龙衮，亲唤金妃下手裁。（曹唐）

于是，“玉皇上帝”或者“玉皇大帝”这个名字，就逐渐地被民间所认可，用来称呼这位最高统治者了（这个时候，官方祭祀的最高神还是“昊天上帝”，还没有认可“玉皇大帝”这个名字）。

直到北宋，宋代的皇帝都很喜欢道教，既要神化自己，也要在天上找到对应的最高神。经过了几百年，“玉皇大帝”这个称呼，在民间和文人中逐渐得到认可。于是人们顺水推舟，干脆把“玉皇大帝”和“昊天上帝”合而为一。这是历经宋真宗到宋徽宗几代君主慢慢实现的。宋徽宗给玉皇大帝上尊号，叫“太上开天执符御历含真体道昊天玉皇上帝”（这个名字一直行用到今天，今天的道观做法事，仍用这个全称）。

从这个尊号就可以看出，俗名叫“老天爷”的“昊天上帝”，和“玉皇大帝”合二为一。到这个时候，人们对玉皇大帝的信仰登峰造极。也大概是在这个时候，玉皇大帝才在官方、民间、文人、宗教这几个领域取得了一把手的地位。

北宋灭亡之后，南宋皇帝对玉皇大帝的兴趣不大，对道教也没有那么崇奉，于是就形成一个很有趣的现象：玉帝在经过了短暂的合并之后，又发生了分裂。官方仍然拜“昊天上帝”。但民间，因为有宋徽宗的影响，一直认为玉皇大帝是宇宙的主宰。

昊天上帝和玉皇大帝分立的局面，一直持续到清代。在北京的天坛和地坛，皇上冬至祭天，夏至祭地，他祭的那个“天”是昊天上帝。而民间几乎没有“昊天上帝”这个称呼，都是叫“玉皇大帝”。这个有趣的现象正好说明：民间和官方，表面上拜的都是这位“老天爷”，但是实际上是完全不一样的！

清代灭亡之后，意识形态发生了巨大的变化。政府不再去拜神拜天了，祭祀“昊天上帝”的传统也就从此消失。但是官方的祭祀虽然消失，民间对玉皇大帝的信仰却一直延续到今天。

太上老君和玉帝是什么关系？

孙悟空在天上闯的几个大祸，偷了太上老君的仙丹，算是一个。

原著上说，孙悟空先是在瑶池偷了御酒、美味佳肴，喝多了，摇摇摆摆，乱闯乱撞，走了一会儿，就把路走错了。他没走到齐天大圣府，却跑到太上老君的住处来了。

孙悟空抬头一看，心想："嗯，兜率宫？这是三十三天之上，离恨天太上老君住的地方啊，怎么跑到这里来了？也罢，一直想看看这老头，一直没空来，正好进去找他玩玩。"

他就推开兜率宫的大门，闯了进去，谁知里面静悄悄的，一个人都没有。原来太上老君正在和燃灯古佛一起讲道，好像上大课似的，他宫里面的各位小神仙都在台下听讲。

孙悟空就跑到丹房，把他的仙丹偷吃了。等吃饱了金丹，孙悟空的酒也醒了，心里咯噔一下："不好，不好！这场祸可闯大了，比天还大，要是被玉皇大帝知道了，可不得了。走，走，走！还是下界当我的猴王去喽！"

太上老君发现了，十分生气。原来他的这些丹药，是要给玉帝做“丹元大会”用的，现在被偷了，只好向玉帝告状。

这段故事并不复杂，可是这里面涉及很多名词和逻辑。

首先，“兜率宫”的“兜率”是什么意思呢？是太上老君有个布兜子吗？不是。“兜率”是根据梵语音译过来的，意译为欢喜、满足。兜率，又叫兜率陀，本来是佛教的三十三天之一，发音写作Tusita。所以“兜率”的“率”应该读shuài，而不读lǜ。

离恨天兜率宫，就是没有忧愁苦恼，每天高兴，每天满足的地方。其位于天宫的最高处，玉皇大帝都在他下面。但是，我们都知道太上老君是道教神仙，为什么给住处取了个佛教的名字呢？

其实，这就是民间传说中对佛道两教“三十三天（或三十六天）”的混用。

道教和佛教都有三十三天（或三十六天）的神话传说，说这天空不止一层，有三十多层，就跟烙大饼似的，每层天都有名字。但是，这两教给各层天起名字，都是为了宣讲自己的教义。名字充满了浓浓的哲理味儿，有时候未免太生僻了。比如佛教的分法：

> 四天王天、忉利天、须焰摩天、兜率陀天、化乐天……

道教也不含糊，比如：

> 虚无越衡天、太极蒙翳天、赤明和阳天、玄明恭华天、太清境大赤天、上清境禹余天、玉清境清微天……

民间老百姓对这些天名，字都未必认得全，所以根本分不清哪个天是哪个教派的。所以传来传去，这些名字就全被弄混了。

但是，其中的兜率天，虽然在佛教的各天里不是最高的，却很有名。根据佛教说法，佛教创始人释迦牟尼成佛以前在兜率天。未来成佛的弥勒，也住在兜率天，将来也从兜率天下降成佛。所以，很多佛教徒认为这是一处圣地。传来传去，兜率天在民间渐渐名气大了起来。《西游记》也就用了这个名字，给太上老君的住处起名叫“兜率宫”，表示是天上一处神圣的地方。

那么，为什么这个地方又叫“离恨天”呢？佛教和道教，都没有“离恨天”这个说法。这个说法其实来自民间的一句俗语。

元明戏剧中，经常把“离恨”与“相思”并提。比如：

> 最高的离恨天堂，最低的相思地狱。（《朝野新声太平乐府》卷八）
>
> 三十三天觑了，离恨天最高；四百四病害了，相思病怎熬？（郑德辉《迷青琐倩女离魂杂剧》）

在这里，“离恨”是离愁别恨的意思，是一种对离愁别恨的夸张和比喻。意思是说，如果两个亲近的人分离，这种忧愁、痛苦的程度，就像最高的天空那样高。“相思地狱”也是这个意思：两个人互相思念，这种痛苦就像陷进了最低的地狱一样。和今天说的“后悔药可没处买”是一个道理。

“离恨”本来是“离愁别恨”，结果《西游记》却把这个意思有意无意地误用了。因为“离恨”也可以解释为“远离忧愁”，和“无忧”的意思差不多。于是太上老君就住在这个远离一切忧愁的美好的天上了。也就是说，《西游记》借用了民间常用的一个词，通过对意思的错用，达到了它想要的效果。

另外，太上老君是什么人呢？听起来好像地位挺高的。他跟玉皇大帝又是什么关系呢？好像像他的下属一样。

这要说一说太上老君的来历了。原来，我国古代有位思想家叫老子，他姓李，叫李聃，又叫李耳。他和孔子生活的时代差不多，还要稍早一点。据说，孔子还拜他为老师，向他请教问题。

老子在周王朝当过一个官，叫“柱下史”，相当于现在的国家图书馆管理员。他在图书馆里，看了好多书，学问非常大。后来觉得当管理员已经没什么意思了，就四处云游，来了一场说走就走的旅行。传说他骑着一头青牛，一路向西。谁也不知道他去了哪里，什么时候去世的。在西行途中他写了一部书，这就是著名的《道德经》。

这位历史上的老子非常神秘。他消失之后，出现了很多关于他的神奇故事。后来，又过了几百年，汉代兴起了一个宗教，就是今天的道教。道教把《道德经》奉为经典，把老子尊为道教的始祖，又给他编了许许多多更加神奇的故事。说他本来就是一位大神，叫“太上老君”，连玉皇大帝都在他之下。

从汉代到南北朝时期，道教又发展了几百年，不同的教派又创造出好几位大神，当成他们本教派的最高神，比如元始天尊、灵宝道君，还有一些教派崇奉的太上老君。后来这些教派融合了，就干脆把这三位也合在一起，称为“三清”，顺序是元始天尊、灵宝道君、太上老君。孙悟空师兄弟在车迟国，推倒了圣像，变成三清的模样骗虎力大仙他们喝尿。这里的三清就是这三位。

按理说，三清是道教的最高神，比四御（包括玉帝在内）地位高。但为什么在《西游记》里，太上老君好像又听玉皇大帝的呢？这是因为，《西游记》是一部文学作品，不是道教作品。文学作品还是要按照老百姓的想法写。

老百姓认为地上的皇帝是管理一切的，玉皇大帝是天上的皇帝，自然也应该管理一切。太上老君虽然地位高，但只能算作宗教领袖，相当于一位德高望重的大教授。他地位比玉帝高，资格比玉帝老，但权力没有玉帝大。玉帝有事，可以恭恭敬敬地和他商量，但是实际掌握权力的还是玉帝，而不是太上老君。

太上老君是个很勤奋的神仙。他虽然在讲道，丹房的火却没停，依然在炼丹。他那么大的神仙，为什么还要亲自烧炉子炼丹呢？自己享清福不好吗？

这是因为，道教本来就有炼丹的传统。道士们认为，天底下一定有一种长生不老的仙药，这种仙药，就叫金丹。只要方法对了，就能炼出来金丹。所以自古以来，道士们就找了各种各样的矿石、植物、金银铜铁、千奇百怪的药材，放在炉子里炼。炼丹就成了道士们的日常工作了。

炼出来没有呢？当然没有。但这就是最早的化学实验。这样一来，反倒发现了很多化学原理，搞出了很多发明创造。所以古代的很多道士，都是化学家。

比如火药，是我国古代四大发明之一，是道士在炼丹的时候发明的。因为硝石、硫磺，都是炼丹的原料，而木炭是炼丹的燃料。如果三者达到了特定的配比，遇到火星，就很容易爆炸。大多数道士会尽量控制这三种原材料的配比，不让它们发生爆炸。但有人也反过来想：如果按能发生爆炸的比例配比，岂不是能造出一种威力强大的武器吗？于是，火药就被发明出来了。

又如“湿法炼铜”，是用硫酸铜溶液和铁发生置换反应，不需要烧火，就可以炼出铜来。这也是道士在炼丹的时候发明的。

《西游记》的作者一想，既然道士们都喜欢炼丹，那太上老君是道教的祖师，当然也得每天炼丹。所以你翻翻原著就知道，什么金箍棒啊，九齿钉钯啊，都是太上老君在炼丹炉里炼出来的，他是《西游记》里最大的发明家。

太上老君的炼丹炉，有一个专门的名字，叫“八卦炉”，也值得说一说。

八卦炉不但用来炼丹，炼各种法宝，也用来炼孙悟空。孙悟空被二郎神抓到天上后，刀砍斧剁，都伤他不着。太上老君就对玉帝说：“陛下，这猴子吃了蟠桃，偷了御酒仙丹，这些宝物都被他吃下肚去，炼成了金钢之体了，一时半会是杀不了他。不如给贫道领去，放在八卦炉中，用文武火炼他。七七四十九天之后，炼出我的丹来，他也就化为灰烬了。”玉帝一听，觉得也有道理，就叫天兵天将把孙悟空解下，送到太上老君的兜率宫去。

太上老君把孙悟空推到八卦炉里，看炉的道人、烧火的童子一齐摇着扇子，扇起火来。

孙悟空在八卦炉里，东瞧西看，发现炉子一圈有八个位置，名字分别叫：乾、坎、艮、震、巽、离、坤、兑。他就把身子钻在“巽”位，“巽”是风的意思。有风就没有火，只是顺着风刮来的烟太大，把眼睛熏得通红通红的，这就是“火眼金睛”。

八卦到底是什么东西？其实，这是古人对八种自然物的称呼，八种自然物是：天、地、水、火、风、雷、山、泽。泽就是湖泊沼泽。

八卦还对应八个符号：天为乾，地为坤，水为坎，火为离，风为巽，雷为震，山为艮，泽为兑。这八个符号来源非常古老。现在已经讲不清楚为什么是这八个字了。

八卦

既然有了八个符号，就可以用它们来代表八个方向。比如，可以规定乾代表西北，坤代表西南，离代表正南，坎代表正北……八卦正好对应八个方向。

为什么这样对应呢？也有些道理。比如离是火，而南方是炎热的地方，所以离代表南方；坎是水，水是冷的，而北方是寒冷的地方，所以坎代表北方。其他六个，也有一些复杂的理由，就不多说了。总之，这些道理代表了几千年前古人认识大自然的原始思维。

炼丹炉这么大一个家伙，里面空间很大。一圈有八个方向，对应这八卦。所以孙悟空钻在“巽”位，其实就是钻在炉子的东南位置。巽就是风，这个位置就可以产生风。后文经常说孙悟空向“巽地”吸口气，其实就是向东南方向吸口气。用这种原始思维来看：既然“巽”是风，所以从“巽地”上吸口气，就能吹出狂风来。金角大王有一把芭蕉扇，书上说，他朝“离宫”扇了一扇子，就能平地扇出火来，也是这个道理。离宫不是什么宫殿的名字，指的就是南方。因为八卦里“离”为火，对应南方（八方加中央，一共九个方位，就合称“九宫”）。

八卦炉并不是太上老君的专利，历史上炼丹的道士，都会建八卦炉。也就是一座方形的炉台，一周开八个门，对应八卦的位置。每个门里都会烧火。道士们会根据各种玄而又玄的说法，来调节八个门的火焰，还要配合星斗、时辰、吉凶日期。其实抛开表面上这层神秘色彩不谈，就是让这八个灶门的火焰或大或小，从而达到调节炉子温度的目的。在这里，八卦，只不过是八个方位的代名词罢了。

所以太上老君说用“文武火”来炼孙悟空。文武火，也是来自历史上道士的炼丹术语。文火，就是柔和的，温度低的火；武火，就是猛烈的，温度高的火。这里你别弄混，后面故事里还有个“三昧真火”。文武火和三昧真火是完全不一样的。文武火是专门炼丹用的。而三昧真火是人修炼出来，可以往外喷火。

“文武火”说起来神奇，其实无非就是通过调节八个灶门，使火焰或强或弱罢了。“文武火”这个词，还用在了今天的烹调中。用微小火苗慢炖的，就是文火；用火力猛烈地快炒，就是武火。只不过人们再也不需要调节八个灶门，只要旋转一下燃气灶的控制旋钮就可以了。这在今天是非常简单的事情，在古代可是一件需要专门训练才能掌握的技术。

玉帝是个什么样的人？

《西游记》里，玉帝是一位重要的人物，但如何评价他，却也不是一句话两句话说得清的。

这是因为：他的身份太复杂。我们到底应该把他看成什么人？是一个具体的人？还是一个神仙官吏体系的总代表？还是天（或大自然）的象征？不同的看法，得出的结论就不一样。

《西游记》里的玉帝，很像一个封建帝王。他和他手下一整套神仙官吏的表现，就像封建帝王统治下的一套机构。玉帝就是这套机构的代表人，所以他的一举一动、一言一行，虽然也代表他本人，但更多的，是代表整套机构的利益。

一般来说，一个封建王朝，往往是开国皇帝有很鲜明的性格。随着王朝的发展，各方利益逐渐发展、固化。皇帝作为总代表，就很难展现自己的性格。或者说，即使有性格，也很难体现在各种各样的行政事务上。他更多的任务，是让从上到下整个的官僚机器维持正常运转。

但是，当一个封建王朝发展到中后期，社会问题、矛盾积累了不少，就会时不时爆发出来。皇帝虽然有权，但也无能为力。《西游记》产生于明代的中后期。这位玉帝，恰巧正像这样一个封建王朝发展到中后期时的皇帝。

比如，当孙悟空闹龙宫取金箍棒，闹地府销生死簿，闯下这么大的祸，玉帝怎么对付他呢？

玉帝开始想发兵。太白金星就说："我想，与其发兵捉拿，倒不如发一道招安圣旨，把他召上天宫，大小封他一个官儿，让他给我们干活，不就管住他了吗？他要是听我们的话，干得好呢，那就慢慢升他的官。要还是捣乱呢，咱们就近把他抓起来，不是一抓一个准吗？何必大老远地派兵下界呢？"

原著的原文是把孙悟空"拘束此间，若受天命，后再升赏；若违天命，就此擒拿。一则不动众劳师，二则收仙有道也"。

玉帝一听，觉得这个主意也不错，就说："准奏！"就叫文曲星官写一道圣旨。太白金星带着圣旨，下界招安孙悟空去了。

孙悟空闹了龙宫，闹了地府，这不就等于造反了吗？怎么玉帝不收拾他，反倒把他弄上天来当官呢？这就是古代皇帝对造反的人采取的两种手段，一种叫剿，一种叫抚。

什么是剿呢？剿就是围剿。皇上估摸着造反的势力没多大，一股小贼，就发兵去围剿，攻打他们。打败了之后，抓的抓，杀的杀。

什么是抚呢？抚就是安抚。皇上一看，这股势力不好惹，派兵过去打吧，也未必打得赢，就算打赢了，也得花不少钱，费不少劲。皇上也心疼钱，他国库里的钱也不是大风刮来的。这时候就会用"抚"的政策，又叫"招安"，派个大臣去安抚一下：哎呀，你们不要造反啦，朝廷理解你们，你们来当个官儿吧。

但是，这也不是人家发慈悲。你接受了，去朝廷当个官，不就没了兵了吗？那时候想收拾你也容易。这是一种权谋。

所以，历朝历代，朝廷对下面造反的人，一直是两种手段并用。说白了就是来软的一手，还是硬的一手。《西游记》是神话，但神话永远是根据现实写的。所以人间皇帝怎么对付造反的老百姓，天上的玉帝就怎么对付孙悟空。历朝历代的大臣，也都分为剿、抚两派。主张剿的就说不能任凭强盗们嚣张，要狠狠地打；主张抚的就说有话好说，坐下来谈，和平要紧。

在《西游记》里，一直负责剿的，来硬的一手的，是托塔天王；一直主张抚的，来软的一手的，是太白金星。玉帝呢，就在这两派之间摇摆，一会儿主张剿，一会儿主张抚。这和古代朝廷的决策几乎是完全一样的。这里的玉帝，谈不上有什么个人性格，只有根据利益的计算和情势的协调。甚至也谈不上维持正义，他维持的只是秩序，不要出乱子。

但是乱子还是发生了，起因还是他这套官僚机构。

因为所有的天神都是有等级的，和明代官僚的品级制度一模一样，都是要干事的。说白了，上天就是当官，哪怕叫“仙官”，也是官。孙悟空上天也是当官去了。

既然是官，那就得分等级。明代的官员，从上到下一共分九品，每品又分正、从两级，所以叫九品十八级。

比如明代的六部尚书，都是正二品；地方知府，都是正四品。一个县的长官叫知县，正七品（所以叫“七品芝麻官”）。知县手下还有正八品的县丞、正九品的主簿。九品十八级再往下，叫杂职，就是“未入流”了。比如国子监（最高学府）管食堂的，就是“未入流”。县里管监狱的、盐仓里管检查的，都是“未入流”。

《西游记》的天宫官僚体系，也大致如此。孙悟空第一次上天，做了个“弼马温”，是个管马的，和人间这些管食堂的、管盐的、管监狱的等级差不多。孙悟空刚来时不知道，做了一段时间，问同僚这官儿多大。同僚说“只唤做‘未入流’”。“未入流”虽然不是普通百姓，但在所有官员里，等级最低，也最受欺负。所以御马监那些人说：

> 这样官儿，最低最小，只可与他看马。似堂尊（明清时县里属吏对知县的敬称）到任之后，这等殷勤，喂得马肥，只落得道声“好”字；如稍有些尪羸（瘦弱），还要见责；再十分伤损，还要罚赎问罪。

弼马温不好做。做好了没人奖赏，做得不好还要被问罪。这其实是明代对底层官吏待遇苛刻的反映。所以孙悟空一听就火了，以他的性子，断然不能接受这样的待遇，必须造反。

跳出孙悟空的主角光环，这件事谁错了呢？其实谁也没错。按照这套体系的规矩，孙悟空再有本事，也得从底层熬资历，一点点爬上来。如果一上来就给一个高官厚禄，恐怕其他的天神也不会乐意。所以，当然可以说玉帝不会用人。但是玉帝即使贵为最高神，也得受制于整套体系。他要是个性格强烈，没那么多束缚的开国君主，恐怕就突破常规，破格提拔了。

既然如何安排孙悟空并不完全由玉帝本人说了算，他对这件事就很漠然。他似乎根本就没有试图弄懂孙悟空在乎什么。所以孙悟空反下天宫之后，玉帝很不理解地说了一句话：“凡授官职，皆由卑而尊，为何嫌小？”他的态度是打得过就“剿”，打不过就“抚”，平息事态最重要。

既然目的是平息事态，玉帝就根本没想从根本上解决这个问题，每次处理得都很短视。玉帝对孙悟空的态度，就是一次次的“糊弄”。

第二次招安孙悟空，玉帝又接受了太白金星的意见，给孙悟空封了一个“齐天大圣”。这仍然是一个“糊弄”孙悟空，试图暂时平息事态的短视行为。因为这个官职听上去威风无比，但是只给他官职，不给他俸禄。原著有个名词叫“有官无禄”，也就是说，并不把孙悟空算在正式的体系内，不给他实际的地位。

封“齐天大圣”，当然是照顾孙悟空的情绪；不给他地位，当然也是为了不破坏这套体系的秩序。孙悟空知道真相之前，自然被哄得很开心，但知道真相后，当然被激怒，但玉帝似乎仍然不懂。在整个孙悟空造反的过程中，玉帝的漠然是一贯的，甚至有些心不在焉。下面说什么，他就听什么。

孙悟空刚刚出世，眼睛里就射出两道金光，直射到天上。玉帝急忙派千里眼、顺风耳查看，回报说是“一石猴”。玉帝就点点头说：“下方之物，乃天地精华所生，不足为异。”“不足为异”就是没什么奇怪的，也就算了。他没有再派人去跟踪调查，大概做起来也太费事。

直到孙悟空闹了龙宫、地府，龙王和阎王跑上天来告状，乱子大了起来，玉帝这才问：“这妖猴是几年产育，何代出身，却就这般有道？”还是千里眼、顺风耳提醒，他才想起来——他竟然把这件事早都忘了！

第二次，孙悟空当了齐天大圣之后，玉帝随便给他派了个任务，让他去管蟠桃园。不知道猴子爱吃桃吗？

但是，除了孙悟空之外，整个体系的运转，倒也还看得过去。天蓬元帅调戏嫦娥，玉帝能依法处置，把天蓬元帅贬下凡。长安城该下雨了，他能及时派人去命令泾河龙王下雨。泾河龙王偷改降雨量，他能秉公处理，把龙王斩了。车迟国道士求雨，他能及时安排神仙。孙悟空打败了黄袍怪，上天一调查，原来是二十八宿的奎木狼下界，玉帝就罚奎木狼去给太上老君烧火，连孙悟空也觉得很公平……

所以，只要是在这个体系内的常规操作，玉帝都能处理得不错，并不能说他是一个昏君。但是，他好像习惯了这种常规的运转，只要超出正常秩序之外的突发情况，玉帝就会手足无措。所以最适合他的两个字，就是“平庸”。孙悟空和玉帝的争斗，其实是自由和秩序的争斗。不过可惜的是，后来孙悟空慢慢了解了秩序，但玉帝似乎从来没有了解过孙悟空。

玉帝有一句台词，特别能体现他的心态。在发落了黄袍怪之后，孙悟空心满意足，随便打了个招呼，就告辞走了。旁边有四大天师笑道：“那个猴子还是这等村俗。替他收了怪神，也倒不谢天恩，却就喏喏而退。”玉帝道：“只得他无事，落得天上清平是幸。”他最大的目的，就是别出乱子，除此之外，没有太多的奢求。

但是，如果事情不需要牵扯这套体系，而是玉帝本人能处理的，他就有许多超出常理的举动，惩罚冒犯他的人。

沙和尚之前是天庭的卷帘大将，是玉帝的贴身侍卫。他被贬下凡，是因为“失手打碎了玻璃盏”。玉帝就因为这件事勃然大怒，要把他斩首。幸亏赤脚大仙求情，才把他贬到流沙河做妖怪，派飞剑每七日一次来穿刺他的两肋。

按说，沙和尚这个罪过，可比猪八戒轻多了。但沙和尚的任务是“侍銮舆”，有点像玉帝的私人护卫。所以他处罚起来，就很不择手段。

这个故事，还真不光沙和尚有。比如一段民间说唱，讲牛郎织女星的来历：

> 牛郎星在河东岸，织女星在河西边。
> 打破玉皇玻璃盏，罚到天河不团圆。

按照民间传说，织女又叫“天孙”，是玉帝的孙女，是他家里人，然而玉帝也会因为这种小事大发雷霆。到底有多少小神仙因为打破过器皿什物被发配？我还没有统计过。但只能说明一点：在老百姓心目中，玉帝很容易因为这点小事大发雷霆、抖威风。而倒霉的都是他身边切近的人。

《西游记》里还有一个著名的故事，就是凤仙郡求雨。

这个故事说，每年十二月二十五日，玉帝要巡行天下，观察万民的情况。这一天，家家都要摆香案、供品迎接，这就是“接玉皇”的民俗。谁知道这天凤仙郡的长官和妻子发生了口角，一怒之下，把供桌推倒，把供品喂了狗，正好被玉帝看见。玉帝就勃然大怒，给凤仙郡降下大旱。并且在天宫的披香殿设下了“三事”：一座米山、一座面山、一条黄金大锁。米山旁边有一只小鸡，面山旁边有一条小狗，大锁下面有一盏小灯。什么时候鸡吃完了米，狗舔完了面，灯火烧断了锁链，这才给凤仙郡下雨。

这样一来，搞得凤仙郡民不聊生，饿死了三分之二的百姓，活下来的也靠卖儿卖女来维持生计。孙悟空上天找玉帝理论，有天神告诉他，只要让凤仙郡老百姓一心向善，就可以下雨。孙悟空回去，让地方官发动大家顶礼朝拜。如此一来玉帝受了感动，派风雨雷电等神仙降下了一场大雨。

凤仙郡求雨这个故事，其实讲了在古代非常常见而无奈的事情：干旱和求雨。从古到今，旱灾是没办法避免的。尤其是靠天吃饭的古人，特别害怕干旱。他们认为干旱是上天的一种惩罚。如果国家发生了大旱，皇帝就得反省自己：是不是我哪里做错了？比如，是不是太铺张浪费了？或者，是不是冤枉忠臣了？总之皇帝会找一些可能的原因，向上天忏悔。

当然，上天是不会告诉你犯了什么错误的。是什么错误导致了干旱，只能你自己找。一国发生旱灾，皇帝要找自己的责任；一个地方发生旱灾，地方长官要找自己的责任。这就很像家长批评孩子：“知道你犯什么错了吗，爸爸才打你？”“不知道。”“再想想……”

但是，凤仙郡地方官固然不应该在祭天的时候无礼，玉帝也不应该这样惩罚人家。比如书里说：

> 一连三载遇干荒，草子不生绝五谷。
> 大小人家买卖难，十门九户俱啼哭。
> 三停饿死二停人，一停还似风中烛。

又比如：

> 十岁女易米三升，五岁男随人带去。城中惧法，典衣当物以存身；乡下欺公，打劫吃人而顾命。

这几句是对旱灾的真实描写，因为明代泰昌元年临潼县发生大灾，当地县志就记录过“十岁儿易一斗粟”，意思是把十岁的孩子卖了只能换一斗小米。大家饿极了，人吃人的惨剧也会发生。

这些老百姓都对玉帝不敬？为什么玉帝怪罪一个人，要把这么多人捎带上？这只能理解为：玉帝动用他个人的威权欺负起这些人来，恰恰是因为他们没有能力，无法反抗。你看孙悟空大闹天宫的时候，玉帝敢说什么吗？所以，在众天神共同维持秩序下的平庸，以及个人不受约束时的大抖威风，也恰恰是古代封建帝王的真实写照。

哪吒有哪些法宝?

如果你看过哪吒的动画片，就会知道，哪吒的标配法宝是火尖枪、风火轮、乾坤圈和混天绫。

但你如果看过《西游记》原著，就会发现，哪吒在攻打花果山的时候，有这么一段：

> 那哪吒奋怒，大喝一声，叫“变”，即变做三头六臂，恶狠狠，手持着六般兵器，乃是斩妖剑、砍妖刀、缚妖索、降妖杵、绣球儿、火轮儿，丫丫叉叉，扑面来打。悟空见了，心惊道：“这小哥倒也会弄些手段！莫无礼，看我神通！”好大圣，喝声“变”，也变做三头六臂；把金箍棒幌一幌，也变作三条，六只手拿着三条棒架住。

为什么出现了一些莫名其妙的兵器呢？说好的火尖枪、风火轮、乾坤圈、混天绫都哪去啦？

而且更有趣的是，火尖枪在《西游记》里也出现过，只不过不是给了哪吒，而是给了红孩儿了！为什么会这么混乱呢？

其实，哪吒这个人物，经过了非常多的变化。哪吒并不是我们本土的神，而是随着印度的佛教传进来的。哪吒是毗沙门天王的三儿子，任务是护持佛法。根据佛教故事，他有一双“恶眼”，经常巡查四方，惩罚那些在修行中犯了错误的人。而这位毗沙门天王，后来就演变为托塔天王李靖。

所以，哪吒本来就是一位恶神。这一点《西游记》也保留了一些痕迹，比如：

> 李托塔中军掌号，恶哪吒前部先锋。（第五回）
>
> 身小声洪多壮丽，三天护教恶哪吒。（第五十一回）

哪吒如果一直是一个白嫩嫩、粉嘟嘟的小孩形象，书里怎么会用“恶哪吒”来形容他？

在印度，哪吒并没有那么多故事。他身上绝大部分故事，如闹海、自杀、莲花化身，都是传入中国之后，慢慢形成的。既然是慢慢形成的，那么在不同的时代，哪吒的形象就很不一样。

我来讲一个哪吒的故事。

哪吒本是玉皇驾下的大罗仙，身高六丈，头戴金轮，三头九眼八臂，口吐青云，足踏盘石，手持法律，大喊一声，云降雨从，乾坤振动。因为世界有很多魔王，玉帝命哪吒降凡，托胎到托塔天王李靖家里。哪吒的母亲叫素知夫人，生下长子金吒，次子木吒，第三胎才是哪吒。

哪吒出生五天后，就去东海洗澡，脚踏水晶殿，翻身直上龙王的宝塔宫。龙王因为他踩踏了水晶殿，十分生气，就来交战。这时哪吒出生才七天，就勇猛善战。一场大战，杀掉了九条龙。老龙王无可奈何，向天帝求助。哪吒知道了，就把龙王在天门下截住，把龙王打死了。正好旁边有一座高台，哪吒登了上去，发现上面有一副神弓神箭，于是拿了起来试了试，不料一箭射死了石记娘娘的儿子。

石记是诸魔的领袖，为了给儿子报仇，带魔王杀了过来。哪吒手拿李靖的降魔杵，和石记作战，杀掉了她。李靖很恼怒，因为这样就招惹了各路魔王。哪吒就割肉剔骨，把骨肉还给了父亲，一道灵魂来到如来面前求情。如来很赞赏他能降魔，就折荷叶梗为骨，莲藕为肉，藕丝为筋，莲叶为衣，让他复活了。

这故事似乎也很有趣。但是这是哪里的故事呢？这出自一部书《三教源流搜神大全》，是讲各路神仙来历的。这部书大概从元代开始流行，出版于明代。

如果你翻开《西游记》第八十三回，就会发现里面追述哪吒往事的时候，也记录了一个类似的故事，虽然细节不同，但是大体上差不多。让哪吒死而复生的，不是我们熟悉的太乙真人，而是如来佛祖。

今天流行的哪吒故事，其实是在《西游记》之后的另外一部神魔小说《封神演义》中定型的。在这部书里，哪吒的师父从佛祖变成了道教的太乙真人，哪吒射箭惹到的叫“石矶娘娘”，而不是“石记娘娘”。哪吒的法宝，是我们熟悉的火尖枪、风火轮、乾坤圈、混天绫。后来还出现了不太著名的三种：金砖、九龙神火罩、一对阴阳剑。和前面四种加起来一共八件法宝。

既然不同的版本，哪吒的故事各有不同，那么哪吒的法宝也当然不一样。比如《西游记》里的哪吒，是如来佛祖让他复生，所以这个版本的故事，离佛教就更近一些。而且在这个故事里，哪吒有六件法宝，而不是八件。

在佛教故事里，哪吒是毗沙门天王的儿子。而毗沙门天王在画像里的形象，就是“右扼吴钩，左持宝塔”。意思是说，毗沙门天王右手拿吴钩，左手托宝塔。“吴钩”在古代有两个意思，一个是一种宝刀，另一个是泛指宝剑。所以斩妖剑和砍妖刀，无疑是从他父亲的“吴钩”变过来的。

所以在《西游记》里，父子两人都用砍妖刀。哪吒上阵可以用。托塔天王打青牛精的时候，亲自出手，也用的是砍妖刀。这到底是两把还是一把，就说不清楚了。我相信是一把。

无底洞的老鼠精把唐僧抓了去。孙悟空到处找不到唐僧，只发现了老鼠精供奉托塔天王父子的神位。孙悟空就拿着神牌，告到天宫，说托塔天王串通妖怪。托塔天王大怒，要杀孙悟空，这里有一个情节：

> 说不了，天王抡过刀来，望行者劈头就砍。早有那三太子赶上前，将斩妖剑架住，叫道：“父王息怒。”天王大惊失色。

也就是说，斩妖剑和砍妖刀，平时是由父子分别拿着的。大概哪吒变三头六臂的时候，临时借来用用。

在《西游记》里，哪吒也不踩风火轮。他确实有一件法宝叫“火轮儿”，然而并不是踩的，而是拿在手里的。降服牛魔王的时候，用过一次：

> 这太子即喝一声“变”，变得三头六臂，飞身跳在牛王背上，使斩妖剑望颈项上一挥，不觉得把个牛头斩下。天王收刀，却才与行者相见。那牛王腔子里又钻出一头来，口吐黑气，眼放金光。被哪吒又砍一剑，头落处，又钻出一个头来。一连砍了十数剑，随即长出十数个头。哪吒取出火轮儿挂在那老牛角上，便吹真火，焰焰烘烘，把牛王烧得张狂哮吼，即待摇头摆尾。

后来为什么“火轮儿”被改成踩在脚下的轮子了呢？因为这个“火轮儿”，和我们中国本土道教神经常踩的“火车”混淆了。这个“火车”，不是今天说的在轨道上跑的列车，而是一种带轴的小轮子，有点像今天的平衡车。

孙悟空从炼丹炉里逃出来，一路拿着金箍棒，要打上灵霄宝殿。这时冲出一个神仙拦住他，和他打了许多回合。这个临危救驾的人叫王灵官，是道教的一位护法神。你如果去道观旅游，就会发现进门第一座大殿，叫“灵官殿”，里面供奉的就是他。这位王灵官，脚下就经常踩一辆小车。王灵官是护法神，同时也是一位勇猛的火神。道教这类神灵有个特点，就是都喜欢踩一辆小车当交通工具。大概这样才能快捷迅猛，工作起来方便。

另外一位火神叫华光天王，在《西游记》里简略地提到过一笔，但没详细说。就是唐僧师徒路过铜台府的时候，在华光行院过了一夜。华光行院就是供奉华光天王的庙。这位华光天王，按照通行的民间传说，是“袖中火丹，脚下火轮，背上火葫芦，手中火枪”。这几样法宝，都和火有关。而且在民间传说里，华光天王也闹过东海，和哪吒的故事差不多。所以在流传中，华光天王和哪吒大概就渐渐被混在一起。他的火轮和火枪，也被哪吒借了去，变成“风火轮”和“火尖枪”了。

这两个人物的混淆，还影响到了《西游记》里的红孩儿。红孩儿和哪吒差不多，也是一个小孩的形象。本领和华光天王差不多，也会放火。所以在原著里，红孩儿的兵器是火尖枪，放火的时候，需要站在小车上。虽然这小车稍微大了一点，但原理也正和华光天王差不多。

所以，哪吒、红孩儿、华光天王，在民间故事的流传中，经常互相混淆、互相借用。甚至到了清代，出现“善财童子哪吒”这样的称呼。因为在《西游记》里，红孩儿被观世音菩萨降服，当了她身边的善财童子。没想到有些清代人又把他和哪吒合二为一了。所以《西游记》也好，《封神演义》也好，里面的故事只是不同的版本。这些版本之间的互渗和演变，是非常有趣的。

《西游记》里哪吒的兵器，还有降魔杵、缚妖索和绣球儿。哪吒本来就是佛教神，降魔杵也是有浓厚佛教背景的兵器。况且本文讲的《三教源流搜神大全》的故事里，这柄降魔杵也是李靖的兵器。

缚妖索相当于《封神演义》里哪吒的混天绫，是扔出去捆人的。绣球儿又是什么东西呢？根据元代和明代的哪吒故事，这个绣球里面是空的。哪吒降服一个妖怪，就把妖怪装进绣球里。有点像养仓鼠的笼子，里面有独角逆鳞龙、八角头陀、波罗龙、吞世界鬼等。这些妖怪在平时被哪吒当宠物养着，而且可以随时被放出来，帮哪吒打仗，只是在《西游记》里没有重点描写罢了。

攻打花果山的天兵天将

天兵天将攻打花果山，一共打了两次。第一次是孙悟空嫌弼马温官小，反下天宫。托塔天王带着哪吒、巨灵神，没打过，失败而归。后来经太白金星劝和，玉帝就把孙悟空召上天，正式封他为齐天大圣。

第二次是孙悟空当了齐天大圣之后，在天上偷仙桃、偷御酒、偷仙丹。玉皇大帝这回火可大了，太白金星也不敢劝了。玉帝就派托塔李天王挂帅，带着哪吒太子、四大天王、二十八宿、九曜星官、十二元辰、五方揭谛、四值功曹、五岳四渎……共十万天兵，布一十八架天罗地网，下界去花果山，务必要捉拿孙悟空，回来治罪。

这十万天兵下界，黄风滚滚，紫雾腾腾，黑压压的一大片。托塔李天王传令，众天兵扎了营，把花果山围得水泄不通，上下布了十八架天罗地网，用照妖镜照住四周，准备和孙悟空决战。

在这儿，涉及许许多多的神仙，不妨说说这些人的来头。

书上说，打头阵的就是九曜恶星，在水帘洞外挑战。孙悟空不搭理他们，九曜星就打破了洞门。孙悟空火了，抡起金箍棒，把九曜一一打退。

九曜是什么呢？原来，九曜是九颗星的名字，“曜”是明亮的意思，“九曜”就是九颗明亮的星。首先是七个实际上存在的星体，五大行星：金星、木星、水星、火星、土星。再加上太阳、月亮。这叫“七曜”。

还有两个传说中的星，天上没有，用望远镜也找不到，叫罗睺星、计都星（通常认为罗睺是黄道和白道的升交点，计都是月亮远地点）。加上这两个，就是“九曜”。

另外还有两个传说中的星，紫炁、月孛，如果九曜加上这两个，就叫“十一曜”。十一曜在《西游记》里也提到过，在狮驼岭，太白金星跟孙悟空介绍山里的妖怪，这妖怪来历不凡，非常有面子，只要写一封信到天宫，就是“十一大曜个个相钦”。

另外值得一提的是，这十一大曜中的“月孛”星，在某些明代小说中，竟然被写成孙悟空的女儿，其凶猛程度不亚于孙悟空。所以孙悟空跟这几位凶神，关系是很密切的，也许在某些失传的民间故事里，还能找到更多的描述。所以，这里原著让九曜来打头阵，不是偶然的。

对于“九曜”，古代印度人研究得最多。通过对九曜的观测，编制了一套历法《九执历》，唐代时传入中国。这套历法本身，是根据天体运行编制的，是科学。但是古人总是将观测天象和占卜吉凶混在一起。所以老百姓使用这套历法的时候，会用这九颗星和年月日相配来定吉凶。久而久之，就和真实的天体运行关系不大了。

民间迷信，相信每年的每月每日，都有九曜中的某颗星下界。九颗星都有星神，如果得罪了他们，就会给人带来灾祸。甚至还有人专门在家里摆上香案拜他们。总之，民间对九曜，是有一种畏惧态度的。所以，《西游记》里的小猴们管他们叫“九个凶神”。

你可能会问：九曜里面怎么还有个金星呢？你不是说金星神就是太白金星吗？怎么他前几天还招安孙悟空，这回又上门打架来了？另外，九曜里还有个月亮，月亮神不是嫦娥吗？她也能打仗？而且，在《西游记》里，有一次攻打青牛精，孙悟空分别拜访了火德星君和水德星君，请求支援，这里的火星、水星和九曜里的火星、水星又有什么关系？

实际上，太白金星是我国神话中的星神，而九曜星神是从印度神话中传进中国的。在我国民间故事中，太白金星是个老头。而在印度神话中，金星、月神又是另外的人了。九曜里的金星之神不是太白金星，月神也不是嫦娥。九曜里的水星、火星和水德星君、火德星君也没什么关系。同理，太白金星说狮驼岭的妖怪能让“十一大曜个个相钦”，十一大曜里面虽然也有金星，但这“金星”显然不是他自己。

那么，问题又来了：九曜里的金星和太白金星都是金星神，他俩都住在金星上，难道不打架吗？这颗金星的管理权到底属于谁呢？

《西游记》可不管那套，因为它是许多民间故事融合在一起的。只要有意思的神仙，就全都收进来，让故事好看就可以了。至于会不会打架，可能作者都没想那么多。一颗星因为不同故事的融合，出现两个领导在管，作者更顾不得这些了。

十二元辰又是什么神呢？这十二个你可太熟悉了，就是子鼠、丑牛、寅虎、卯兔、辰龙、巳蛇、午马、未羊、申猴、酉鸡、戌狗、亥猪这十二生肖。

五岳四渎又是谁呢？五岳就是东岳泰山、西岳华山、南岳衡山、北岳恒山、中岳嵩山这五座大山的山神。四渎，就是四条大河的河神。长江、黄河、淮河、济水，是古代中国中原地区四条最大的河流，这四条河合称“四渎”。渎，就是单独入海的河流（区别于作为支流汇入其他河流再入海的河流）。

五方揭谛、四值功曹，后来都在西天路上暗中保护唐僧。五方揭谛是传说中的佛教护法神。四值功曹就是年值功曹、月值功曹、日值功曹、时值功曹。他们负责记录人间发生的各种事情，上报天庭。

接下来的二十八宿，也叫二十八舍，是古人沿着黄道划分的二十八个星空区域，用来观察日、月以及金、木、水、火、土五大行星的运动，相当于一个坐标系。“宿”就是住宿、停留，和黄道十二宫的“宫”意思接近。

二十八宿的顺序是：

东方青龙：角木蛟、亢金龙、氐土貉、房日兔、心月狐、尾火虎、箕水豹。

北方玄武：斗木獬、牛金牛、女土蝠、虚日鼠、危月燕、室火猪、壁水貐。

西方白虎：奎木狼、娄金狗、胃土彘、昴日鸡、毕月乌、觜火猴、参水猿。

南方朱雀：井木犴、鬼金羊、柳土獐、星日马、张月鹿、翼火蛇、轸水蚓。

可以注意到，二十八宿都是三个字的名字：角木蛟、井木犴、心月狐……其实，作为天体的二十八宿，其实只是第一个字：角、斗、奎、井、亢、牛、娄……这才是真正的星名。后面的两个字，是为了占卜配出来的。

天上二十八宿分为东西南北，每一方七个，这七个和金、木、水、火、土、日、月的“七曜”，以及七种动物相配，也算一种民俗。例如：

井木犴：井是南方朱雀七宿的第一个，木是七曜之一，犴是一种动物。

昴日鸡：昴是西方白虎七宿的第四个，日是七曜之一，鸡是一种动物。

亢金龙：亢是东方青龙七宿的第二个，金是七曜之一，龙是一种动物。

室火猪：室是北方玄武七宿的第六个，火是七曜之一，猪是一种动物。

二十八宿在《西游记》里出镜率很高。攻打花果山时有他们，在小西天围攻黄眉怪时有他们。二十八宿的奎木狼，下界当了黄袍怪，抢走了百花羞公主。在小西天，亢金龙用头上的角刺破了金铙，才把孙悟空救了出来。在女儿国，孙悟空遇到了厉害的蝎子精，只好去天上请昴日鸡（又叫昴日星官）来降服。昴日鸡之所以是一只鸡，是因为在民俗中，“昴”宿恰好和鸡这种动物相配。

另外二十八宿还立过一次大功。玄英洞的三只犀牛精分别叫辟寒大王、辟暑大王、辟尘大王。很奇怪的是，他们既没有厉害的法宝，又没有特别的法术，在西天路上一点名声都没有，而孙悟空竟然打他们不过，甚至叫上猪八戒、沙和尚，仍然打不过。最后，还要去天上请二十八宿的“四木禽星”（角木蛟、井木犴、奎木狼、斗木獬）前来收伏。四木禽星被认为是牛的克星，能够把牛吃掉。

为了捉拿孙悟空，托塔天王还带来了两件法宝：他用天罗地网把花果山围得水泄不通，半空中架好了照妖镜，防止孙悟空逃走。

这天罗地网又是什么东西呢？罗和网意思一样，都是捕兽捕鱼的网。你听说过一个成语没有，叫“天网恢恢，疏而不漏”？这里的天网是个比喻，把天道、人间正义比成一张网。说这人间的正义，虽然稀疏，但不会漏掉谁。谁要是作恶，就逃不出上天的惩罚，逃不掉正义的审判。《西游记》根据这个比喻写成的一种法宝，就是天神使用的一种神奇的大网。

照妖镜又是什么东西呢？照妖镜就是一种神奇的镜子，妖怪不管变成什么模样，只要用镜子一照，就能立即在镜子里现出原形。

为什么会有这样的法宝呢？因为古人对镜子这种东西，感到很神奇。你想，一个平平的、亮亮的表面，能在里面看见自己，确实是有一种神秘的味道的。古人认为镜子能照出人的灵魂，这就是镜子崇拜。《红楼梦》里贾母说“小孩子床头不要放镜子”，这种民俗一直流传到今天。

既然民间相信镜子能照出人的灵魂，也一定能照出妖怪的本相。所以古人认为：很多精怪都会变身为人，唯独在镜子里不能变化。道士们进深山炼丹也好，采药也好，身上都要带一面镜子。倘若深山老林里突然钻出来一个人，你觉得很奇怪，没关系，就把镜子拿出来照一照，看他在镜子里的影子是个什么。如果是他自己，那他就是人类；如果他是妖怪变化的，镜子里照出的就是本相。比如，如果是狐狸变的，镜子里就是一只狐狸；如果是蛇变的，镜子里就是一条蛇。所以《西游记》就把这种镜子写成神奇的法宝了。

天宫的女神们

天宫除了或威严，或勇猛，或飘逸的男性神仙，还有不少女神。

天宫的统治者是玉皇大帝，但之外还有一位女神，叫王母娘娘。你可能会问：玉帝和王母娘娘是两口子吗？答案很肯定：不是！他们俩没有任何关系。王母娘娘只是住在天上而已。

其实，“王母娘娘”是今天民间的称呼，而古书里有另外一个称呼，就是“西王母”。

汉代以前，西王母的样子可不是今天的慈祥老太太。根据《山海经》的记载，西王母住在昆仑山，长得像人（但不是人），长着一条豹子的尾巴，老虎的牙齿，头发是乱蓬蓬的，特别擅长吼叫。她主管的是天下的疾病、瘟疫和刑罚。

但是，这个形象太可怕了，所以当时的中国人，尤其是住在中原地区的人，不喜欢这个形象，就用各种文学作品给她改造。人们一听“西王母”这个名字，很容易想到：这是一个贵妇人。尤其是道教出现之后，人们更给了她特别高的地位，让她成为天下女仙的首领。

她在道教和文学作品里，从来没有成为玉帝的夫人。但是，民间的老百姓可不管那套。元代和明代之后，老百姓一看：咦，这个叫玉帝，那个叫王母，这不是两口子吗？于是就把他们拉到一起了！还说他们生了七个女儿，就是七仙女。这些都是地地道道的民间传说。

王母娘娘有一座蟠桃园。小时候看《西游记》电视剧，蟠桃园里一派祥云缭绕，接近地面处雾气腾腾。于是我很疑惑：这蟠桃既然是在天上，那它下面有没有土呢？蟠桃树是种在哪里的呢？还是直接飘在空中呢？

这还真是个问题，得从各民族神话史说起。

在世界各民族早期神话中，天神并非住在天上，而是住在高山之上。最典型的就是古希腊诸神，都住在奥林匹斯山上，就连最高天神宙斯也在上面。在印度神话中，众神都住在须弥山上。

在中国的早期神话中，天神住在昆仑山上，昆仑就充当了神仙的都城。奥林匹斯山、须弥山、昆仑山，对各族人民来说，是他们的世界中心，这种神山就叫"宇宙山"。各民族几乎都有"宇宙山"的概念。

既然天神住在山上，那么在山上种树种草，自然是顺理成章的事情了。于是，就又兴起一种神话，说这种神山上，会有一棵神树，研究神话的学者通常叫它"生命树"。吃了神树的果子，就会获得强大的生命力。"生命树"和"宇宙山"往往一起出现。

在古老的西王母神话中，西王母在昆仑山上种植蟠桃。昆仑山既然是中国人的宇宙山，那么这长着吃了能延寿千年的仙桃的蟠桃树，自然就是我们中国神话中的生命树。

此外，根据《山海经》等书所载，昆仑山上还有木禾、三珠树、不死树等等，和蟠桃树都是同一类型，都有吃了能延年益寿的果实，所以，它们都是属于中国人的生命树。

宋代有一部讲唐僧取经故事的作品，叫《大唐三藏取经诗话》。里面记录了这样一个故事：猴行者（即后来的孙悟空）保护着唐僧一路西行，经过一片大水池，这就是王母池。王母池旁边，有一棵高大的蟠桃树。恰好三个桃子落入水中，猴行者就用金杖敲了敲岸边的石头，三个桃子依次化为小人跳出。猴行者选了个最好的，给唐僧吃了。唐僧取经回来后，偶然吐出桃核，后来这个地方就出产人参。

这个故事很有意思，第一，它说明蟠桃树本来是长在地上的。西王母也住在地上。但是，故事总是越编越离奇。到了百回本《西游记》里，人们觉得昆仑山作为神仙的都城不过瘾，直接把西王母从昆仑山挪到天上，蟠桃园也就挪到天上去了。

第二，蟠桃树虽然挪到天上去了，但在民间留下了痕迹。你没发现这个故事和《西游记》里“偷吃人参果”的故事很像吗？它包含了“有果子落下来”“需要用金杖敲”“长得还像小人”等许多要素。

所以可以说，西王母的蟠桃故事，在《西游记》中从一棵变作了两棵：一棵被带到了天上，形成蟠桃园故事；一棵留在地下，形成人参果树故事。无论是蟠桃还是人参果，吃了都能长生不老，都有“生命树”的象征。

蟠桃园的桃子一熟，王母娘娘开蟠桃会的时候就到了。王母娘娘派七位仙女顶着花篮，去蟠桃园摘桃。这七仙女又叫七衣仙女，是因为这七位仙女穿着七种颜色的衣服。不过这七种颜色并不是红橙黄绿青蓝紫。在原著里，七衣仙女是红衣仙女、青衣仙女、素衣仙女、皂衣仙女、黄衣仙女、绿衣仙女、紫衣仙女。这里面没有橙色和蓝色，多了素色和皂色。素，就是白色。皂，就是黑色。你经常听说“不问青红皂白”，就是“不问黑白”的意思。

这些仙女，民间传说都是王母娘娘的女儿。她们在凡间有一座“濯垢泉”，经常去那儿洗澡。后来那里出现了七个蜘蛛精。七仙女不敢惹蜘蛛精，就白白地把泉水让给她们了。

王母娘娘是不是只有这七个女儿？并不是，在民间传说里王母娘娘的女儿可太多了，见于各种典籍记载的，就有二十多个。比如：

第三女碧霞元君（一说姓石）；

第四女林容真；

第十三女王媚兰；

第二十女青娥；

第二十三女瑶姬；

小女儿太真夫人。

此外还有华林、娟兰、玉卮、杜兰香等不知道排行第几的女儿，散见于各种传说中。

在民间传说中，西王母本来没有女儿。但随着她的名气渐长，从魏晋到南北朝这一段时间，民间传说中她的女儿才渐渐多起来。而且，也不是一下子就变多的，而是这个故事里有一个，那个故事里有两个……几百年下来，就有了二三十个。

西王母为什么有这么多女儿？并不是她和玉皇大帝或别的什么神生的，而是很可能源于一个令人悲伤的社会现象。根据一些学者研究，很可能的原因是：当时社会动荡不安，民间有很多少女夭折。因为西王母是很有名的女神，所以只要有人家有女孩去世，大家就会传说她被西王母收养了。这种心态，今天也会有：如果有父母痛失爱女，朋友们可能就会委婉地安慰，说她是去天上做仙女了。

这当然是对女孩家人的一种安慰。但这种说法多了之后，就会形成“西王母有许多女儿”的传说。所以我们今天读到的美丽仙女的故事，背后可能是一个个古代家庭的悲痛经历。这并不稀奇，神话、传说往往曲折地反映了社会现实。

天上还有一位著名的女神——嫦娥。我们心目中的嫦娥，一般是一位美丽的仙女，抱着一只可爱的小白兔。但是，古代的嫦娥并不是这个样子。在汉代的“嫦娥奔月”画像砖上，嫦娥的下半身是条蛇，还长着两只动物的脚丫儿和一排更加细小的脚。

这倒不必奇怪。因为汉画像里，带这种蛇身子和动物脚丫儿的是神灵，而不是普通人类。普通人类就画成普通的腿脚。所以，不要被这样人首蛇身的嫦娥姐姐吓到。我们的古人那种野性、原始的想象力，让画作具有更加蓬勃的生命力。

在汉画像里，月亮里有时候画的也不是玉兔，而是一只蟾蜍，也就是癞蛤蟆。其实，月亮里的这只癞蛤蟆，就是嫦娥变的。因为汉代的《淮南子》《论衡》等书都说嫦娥“遂托身于月，是为蟾蜍”。也可以说，当嫦娥现出人形时，就是仙女；现出动物形状时，就是蛤蟆。

直到明清时期，也不是所有画里的嫦娥都抱玉兔，有时候也抱一只蛤蟆。例如清代画家高其佩画的嫦娥图中，嫦娥就抱着一只癞蛤蟆。

在今天，不少人讨厌癞蛤蟆，但在古代，癞蛤蟆反而有健康长寿的寓意。所以唐代诗人贾岛说“量知爱月人，身愿化为蟾”，他并不觉得变成蟾蜍有什么不好。所以在早期的神话故事里，嫦娥和玉兔并没有什么太多联系，反而和蟾蜍的关系扯不断理还乱。

然后再来说说嫦娥的这只玉兔。

月亮里怎么会有玉兔？这可能和月亮的表面地形有关。不用太高级的望远镜，只要用普通的望远镜，甚至视力好的用肉眼，就能看到月面有一片暗暗的东西。这其实是月亮上的洼地，但古人肯定不知道。

古代的空气比现在更好，古人的近视眼也比今天少，所以古人会看得更清楚。大家就想：月亮上一定有什么东西。大家发挥想象之后，月面上的地形，就会朝大家熟悉的事物演化。这片洼地，外形上像一只兔子，所以古人就想象月亮上有兔子了。

这还不只我们中国人这么想，外国人也这么想，比如玛雅人、阿兹特克人，他们的神话里也有月亮上有兔子的传说。

比如，在阿兹特克神话中有这样一个故事。羽蛇神克查尔科亚特尔在赶路，周围没有水或者食物，他又渴又饿。这时候，有一只兔子跑来将自己作为食物献给羽蛇神。羽蛇神为了感谢它，将它举到月球上，然后又将它放回大地。最后，兔子形状的印记就留在月亮上了。

还有一个故事也很有意思。众神商议由谁变成太阳，但是变成太阳的人需要跳进火里，要忍受痛苦。这时候，有两个大神站出来了，其中一个毫不畏惧地跳进了火里，变成了光芒万丈的太阳。另一个很羡慕，也跳进了火里，变成了光芒万丈的太阳。

但这样一来，就有了两个太阳。于是众神开会，认为后面那个跳得没那么勇敢。于是，有一个神就拎起一只兔子，扔到那个神的脸上，啪的一下，在他脸上砸出一个兔子形状的印子。结果，他的光芒一下子减少了，比太阳远远不如，这就是月亮。

那么下一个问题就来了：这个兔子是公的还是母的？

《西游记》的玉兔公主故事，实在是深入人心。所以绝大多数人都想当然认为：玉兔一定是母的，不然为什么下凡变公主呢？但有趣的是，民间传说往往和常识相反。月里的这只玉兔，在我国古代的神话里偏偏是公的！例如：

> 天下之兔皆雌，惟顾兔为雄，故皆望之以禀气。（顾兔即月中玉兔，阴精所积。见《尔雅翼》）
>
> 世兔皆雌，惟月兔雄尔，故望月而孕。（《后山谈丛》）

意思是说，在我国传说中，人间所有的兔子都是母的，它们要生小兔子，就要晚上拜月亮。望着月中玉兔一拜，它们就怀孕了。为什么会产生这样的传说？大概是古人看到兔子晚上会对着月亮朝拜（大概是动物的一种习性），而且繁殖特别快，就有了这样的说法了。

千里眼和顺风耳

《西游记》里有两个小神仙，虽然本领不高，但出镜率很高，这就是“千里眼”和“顺风耳”。孙悟空出世的时候，玉帝派他们到南天门查看动静。后来天庭出事，这两位也屡屡被委任哨探的任务。

那么这两位神仙是什么来历呢？如果你看过《封神演义》，就会发现这部书里也有这两个角色，不过是两个妖怪。他们是棋盘山的树精，千里眼叫高明，顺风耳叫高觉。“明”“觉”分别是目明、耳聪的意思，所以这两位擅长遥观和远听。

这两位帮助商朝攻打姜子牙的周军，刺探了很多情报，这让姜子牙很头疼。怎么破这两位呢？杨戬找他师父玉鼎真人请教了办法，回来让姜子牙在军中摇动红旗，让高明的千里眼看不清楚。又叫人擂鼓鸣金，让高觉的顺风耳听不清楚。就这样，杨戬在旗队里和鼓声中才说了破他们的办法。

千里眼、顺风耳是典型东南地区海神信仰的产物，一般配在妈祖（或其他海神）的两侧或门前。直到今天，广州海神庙前，还有千里眼和顺风耳的塑像。顺风耳的额头上长着两个耳朵，好像移植过来的一样！

千里眼、顺风耳分别叫高明、高觉，这也仅限于《封神演义》。其实“千里眼”“顺风耳”和“玉皇大帝”一样，更像是被看作两个职务，而不是人名。历史上颇有许多视力好、听力好的人。他们死后，会被人神化，成为“千里眼”和“顺风耳”，比如离娄和师旷。

明代另有一套书，叫《四游记》，包括《西游记》《东游记》《南游记》《北游记》。其中《西游记》是一个简化版的西游故事，其他三部：《东游记》，讲的是八仙过海的故事；《南游记》，讲的是火神华光的故事；《北游记》，讲的是北方真武大帝的故事。千里眼和顺风耳的故事，在《南游记》里说得最详细。原文是这样的：

> 却说华光得玄天上帝指示，烧了关门，走下中界，身无去向。正忧之间，望见前面有一座山，生得奇异，有四时不谢之花，八节长春之景，华光便问当方土地：“那山什么山？”土地曰：“那山名叫做离娄山，山中有一洞，叫绿水芙蓉洞，洞内有两个大王在那里镇守。”华光又问曰：“是何大王？”大地曰：“我不敢对你说。”华光曰：“有何不敢？”土地曰：“我若说出，他在那里一个便看见，一个就听见，就了不得。”华光曰：“有我在不妨，你只管说来。”土地曰：“此山上大王，一个叫做千里眼，能看一千路外，无所不见；那一个叫做顺风耳，听得千里路外言语，无所不知。又名叫做离娄，师旷，叫做聪明二大王，吃人无厌，骨积如山。”华光听罢，发落土地，便去离娄山。

两个妖怪已经听见了土地和华光天王的谈话，于是变作两座大山，立在路旁。华光天王放起三昧真火，左山边放一把火，右山边放一把火，烧得二妖现了原形。华光天王就把金枪插在地上，让二妖来拔。不料二妖双手都粘在那枪柄上，拿不下来，叫苦连天，只好归降了华光。华光即取出两粒火丹，叫二妖吃下。只要二妖一有反心，肚中火一烧起，便痛苦无比。

这里的离娄，出现在很多古书里。离娄是轩辕黄帝时期的人物，也叫离朱（古代“朱”“娄”二字同音）。传说黄帝游赤水之北，登昆仑之丘，丢失了玄珠，第一个派去找的人，就是离朱。离朱视力很好，能视百步之外。后来逐渐夸大，变成千里眼了。

关于古代视力很好的人传说有很多，甚至孔子都被传为“千里眼”。据说孔子和他的徒弟颜回登泰山，向南望去，两个人竟然望见了吴国首都的阊门！这可了不得，泰山在今天的山东，阊门在今天江苏的苏州，隔着一千多里，这可是名副其实的千里眼了。但是颜回比孔子还是差些。颜回能望见阊门外有一片白花花的东西，说：“是一块白布（原文是‘有如系练之状’）。”孔子说不是，是一匹白马。颜回使劲看了半天，结果用尽了精力，年纪轻轻头发就白了，很快生病死了。

师旷这个人就更有名了，他是春秋时期晋国著名的音乐家，辨音能力特别强。师旷是盲人，常自称“瞑臣”“盲臣”（古代的乐师盲人特别多）。先秦文献中常以师旷代表音感特别敏锐的人。

盲人的听力都很好。据说一个人的五官残废了一个，其他的功能会增强。师旷通晓南北方的民歌和乐器调律。有一次师旷听到晋平公铸造的大钟音调不准，就直言相告。晋平公不以为然，后经卫国乐师师涓证实，果然如此。

“千里眼”好理解，就是能看到千里之外。那么擅长远听的人为什么被叫作“顺风耳”呢？这可能和古代“听风占卜”的习俗有关。师旷善听，就有很多“听风占卜”的传说，都附会在他的身上。比如，古人迷信，认为风是可以带来许多吉凶征兆的，古代有一种占卜方式叫“师旷占”。贾思勰的《齐民要术》对“师旷占”有过记载：

> 《师旷占》五谷贵贱法：“常以十月朔日，占春粜贵贱：风从东来，春贱；逆此者，贵。以四月朔占秋粜：风从南来、西来者，秋皆贱；逆此者，贵。以正月朔占夏粜：风从南来、东来者，皆贱；逆此者，贵。”
>
> 《师旷占》五谷曰：“正月甲戌日，大风东来折树者，稻熟。甲寅日，大风西北来者，贵。庚寅日，风从西、北来者，皆贵。二月甲戌日，风从南来者，稻熟。乙卯日，稻上场，不雨晴明，不熟。四月四日雨，稻熟；日月珥，天下喜。十五日、十六日雨，晚稻善；日月蚀。”

这些占卜方法，都是通过听风的来向占卜今年的收成、米价。例如十月一日，如果有风从东边来，春天的米贱，反之则贵。旷野中风向多变，需要有师旷这样的耳朵才能听得清。所以大家顺理成章地将听力绝佳的人称为“顺风耳”了。

神仙世界是怎么组成的？

很多朋友喜欢问我，《西游记》写了许许多多的神仙，那么，这些神仙有没有一个完整的体系呢？

是有的，但是这个问题极其复杂。

当我们讨论神仙体系时，首先应该明确，我们讨论的是一个非常复杂的事情。就好像问“中国有哪些民族”一样，这在汉代、唐代和今天是完全不同的。

所以，当我看到网上流传着各种高大上的“最全神仙体系”的时候，一般都会冒冷汗。因为这东西并没有标准答案，而且随着时代的发展经历过非常多的变化。

而且，就算是特定时代的神仙体系，也不是所有人都能接受的。譬如，汉族、藏族、瑶族各自崇拜的神就不一样。在僧人、道士或其他宗教徒那里，太上老君、玉皇大帝、如来佛祖等神的地位完全不一样。不同的文学作品，因为作者不一样，所表现的体系也就不一样。

《西游记》里既有佛教也有道教，但绝不能因此说《西游记》

里的神都是佛教神和道教神。因为这是一部文学作品，这部作品是面向广大老百姓的。所以，它体现的并不是僧人或道士心目中的神仙谱系，而是老百姓心目中的谱系。

所以，你好奇的中国神仙体系，它的核心部分可能用另外一个词代替比较合适，那就是“民间俗神”。

道教的玉皇大帝、太上老君，佛教的释迦牟尼、观音菩萨，虽然都归属于各自的宗教，但他们早已进入了古代老百姓的日常生活，成为“俗神”。这个“俗”，并不是“庸俗”“恶俗”的意思，而是“民俗”“民间”的意思。

如果你翻开佛经或道经，就会发现，他们的体系都很规整。但遗憾的是，恰恰是俗神最没有严整的体系，它们是逐渐地、自发地形成，没有谁刻意地设计它。就像我家附近的沙县小吃、黄焖鸡米饭、兰州拉面、快递自提点一样，是谁统一安排了这些商铺呢？没有，都是顺应老百姓的生活需要，自发地形成的。所以，如果说它们真有什么体系，那就是“应需而生”。

因为俗神的出现就是为了满足老百姓日常生活的需要。在世俗生活之外的神仙，他也不需要你，你也不需要他。如果你感兴趣，可以翻一翻道教的经书，有名有姓的神仙就有 3600 位。但其中 90% 的神仙没几个人知道，他们只是停留在纸面上的名字而已。

神仙体系并没有一个树状的、美观的框架，可以把所有神仙一个萝卜一个坑地放进去。如果我们观察老百姓的需求，就会发现，神仙体系完全建立在世俗的各种需求之上。

以下就是《西游记》里出现的重要神仙。其中有很多神仙，本书有专门章节论述，这里就不做展开了，只简略讲一讲没有提到过的或需要解释的。

一、最高神

玉皇大帝。

在民间，最高神只能有一个，是总秩序的代表。地上有皇帝，天上就得有一个玉帝。玉帝在宋代之后已经步入俗神的行列，所以民间到处供奉。

其实在正统的道教里，和玉皇大帝地位并列的还有三位：紫微大帝、勾陈大帝、后土皇地祇，这四位合称“四御”，是这个世界的几位最高主宰。但因为老百姓并不熟悉，所以《西游记》里出现了一个有趣的事。如来佛祖降服了孙悟空之后，玉帝很高兴，于是：

> 玉帝传旨，即着雷部众神，分头请三清、四御、五老、六司、七元、八极、九曜、十都、千真、万圣来此赴会，同谢佛恩。

“四御”里面，已经包括玉帝本人了，怎么还派人去请？自己请自己吗？从这一点可以看出，《西游记》对“四御”是什么根本不在乎，对道教的复杂神谱也不感兴趣。在生活中，老百姓只知道最高统治者就是皇帝。所以只要天上有一个玉皇大帝，就可以代表一切了。这和下一节说的释迦牟尼喊自己“南无阿弥陀佛”其实是一个道理，都是民间对宗教概念的“土味”理解。

二、俗化的宗教神

1. 佛教神：如来佛祖、文殊、普贤、观音、地藏、弥勒。

在《西游记》里，佛教的最高领袖是如来佛祖。其实“如来佛祖”是一个非常不准确的称呼，具体原因会在下一节讲。

经常有人问：如来佛祖和玉帝到底谁的权力大？既然玉帝是最高统治者，为什么孙悟空闹天宫，玉帝还要去请如来救命呢？

其实如来佛祖只是一位宗教领袖，并没有管理世界秩序的实际权力。就像古代的皇帝，如果认为宫里“闹鬼”“闹妖精”，常规的卫士、御林军搞不定了，也会请宗教界的高人来驱邪。但这并不等于说这高僧就有和皇帝对等的地位，只是在皇帝看来，他拥有强大的、神秘的法力而已。

《西游记》里经常出场的还有“四大菩萨”：文殊、普贤、观音、地藏。其实正宗的佛教里有许许多多“菩萨”。但这四位最常出现在中国老百姓的视野里，所以他们实际上也成了民间俗神了。

弥勒在佛教里是“未来佛”。在宋代之后，民间兴起了对弥勒的信仰。老百姓因为过得很苦，所以希望有一位未来成佛的大神拯救他们。因此，弥勒也顺理成章地进入了俗神的行列。甚至他的形象也是一个大肚子、笑呵呵的和尚。这个形象是按照五代时期的高僧契此（俗名“布袋和尚”，当时传为弥勒化身）塑造的，和印度本土并不一致。他的敲磬童儿偷走了人种袋，下凡当了“黄眉老佛”。这个人种袋，原型就是布袋和尚的袋子。

2. 道教神：太上老君、四大天师、紫阳真人。

太上老君的来历，之前说过了。天宫还有“四大天师”，分别是张、葛、许、丘。孙悟空去天宫，经常是他们出来接待。下界有事，也经常是他们禀告玉帝。

张是张道陵，汉末道教的创立者。葛是葛玄，又称葛仙翁，是三国时期著名道士，道教灵宝派祖师。许是许逊，又称许旌阳，东晋道士，道教净明派祖师。丘在《西游记》中，被写成“丘弘济”，其实它是道教全真派祖师丘处机及其掌教弟子李志常的合称（李志常被元武宗封为“真常妙应显文弘济大真人”）。这四位（或五位）在历史上都实有其人，而且是道教各流派的开创者，所以民间也认为他们成了神，在玉帝身边负责接引传话。

《西游记》里还有一位紫阳真人。朱紫国的金圣宫娘娘被赛太岁抢走，紫阳真人就送了她一件长刺的衣服，让赛太岁不能近身。紫阳真人在历史上实有其人的，他叫张伯端，是宋代著名道士，被道教全真派奉为祖师。

三、自然神

1. 星神：二十八宿、九曜。

二十八宿，是中国古代天文学对星空的一种划分，用来观测太阳、月亮和五大行星的运动。古人认为二十八宿都有神管着。同时，民间还用二十八宿来配搭二十八种动物，用来占卜。

九曜，是金、木、水、火、土五大行星，加上太阳、月亮和罗睺、计都两颗虚拟的星。民间认为九曜能给人降下祸福。

2. 气象神：风婆婆、推云童子、雷公电母等。

这几位在《西游记》里也是常客。因为中国是一个农业大国，而气候变化会影响农业生产。旱、涝、大风、冰雹，一旦发作起来都了不得。所以在车迟国、凤仙郡，都有求雨的故事。下一场雨，会出现很多自然现象，所以民间认为是几位神仙协作的结果。

3. 地方神：五岳、四渎、四海龙王，各山的山神、城隍、土地。

其中四渎中的黄河之神，名叫“河伯”，是一位极其古老的神灵，大概可以追溯到原始社会。由于古代中国人一直在黄河边生活，对黄河的崇拜是一贯的。在《西游记》中，孙悟空请他去攻打青牛精。河伯有一个钵盂，一盂就是一河水，半盂就是半河水。虽然河伯用半盂之水对付青牛精没有成功，但也足以显示河神的威力了。

四、冥神

地藏王菩萨、十殿阎王、判官、牛头马面。

这些都是阴间的神灵，管理着天下万物的生死。

五、护法神

四大天王、托塔天王、哪吒、四大元帅等。

护法神顾名思义，就是担任保护、保卫作用的。他们武力高，能打架，能驱鬼、降妖。老百姓认为民间既然有军队、治安人员，那么神界当然也得有。四大天王、托塔天王、哪吒，都来自佛教。孙悟空进天宫，经常在门口看见“马赵温关、邓辛张陶”这几位元帅看门。这几位都是道教护法神，其中有历史人物，也有民间传说。像里面的“关”，原型就是蜀汉名将关羽，后来因为名气很大，就被道教吸收去做护法神了。

六、民事神

1. 生活神：福禄寿三星、火神。

孙悟空推倒了镇元大仙的人参果树，没办法，只好去海上寻求仙方。在蓬莱岛遇到了三星。三星是给人降福、降禄、降寿的。福气、禄运（官职、地位等）、寿命，当然是老百姓生活中最喜欢的。

三星答应替孙悟空求情，就来到镇元大仙的五庄观。原著这里，有一段猪八戒和三星的调侃。比如猪八戒回头瞪着福星，解释说这叫“回头望福”，又嘲笑三星是奴才，因为旧时大户人家取吉祥之意，常用“添寿”“添福”“添禄”为自己的仆人命名。这一段，有很多学者认为写得庸俗，其实并不是。因为古人很喜欢借用福禄寿来说吉利话、起吉利名字，这是当时民俗的一种反映。

在攻打青牛精时，火德星君出力不少，他也是一位重要的生活神，就是民间俗称的“火神爷”。因为火在老百姓的生活中占有重要地位。比如，老百姓做饭、取暖用火，但稍有不慎又会发生火灾。所以过去几乎家家户户供奉火神，希望他给自己出力，但又不要把房子烧了。

另外，和老百姓日常生活有关的神灵是非常多的：灶神、蝗神、牛神、马神、药王、财神，甚至管厕所的也有神，叫“紫姑”。这些神灵在《西游记》里没有出现过，但在古代老百姓身边，可以说触目皆是。

2. 行业神：张班、鲁班、二郎神。

孙悟空第二次上天，被封为齐天大圣。玉帝就叫张班、鲁班两位能工巧匠盖了一座齐天大圣府，又赐给他御酒、金花，叫他好好地在府里住着。我们都知道鲁班是著名的能工巧匠，后来传说他成了神仙。张班是谁呢？张班也是一位能工巧匠，传说是鲁班的师兄。鲁班是木匠、瓦匠的祖师爷。张班是竹匠、梳子匠的祖师爷。

另外，太上老君其实也是一位行业神，他被铁匠行奉为祖师爷。大概是因为他有一座八卦炉，在里面炼出了金箍棒、九齿钉钯等神兵利器。

七、始祖神

盘古、伏羲、女娲。

这些神，都是古代神话中出现的，虽然《西游记》中也有提过，但并没有出过场。他们的特点是：资格老，不怎么管具体的事。但既然在神话中出现了，也被民间当作大神来供奉，省得得罪。但时间太过久远，他们的影响力没有那么大，老百姓对他们的兴趣，也就不如后来活跃的玉帝、阎王、火神等大。《西游记》就没有给他们编故事。

仔细观察这些神，就会发现：人们拜什么神，就说明有这方面的要求；没有拜什么神，就说明某方面的需求不明显。我们今天信奉唯物主义，当然认为是没有神灵的，但是这不妨碍我们用科学的眼光去看待这种现象：一尊神，对应着老百姓的一种需求、一个希望。

如来佛祖是个什么样的人?

孙悟空被二郎神抓住后，被关进了炼丹炉，足足炼了四十九天，不但没有被烧死，反而变得更加厉害。他踢倒了丹炉，打上灵霄宝殿。护殿的王灵官和三十六员雷将连忙阻挡，但根本擒拿不住他。玉皇大帝没了办法，只好传圣旨，叫人去西天灵山大雷音寺，请如来佛祖降伏。

如来佛祖听到消息，就离开了雷音寺，来到天宫外，远远就听到喊杀声震耳。如来说："你们先不要打了，叫那猴子出来，我要问他话。"孙悟空就出来了，气冲冲地喊："喂，你是什么人？敢跑来劝架？"

佛祖笑道："我是西方极乐世界释迦牟尼尊者，南无阿弥陀佛。我听说你大闹天宫，不知你是哪里人，什么时候修炼成仙，为什么这么猖狂？"

这里有几个民间流传的小错误，需要解释一下，也正好借此了解一下背景知识。

释迦牟尼是谁呢？历史上真有这个人，他是印度的一位王子，原名叫乔达摩·悉达多。他年轻的时候，出家修行，后来开创了一个宗教，就是佛教。因为他的种族是释迦族，牟尼是一种尊称，所以释迦牟尼的意思就是释迦族的圣人。

他为什么又叫“如来佛”呢？其实这是老百姓的叫法，并不准确。“佛”是印度梵语的音译，意思是觉悟的人，一个人悟到了真理，就可以叫“佛”。所以不光释迦牟尼一个人是佛，“佛”可以有千千万万。

佛有许多尊称，“如来”就是一个尊称，意思是“从真理而来”（如实而来）。所以也可以说“如来”有千千万万。翻开佛经，就可以看到有各种各样的“如来”，什么“正法明如来”“师子奋迅如来”，等等。所以“如来佛”的说法其实是错误的，如来就是佛，“如来佛”相当于说“佛佛”，是毫无道理的一个称呼。

因为大家最熟悉的“佛”，就是释迦牟尼。所以《西游记》里一说“如来佛”，就是说的他，你知道这是一种通俗的说法就可以了。我们这本书，也遵照《西游记》的叫法，喊他“如来佛”。

如来佛对孙悟空介绍说，自己住在“西方极乐世界”，自己又叫“南无阿弥陀佛”。这更是一个民间流传已久的误解。因为按照书里的说法，如来佛住的灵山，就在印度。印度并不是什么极乐世界。在佛教的神话里，“极乐世界”是另外一个地方，离我们这个世界非常非常遥远，和我们现在的人类世界根本是两个地方。极乐世界的管理者，叫“阿弥陀佛”，和释迦牟尼佛是完完全全不同的两个人！

明清之后，佛教有一个流派“净土宗”很兴盛。这个流派认为，只要口中经常念“南无阿弥陀佛”（“南无”是顶礼、致敬的意思），死后就可以往生到西方遥远的极乐世界去，就可以一直在那里快乐地生活。这个流派在民间的影响极其巨大，所以直到今天，“阿弥陀佛”几乎成了一句无人不知的口头语。有些民间故事竟然把“阿弥陀佛”和释迦牟尼混淆了,《西游记》就是一个例子。

“极乐世界”在西方很遥远的地方，又恰好印度也在中国的西方，所以在民间老百姓的心目中，这个遥远的印度，就是传说中的“极乐世界”。《西游记》的作者似乎也搞混了这一点，他在书里不停地提到：

> 我佛如来坐在那极乐之境。(七十七回)
>
> 樵子闻言道：“老爷切莫忧思。这条大路，向西方不满千里，就是天竺国，极乐之乡也。”(八十六回)
>
> 行者摇手道：“不是！不是！如来处虽称极乐，却没有城池，乃是一座大山，山中有楼台殿阁，唤做灵山大雷音寺。”(八十七回)

这些都是民间老百姓对这些佛教概念的理解，看上去虽然是笑话，但也正因为这些“土味”的理解,《西游记》才变得格外有趣，有活力。《西游记》当然要借用佛道二教各种名词、概念，但也会把它们简化成老百姓能接受的逻辑，这样，故事才能流传开来。

《西游记》对如来佛的态度，明显和对玉帝他们不太一样。《西游记》的作者对如来佛非常有好感，从他描写如来佛对付孙悟空的一系列手段就能看出来。

佛祖问孙悟空为什么要造反。孙悟空说：“我是花果山水帘洞的石猴，学会了神通广大的法术，嫌凡间地儿窄，要到灵霄宝殿坐坐。”原著叫“因在凡间嫌地窄，立心端要住瑶天”“强者为尊该让我，英雄只此敢争先”。

你听这口气，孙悟空有点膨胀了。他之前不甘心做弼马温，反出御马监，抵抗天兵，都可以说是抗争这种不公正的对待。但是这里，他开始有了野心。

没错，口气是挺大，反抗精神也挺强。但是呢，这都是他之前从来没有计划过的事。他这阵子觉得自己天下无敌了，就开始想当玉帝了。这种心态，不仅说明孙悟空很单纯，很可爱，而且说明，他需要有人约束他了，再往前迈一步就要出问题了。

佛祖一听，笑道："哈，你原来想夺玉帝的宝座呀，我跟你说，他修炼了多少亿万年，才有了这个资格。你呀，还是回去吧。不然，可惜了你的本来面目。"

这几句，很能体现佛祖的性格，就是两个字"温和"。他本事比孙悟空大多了，他把孙悟空拍个灰飞烟灭，其实是很容易的。但他不，他一直在劝孙悟空，循循善诱。尤其是这句"可惜了你的本来面目"，这是什么意思？这是点醒孙悟空：你想想你的初心是什么？你本来的想法是什么？你真的是想当玉帝吗？

但这时候的孙悟空真有点头脑发热，他说："他虽年劫修长，也不应久占在此。常言道：'皇帝轮流做，明年到我家。'只教他搬出去，将天宫让与我，便罢了；若还不让，定要搅攘，永不清平！"

搅攘，就是捣乱的意思。孙悟空意思是说：我就不回去，我就要他搬出去，将天宫让给我住。要是不让，我就一直闹下去，不让他的日子好过！这有点像小孩闹着要玩具，毫无道理。

那么怎么对付这种淘气捣蛋的小孩子呢？把他打一顿是粗暴的办法。你看佛祖是怎么办的。他从头到尾，一直非常非常温和。劝你你不听，那咱们就玩个游戏吧。这个游戏，就是著名的"跳手掌心"。

佛祖说："这样吧，你不是会筋斗云吗？我和你打个赌怎么样？你要是有本事，一个筋斗飞出我这右手掌，就算你赢，我就请玉帝到西天我那里住，把天宫让你；要是不能出去，你还下界去吧，炼几十万年，再来争吵。"

孙悟空一听："嘿，这如来是个大傻瓜！我老孙一筋斗十万八千里。他那手掌，不到一尺见方，怎么就跳不出去？"他又一想："嗯？不对，他叫玉帝搬家，难道玉帝就搬？"连忙说："你这么说，难道做得了玉帝的主？"佛祖笑着说："做得，做得！"

这两句对话也是很有意思，孙悟空有心眼，鬼机灵，他怕佛祖说了不算。但这也只是小聪明，他根本没想到有别的可能。

孙悟空飞了很久，看见前方有五根又粗又大的肉红柱子，认为这一定是天尽头了，这柱子一定是撑天的天柱。孙悟空想："等等，我得留个记号，省得如来要赖。"他就拔下一根毫毛，吹口仙气，叫："变！"只见毫毛变作一根大毛笔。孙悟空拿着毛笔在那中间柱子上写了一行大字："齐天大圣到此一游。"你看这还是那点小心思，和他问如来能不能做玉帝的主是一脉相承的。

孙悟空写完字，忽然又想撒尿，见周围没人，就撩起衣服，在第一根柱子根下撒了一泡猴尿。这才驾着筋斗云回来。

在这儿得提醒一下。古代没有公共财产这一说，比如山、树，都没有主人。所以古人随便在山上题个字是很正常的。名胜古迹很多都是私人的。只要主人允许，你去人家墙上写个字也是可以的。有时候主人觉得你有名气，都会请你去写。但今天不行了。今天的名山大川都是国家的，是公共财产。在公共财产上乱写乱画是不被允许的，当然，随地大小便更不好了。

孙悟空回来后，对如来说："我已经到了天尽头了，你叫玉帝搬出去吧。"如来说："不用去，你自己低头看看。"孙悟空低头一看，咦，原来佛祖右手中指上写着"齐天大圣到此一游"八个小字。再一闻，大指丫里还有些猴尿臊气。

孙悟空吃了一惊："怎么回事！怎么回事！我明明是把字写在撑天柱子上，怎么跑到他手指上来了？他会不会有什么未卜先知的法术，自己偷偷写上了？我不信，等我再去看看！"

孙悟空一纵身，刚要跳出，如来佛祖翻过手掌，轻轻一扑，就把孙悟空推出西天门外，把五指化作金、木、水、火、土五座连起来的大山，名叫“五行山”，轻轻地把他压住。这个到处惹祸的猴子总算被镇住了！

注意原著里的用词。如来佛压孙悟空可不是“狠狠一压”，而是“轻轻地把他压住”，我觉得这是《西游记》里写得最好的一句。如来佛对孙悟空的态度是什么呢？他并不是真把孙悟空当敌人、当恶魔，而是把他当成一个没完没了闹脾气的小孩子。讲道理讲不通怎么办呢？那只能先控制他一会儿，让他别乱闹了。

但是你又不能真的伤害他。你把他用麻绳捆起来？拿刀砍，拿火烧？玉帝不就这么干的吗？但完全不管用。他又不是坏人，你怎么能用对待坏人的方式对他呢？这就是对人的不尊重，只能换来孙悟空继续大闹。把他压住，还得是轻轻地，不能伤害他一点点。这是什么？这是一种温和的态度，是一种慈悲心。

而且孙悟空哪是那么好压的？原著说，如来为了压他，是把一只手变成了一座大山，五根手指变成五座联山，就叫“五行山”。那压住孙悟空之后呢？如来就少了一只手，剩一条胳膊回去了？还是他法力很大又长出一只手来？这个原著没说清楚，就连古人都没搞清楚。清代的《西游记》评点家黄周星有这么一段话：

> 一迂儒问道人（黄周星的自称）云：“如来虽能五行山下定心猿，然此山却是五指所化。既然将心猿压住，不知此指如何收回？”道人笑曰：“如来慈悲度世，渠既舍却一手降魔救驾，想事定之后，惟有断臂而去耳。不然更有何法？”

我们只能认为：如来为了降服孙悟空，至少是损失了一只手，付出了相当高的代价。这更说明如来对这个没完没了大闹的小猴子，是想教育他、感化他的。

但是你说如来佛在书里是被当作一位高大光明的人物在写吗？并不是。作者对如来佛是有嘲讽的。

唐僧师徒到了灵山后，如来的两位侍者阿傩、伽叶带着唐僧进藏经楼，与唐僧之间发生了这样一段对话：

> 阿傩、伽叶引唐僧看遍经名，对唐僧道："圣僧东土到此，有些甚么人事送我们？快拿出来，好传经与你去。"三藏闻言道："弟子玄奘，来路迢遥，不曾备得。"二尊者笑道："好，好，好！白手传经继世，后人当饿死矣！"

"人事"，在这里指赠送的礼品。传经这件事落在阿傩、伽叶头上，他们就认为应该从中揩一把油。唐僧当然没有准备，阿傩、伽叶就把没字的白纸本子传给他们。

后来唐僧师徒发现了，回雷音寺找如来评理。如来竟然解释说："这事我知道，不过，经不能白白地取。有一年，一些弟子下山给人念了一次经，只要了三斗三升麦粒大小黄金回来。我还说他们卖得贱了，教后代儿孙没钱使用。你空手来取，所以传了白纸本子。"唐僧没办法，只好把唐太宗李世民赐的紫金钵盂拿了出来。阿傩、伽叶这才开书柜传经。

这二尊者当然是非常世俗的，公然搞不正之风。但这种事在《西游记》诞生的明朝是十分流行的。任何一位小吏、小官，都可以在他职权范围内中饱私囊。

那么，如来竟然包庇纵容，这和他之前温和的形象是不是矛盾呢？也不是。《西游记》的这种写法，叫"消解"或"解构"神圣感。别说四百年前，即使在今天，也是一种非常深刻的写法。因为《西游记》实际上在告诉我们：世界上本没有神仙，也没有什么东西值得我们顶礼膜拜。

唐僧师徒费尽千辛万苦，见到的神仙一个个都是这样，是不是意味着这场取经毫无意义呢？其实不是的。因为他们毕竟是经过九九八十一难，成了正果。而我们喜欢《西游记》，也正是因为它讲述了路上唐僧师徒降妖除怪、破除艰难阻碍的精彩故事，而不在于是不是西天见佛。这其实告诉我们，成长的真正意义并不在于靠神佛的恩赐，而在于脚踏实地的实践本身。

甚至可以说，这部书偏要把神佛从高高的神坛上拉下来，涂上两笔，让他们索贿，让他们包庇，像个小丑。这其实是告诉你：神佛也不过如此。没有什么东西能够超越生活实践的本身，这就是《西游记》告诉我们的道理，也是我们中国人特有的务实的价值观。

最后，我想分享《西游记》里的一个小情节。这个情节非常能反映我们中国人的价值观。那就是唐僧师徒走到天竺国附近的玉华州，唐僧看到当地十分富庶，就有了一段心理活动：

> 人言西域诸番，更不曾到此。细观此景，与我大唐何异！所谓极乐世界，诚此之谓也。”又听得人说，白米四钱一石，麻油八厘一斤，真是五谷丰登之处。

也就是说，作者心目中的“极乐世界”，和大唐其实并没有本质区别。无非是经济繁荣，人民生活富裕而已。这听起来好像毫无神秘感可言，但这正反映了中国人的务实态度：极乐世界并不在遥远的地方，而就在我们身边，需要我们每个人去建设。

人间

唐僧经过的地方都是真实的吗?

唐僧在取经途中，经历了许许多多的地方，比如两界山、黄风岭、流沙河、车迟国、通天河、女儿国、火焰山、朱紫国、灵山大雷音寺……那么，这些地方在现实中到底有没有呢？真的有鹅毛浮不起来的大河吗？真的有满山火焰的大山吗？真的有灵山和大雷音寺吗？

其实我以前是不相信这些地方在现实中存在的。《西游记》是本神话小说，里面写的那些地方怎么能当真呢？

可是后来，我自己做了一些研究，也去过一些我国西部的地方。才发现，原来《西游记》里写的很多地方都是真实的，或者说，是有它的原型的。

我们知道，《西游记》里的唐僧是有原型的。他就是唐代的高僧玄奘法师。《西游记》的故事不敢说全部，至少一半左右，都是根据各种原型创作出来的。

我们在本书的第一部分说过，沙和尚住流沙河的故事，就是从玄奘法师经过莫贺延碛沙漠的经历改编来的。

这片地方，当年又叫“流沙”，所以“流沙河”本来是沙漠的意思。但是沙漠里没有水呀，为什么《西游记》里的流沙河又变成一条波涛滚滚的大河了呢？

这是因为《西游记》的故事，是在中原地区慢慢流传的。中原人并没有见过沙漠。从字面上看，“沙河”“流沙”，那不就是一条河吗？于是传来传去，《西游记》里的“流沙河”就变成了一条有水的河流了。

这个现象，就是故事在传播中发生的“讹变”。古代的故事，基本上都是口头传播的。口头传播最大的特点，就是在传播过程中，讲述人不停地给故事“添油加醋”，不停地按自己的理解改编这个故事。他不一定是故意的。但从他听到这个故事，再讲给别人，中间肯定添加了很多他自己的东西。

不信你可以做一个游戏。你找 20 个同班同学，排成队。然后你给队头第一人讲一个 300 字左右的故事，不要让别人听见。然后再让他讲给第二个人，这样依次传递下去。最后，第 20 个人讲的故事，保证已经和原版本面目全非了。

原著说，唐僧来到流沙河边，看到河边立着一块碑。上面写着：

> 八百流沙界，三千弱水深。
> 鹅毛飘不起，芦花定底沉。

为什么说在流沙河上连一根鹅毛都漂不起来呢？世界上真有这种河吗？

当然没有。但中国西部地区的很多河流和东部地区的不太一样。西部很多河流是在高原、大漠上漫流的，水很浅，不能走船。因为船放在上面会搁浅。所以要么蹚水过去，要么坐一种特殊的筏子过去。从中原地区来的人，看到这样不能行船的水，就以为这种水是没有浮力的。所以就管这种河流叫“弱水”。传来传去，就传成在这种河流上连芦花、鹅毛都漂不起来。这种河流，又经常在沙漠附近流淌。

甘肃中部的张掖有一条河流，这条河叫“黑河”。它发源于祁连山，在居延海附近的沙漠戈壁上消失，是著名的内陆河。它的下游，还有一个名字就叫“弱水”。据说大禹治水的时候，就治理过这条河道。所以在史料上留下了“导弱水，余波入于流沙”的记录。所以，“弱水”和“流沙”总是一起出现。在《西游记》里，流沙和弱水自然而然就被合二为一，成了流沙河。

火焰山的故事，在书里也是重头戏。按照原著的描述，孙悟空当年从太上老君的炼丹炉里跳出来后，把炉子推倒，几块带火的砖从天宫掉到了地面上，就变成了一座八百里宽的火焰山。火焰山上都是火焰，唐僧师徒四人根本过不去。孙悟空找到铁扇公主，三借芭蕉扇，这才把大火扇灭。

那么现实中有没有火焰山呢？也是有的。它就在今天的新疆吐鲁番，并且还叫“火焰山”。它屹立在从中原通往西域的必经之路上，也是玄奘法师当年经过的地方。

但是去过那里的人就都知道：这座山并不是满山火焰，而是山上全是红色的砂石，寸草不生。整座山的颜色是火红火红的，所以叫“火焰山”。在古书上，它又叫“火山”“红山”。这座山是天山的支脉，和天山基本上是平行的，东西长约 100 公里，南北宽 10 公里，海拔 500 米左右。

火焰山也是中国最热的地方，年降雨量 16 毫米，蒸发量却能达到 3000 多毫米。夏天最高气温可达 47.8 摄氏度，地面最高温度高达 89 摄氏度，沙窝里可以烤熟鸡蛋。因为温度高，热气流上升，远远望去，景物似乎都在晃动，就像着火了一样。这种景象，你在点燃的炉子前面也能见到。

这座山自古以来就很著名。例如唐代诗人岑参，就从这座山下经过。他第一次来到这里时，写过一首诗，叫《经火山》：

火山今始见，突兀蒲昌东。
赤焰烧虏云，炎氛蒸塞空。
不知阴阳炭，何独燃此中？
我来严冬时，山下多炎风。
人马尽汗流，孰知造化功？

这首诗是非常写实的，而且在冬天，就已经是“赤焰烧虏云，炎氛蒸塞空”了。

但是，是不是可以说这座火焰山，就等于《西游记》里的“火焰山”呢？也不一定。因为《西游记》里的火焰山毕竟是虚构的。它的原型也不止一个源头。

新疆吐鲁番的这座火焰山，只是山体颜色像火，在夏天比较热，并不是真的漫山火焰。但新疆还有一种真正的火焰山，就是煤田自燃。

新疆地下有很多煤炭资源。这些煤埋藏得很浅，燃点（着火的温度）很低。时间久了，不需要有人来点火，自己就会烧起来，这就叫“自燃”。自燃是一种很普遍的自然现象，不光煤矿，干草堆、油纸、油布，它们堆的时间久了，也容易自燃。

新疆丰富的煤炭储量，给我们展现了很多矿山自燃的奇观。比如新疆鄯善的煤田自燃，已经烧了几百年。远远看过去，确实是一片火海。从古到今，有许多史书、诗词都记录过这件事情。这些作品，有些是写实的，有些是经过好几手的加工、润色，所以就显得特别神奇。

在早期的西游故事中，也有煤田自燃的记载。比如，宋代的《大唐三藏取经诗话》，就有一个“火类坳”：

> 又忽遇一道野火连天，大生烟焰，行去不得。遂将钵盂一照，叫“天王”一声，当下火灭，七人便过此坳。

自燃的是煤矿，并不是一座高山，而是一片“坳”。这和那座因为气温炎热、颜色火红而得名的“火焰山”，完全是两件事。《西游记》里的火焰山，并不单指哪一座山，而是汇集了不同的原型。

唐僧师徒还经过了一条“通天河”。通天河十分宽阔，里面还住着一个鲤鱼精，每年要吃童男童女。孙悟空请来观音菩萨，才降服了鲤鱼精。大家坐在大鼋的背上，渡过了通天河。

通天河在现实中有没有呢？其实是有的。这条河在青海省玉树藏族自治州境内，是长江上游的一段。长江西源沱沱河汇入长江正源当曲之后，就叫“通天河”。通天河流至西巴塘河口，后为金沙江。

这条河，虽然不在历史上玄奘法师的必经之路上，在明代却是在从青海到西藏的必经之路上。当时的中原人如果想去西藏，第一站就要到丹噶尔（今天的青海湟源），然后走1000多里到玉树。通天河就是到达玉树之前经历的最后一道天险。

《西游记》里的“通天河”，是不是和这条真实的“通天河”有关，现在已经说不清楚了。但是，它反映了两条交通路线的差异。

唐僧的出发点是长安，也就是今天的西安，目的地是印度。翻开地图就会发现，印度在西安的西南方。所以，按照我们的常规思维，最近的走法岂不是走一条直线，一路向西南，经过青海、西藏，穿过青藏高原，翻过喜马拉雅山，经过尼泊尔，不就到印度了吗？

但是，如果你打开历史上玄奘法师的路线图，就发现，他并不是这样走的。他是从西安出发，一路向西，经过今天甘肃天水、兰州，进入河西走廊，经过武威、张掖，从敦煌出境。再横穿今天的新疆，到吉尔吉斯斯坦、乌兹别克斯坦、阿富汗，一路南下，经过这些中亚各国，才到了印度。这就说明他并没有走最近的路线横穿青藏高原，而是围着青藏高原兜了一个大圈。

他为什么这样舍近求远呢？原来，今天的西藏，在唐代叫吐蕃，那时候正和唐朝闹不和，所以玄奘法师是不能从吐蕃通过的。玄奘法师选的这条从新疆去印度的路线，比较发达，一路上商人、旅客不断。沿途国家和大唐的关系也不错。而且，这条路线所经地形相对平坦，虽然条件艰苦，但比起青藏高原的恶劣条件，就算好得多了。所以玄奘法师当然要选择这条安全的路线，即使路途遥远但也可以忍受。

既然他是绕过了青藏高原，那么他当然是不会经过现实中青海的通天河。但是，明代人去印度的路线正好与玄奘的相反。明代的中央政权和藏区关系不错。藏区经常派人来进贡，明朝皇帝也经常给他们赏赐。于是，中原和西藏的交往一直没有断过。从中原走到西藏，只要翻过喜马拉雅山，就到印度了。

所以，虽然玄奘法师没去过西藏，但你会发现，《西游记》里有许多奇怪的地方。比如书里明确说，猪八戒住在“乌斯藏高老庄”，而“乌斯藏”是元明时对西藏的称呼。历史上的玄奘法师，是不可能从“乌斯藏”经过的。还有“通天河”“牛魔王”“小西天”，都有可能和青藏（及周边地区）有关。藏族有一种民俗叫“打牛魔王”，喜马拉雅山以南有一个地方叫“小西天”。

还有两个有趣的例子。在第八十回，唐僧师徒来到了一座名叫镇海寺的地方，寺里僧人的模样是：

头戴左笄绒锦帽，一对铜圈坠耳根。身着颇罗毛线服，一双白眼亮如银。手中摇着播郎鼓，口念番经听不真。三藏原来不认得，这是西方路上喇嘛僧。

那喇嘛和尚走出门来，看见三藏眉清目秀，额阔顶平，耳垂肩，手过膝，好似罗汉临凡，十分俊雅。他走上前扯住，满面笑唏唏的与他捻手捻脚，摸他鼻子，揪他耳朵，以示亲近之意。

原著描写的这身打扮，非常写实。“左笄绒锦帽”就是藏传佛教僧人戴的帽子。戴铜环，穿毛线衣，拿着拨浪鼓（藏传佛教僧人转经用的法器），口中念“番经”，见面捻鼻子耳朵，这都是藏传佛教僧人的典型特征，很多习俗直到今天还保留着。

既然玄奘法师没去过青藏，为什么《西游记》里出现了这么多青藏的地名呢？这是因为《西游记》是明代人写的，而且是一部民间色彩很重的作品。他写的时候，脑子里首先想到的肯定是“我大明朝的人怎么去印度”。他平时听说的路线也一定是经过青藏高原，而不是经过新疆、中亚。他又不像现在写历史小说那样，要严格考证唐代的玄奘的路线。当然不由自主地就把什么“乌斯藏国”“通天河”“小西天”等地名写了进去。

但是，他又不能完全不照顾历史上玄奘法师的路线。因为当时也流传着一些故事，确实是和历史上的真实路线有关的，也需要编到《西游记》里，比如收石磐陀，和过黑水河、火焰山、沙漠（黄风岭和流沙河），都是在这条北线上发生的故事，也需要放到书里来。反正《西游记》是从多处取材而来的神话小说，于是书里就出现两条路线的痕迹了。

唐僧取经的目的地，是西天灵山大雷音寺。其实这也是有原型的。历史上的玄奘法师，他的目的地也是印度的一座大寺院，叫那烂陀寺，其实就是《西游记》里大雷音寺的原型。

那烂陀寺是当时印度规模最大的佛教寺院。最辉煌的时候，寺里有一千多位高僧。玄奘法师千里迢迢来到印度，其主要目的是为了在这里学习。玄奘法师在这里学习了16年，学遍了当时的各种佛教学问，而且取得了特别高的成就，连印度僧人都佩服得不得了，甚至认为他是天神。玄奘从这里带回了几百部经书回到大唐。这就是唐僧取经的故事原型。

这个地方至今还有。在印度一个叫巴达加欧的地方，现在还有当时寺院遗留下来的建筑，但早已没有当年的辉煌了。

在《西游记》里，大雷音寺坐落在灵山上。其实灵山这个地方在现实中也是存在的。但实际上的灵山和那烂陀寺并不在一起，而是相隔十几公里。灵山旁边有座小城，当年叫王舍城，是佛教创始人释迦牟尼活动的地方。释迦牟尼就是《西游记》里如来佛的原型。

灵山当时叫“姞栗陀罗矩吒山”，这个名字到现在我还念不顺，中文又叫灵鹫山。为什么叫灵鹫山呢？因为山上有一块大石头，长得特别像秃鹫。后来大概是老百姓不认识这个“鹫”字，就干脆叫它“灵山”了。

你想象中的灵山一定是一座又高又大的仙山，上面云雾缥缈，有各种神仙、菩萨、罗汉，甚至还有一条大河，把人间和仙境隔开。但这只是《西游记》里写的。实际它海拔不过几百米，就是一个小山包，上去转一圈，走十几分钟就下了山。有时候，雾霾覆盖着这座小山包，哪里有仙山的样子。

玄奘法师也来拜访过这座山。当然，他是唐朝人，释迦牟尼是公元前的人。他来的时候，这里早就是一座空山了。这座山之所以有名，是因为释迦牟尼曾在这里讲过许多经。

其实你想一想就知道，释迦牟尼也是凡人，他当年怎么可能跑到特别深、特别高的山上去讲课呢？因为不光是他，还有许多来听课的僧人，这么多人吃喝拉撒、交通住宿都是问题。找一座靠近城市的山才是合理的。这灵山离王舍城才几里地，释迦牟尼和他们的学生们讲完经，完全可以跑到王舍城溜达一圈再回去。等到了《西游记》里，灵山反而成了虚无缥缈的仙境了。

当然，《西游记》里并不是所有的地名都有原型，在这里我们只是讲了一些目前能发现原型的地方。

其实，能够发现多少原型并不重要，重要的是探索这些原型的过程告诉我们一种读书的方法。也就是说，一部名著所呈现的内容，和许许多多的背景知识有着千丝万缕的联系。就像海面上的冰山一样，冰山露出水面的部分，其实很小，大概只占十分之一，剩下的十分之九都隐没在水底，需要我们慢慢地探索。也许你将来会发现车迟国、朱紫国、祭赛国的各种原型呢。

而且，探索这些隐秘的知识是非常好玩的一件事。当我们看到一座冰山的时候，难道不想知道它在水下的部分是什么样子吗？所以，这种好奇心会驱使着我们不停地有新的发现，有新的认识。每有一次发现，就向冰山深处走进一步。所以，我们读《西游记》，它只是一个起点。从这个起点，一站一站地走向更深、更广的知识领域，才是我们的最终目的。

车迟国和比丘国的故事说明了什么？

《西游记》里有个车迟国，车迟国里有三位大仙：虎力大仙、鹿力大仙、羊力大仙。这三位大仙，虽然是老虎、鹿、羊三种动物成精，却并不占山为王，对唐僧肉也没有兴趣，甚至不在意唐僧师徒过境。他们孜孜不倦追求的是修建道观，扩张自己的势力，打压僧人。

孙悟空来到车迟国，发现有一群和尚正在那里拉木材砖瓦，十分辛苦，旁边还有两个道士在监工。于是，孙悟空上前打探。

> 道士说："此城名唤车迟国。宝殿上君王与我们有亲。"行者闻言，呵呵笑道："想是道士做了皇帝？"他道："不是。只因这二十年前，民遭亢旱，天无点雨，地绝谷苗，不论君臣黎庶，大小人家，家家沐浴焚香，户户拜天求雨。正都在倒悬捱命之处，忽然天降下三个仙长来，俯救生灵。"行者问道："是那三个仙长？"道士说："便是我家师父。"行者道："尊师甚号？"道士云："我大师父，号做虎力大仙；二师父，鹿力大

> 仙；三师父，羊力大仙。”行者问曰：“三位尊师，有多少法力？”道士云：“我那师父，呼风唤雨，只在翻掌之间；指水为油，点石成金，却如转身之易。所以有这般法力，能夺天地之造化，换星斗之玄微，君臣相敬，与我们结为亲也。”

那么，为什么要欺负和尚呢？两个道士也解释了：

> 因当年求雨之时，僧人在一边拜佛，道士在一边告斗，都请朝廷的粮偿。谁知那和尚不中用，空念空经，不能济事。后来我师父一到，唤雨呼风，拔济了万民涂炭。却才恼了朝廷，说那和尚无用，拆了他的山门，毁了他的佛像，追了他的度牒，不放他回乡，御赐与我们家做活，就当小厮一般。我家里烧火的也是他，扫地的也是他，顶门的也是他。因为后边还有住房未曾完备，着这和尚来拽砖瓦，拖木植，起盖房宇。只恐他贪顽躲懒，不肯拽车，所以着我两个去查点查点。

这些和尚，就这样当了苦力，还不能逃脱。被虐待死的、自尽的，不计其数。剩下的这些苦苦煎熬，才等来了孙悟空拯救他们。孙悟空通过和三位大仙斗法——比求雨、坐禅、隔板猜物、砍头、剖腹、下油锅，这才降服了三个妖道。

这段故事没有惊险的打斗，全都是发生在朝堂上。所以，它是有深刻的时代背景的。

应该说，这段车迟国故事并不是百回本《西游记》的原创，因为早在元代的《西游记》里，就有车迟国故事了。不过，元代早期故事里还没有虎力、鹿力、羊力三位大仙，而是一个叫伯眼的道士和一个叫鹿皮的徒弟。

故事说车迟国的国王本来是敬重佛法的，后来伯眼大仙来了之后，就迫害僧人，抓他们做苦力。这天伯眼正在祭神，孙行者去捣乱，藏在坛场上，抢吃了供品，还打了小道士。伯眼大怒，就要和唐僧斗法。他们的比赛项目是：坐禅、柜中猜物、滚油洗澡、割头再接。

第一回合比坐禅，双方各自坐在禅床上，谁先动谁算输。伯眼大仙有个徒弟叫鹿皮，拔下一根头发，变成跳蚤，在唐僧耳朵后面咬。孙行者是个猴子，最善于抓跳蚤。他一把抓下跳蚤捏死，又拔毫毛变成一只蝎子，蜇了伯眼大仙一下。大仙大叫一声，跳下床来。第一回合唐僧胜了。

第二回合比柜中猜物。国王叫人在柜子里放一个桃子。孙行者变成小虫，进去把桃吃掉，只剩一个核。唐僧猜核，伯眼猜桃，果然又是伯眼输了。

第三回合比油锅洗澡。这回是鹿皮出场，跳进锅里。孙行者拘来千里眼、顺风耳，挡在油锅外，不让鹿皮出来。鹿皮就被滚油烫死了。孙行者也进去洗澡，故意变得小小的，吓唬唐僧，然后现出原形。这一回合道士又输了。

第四回合比砍头。孙行者先割下头，再安上。伯眼大仙也割下头来。孙行者变成一只大黑狗，把伯眼的头掩走。伯眼就现出原形，是一只老虎精。

元代的这本《西游记》，当然已经失传了，这段故事记载在当时的一本朝鲜人学汉语的教科书《朴通事谚解》里。从中可以看出，这里面已经出现了比坐禅、隔板猜物、油锅洗澡、砍头等情节。今天的《西游记》只不过增加了一位大仙，增加了比求雨和比剖腹挖心这两个环节，再把隔板猜物这一回合扩充了一下，在抢吃供品的故事中增加了撒尿留圣水的情节，就让叙事更加精彩了。

在车迟国，和尚和道士发生了激烈的矛盾。一开始是道士欺负和尚，把和尚拉去做苦力。后来唐僧师徒到来，局面反转，和尚占了上风，灭掉了三个妖道。这个故事其实和两千年来佛教和道教的斗争有联系。

佛教是汉代时从印度传进来的宗教，而道教是汉代时在我国兴起的本土宗教。两个宗教都在老百姓中传播，不可避免地会产生矛盾。所以，历史上经常发生佛道冲突，而且皇帝也经常借着自己的权力，支持一方，打压另一方。这样的斗争发生过许多次。

佛教刚传入中国不久就遭到了不少抵制。这在当时流传着许多传说。据说汉永平十四年（71 年），在洛阳白马寺门前就发生了一次佛道斗法。道士们在寺门外搭起高坛作法。没想到法术失灵，想驾云的不能驾云，想隐形的不能隐形。这时佛教这边的摄摩腾法师腾云而起，让天空中降下花朵，演奏音乐。大家看到后赞叹不已。那几个道士见状，竟然都羞愤而死了。

当然，这故事是在佛教典籍里记录的，肯定有竭力贬低道教，抬高佛教的嫌疑。所以这件事本身是非常不可信的，带有神话色彩，只能被当成一个传说来看。但也说明从佛教传入中国开始，佛教与道教之间就有这种互争高下的竞争关系。

道教这边也不示弱。晋朝有一个叫王浮的道士，写了一本《老子化胡经》。道教崇奉的祖师是老子，传言老子是太上老君的化身。老子历史上实有其人，只是他最后一路西去，不知所终。王浮就借这个由头说：老子是跑到印度，化身释迦牟尼，开创佛教去了。

这件事当然惹到了佛教徒，双方就不停地斗法。有时是双方互相辩论，有时是各自展示“法术”（当然所谓“法术”可能只是一些魔术或杂技性质的表演）。但这种斗法，从汉代到宋元，几乎就没有断过。

斗法的结果，有时是佛教胜，有时是道教胜（当然在他们两派的经书里肯定都说自己胜了），但最终的胜利往往取决于最高统治者的态度。皇帝信佛，就大建佛寺，开凿石窟。皇帝信道，就下令毁佛像，拆佛寺。有的皇帝不管三七二十一，一齐打压两派，这就使得两派全都倒霉了。

车迟国斗法故事产生于元代，所以是基于元代的社会背景创作而成。元代的佛教和道教斗争得非常激烈。从金代开始，北方兴起了一个道教派别，叫全真派。全真派势力很大，数十年间几乎遍布中国，而此时佛教也在扩张。于是双方起了冲突，在1255、1256、1258、1281年，发生了四次佛道大辩论。其中，以1258年春天，在开平府大安阁举行的佛道大辩论最为激烈。这也是中国历史上规模最大、规格最高、影响最为深远的一场宗教辩论会。

辩论结果，道教失败，佛教胜出。许多道教徒被迫剃去头发，改作僧人，大量道教经典被认为是“伪经”烧毁，一些道教宫观被改作佛寺。

元代的《西游记》故事，正好产生于这个时期，当然会在故事里反映佛道斗争的情况。这里面佛教胜、道教败，恰恰是当时局面的真实写照。

到了明代，社会上的思潮是讲究“三教合一”，也就是儒、释、道融合。所以明代民间佛教和道教的关系还是比较友好的。但是明代又出现了另外一个问题，就是很多明代皇帝都想长生不老，迷信炼丹术。

古代道士相信，采集自然的药物就能炼出长生不老的仙丹。这些本来是古人对大自然的探索。仙丹当然是炼不出来的，但却因此积累了很多化学知识，为古代科学的发展做出了很多贡献。经过上千年的试验，到了宋代以后，知名学者们，包括道教界的有识之士基本上都认为：长生不老丹是不可能炼出来的，迷信炼丹是歪门邪道。

但明代的皇帝似乎不管这套，继续坚持这种古老的迷信，闹出了不少荒唐的事。嘉靖皇帝宠幸两个道士，一个叫邵元节，一个叫陶仲文。这两个人在宫里开坛作法，求仙请神，搞得乌烟瘴气。陶仲文自称会炼仙药。1552年，陶仲文竟然叫嘉靖皇帝选了300名8岁到14岁的女童进宫，用她们的身体炼药。1555年，又选了160名10岁以下的女童进宫，用来炼药。这些女童进宫之后，遭遇到了什么，就没人知道了。

还有个叫段朝用的，会“点石成金”。他说用他点化的金器盛饭吃，就可以长生不老。嘉靖帝信了他的邪，竟然向大臣们提出：能不能请两年假，不管国家大事，藏在宫里炼丹？大臣杨最极力反对，结果竟被嘉靖帝用乱棍打死。

皇帝迷信，下面自然有人拍马屁。有一个叫顾可学的，也自称能用童男童女炼药，通过给朝廷重臣行贿，当上了大官。这股风气传到民间，就产生了各种用童男童女炼药的说法。嘉靖死后，还出了一个叫高采的太监，他在福建听信了一种说法，要吃一千个小孩的脑子，就到处买小孩，吃他们的脑子，买不到就去民间偷，此恶行最终激起了民众造反。

嘉靖皇帝宠信这些人，他的后继者们也是如此。泰昌元年（1620年），泰昌帝病重，有一个叫李可灼的，进献了一种红丸，自称是仙丹。结果泰昌帝吃了就死掉了。这就是晚明著名的“红丸案”。这案子把不少相关的人都牵扯了进去，酿成了无数悲剧。

朝廷的这种风气自然会体现在《西游记》里。除了车迟国，《西游记》还有一个比丘国。比丘国王年迈体衰，迷信长生不老丹。他有位国师，是个妖怪，就提议要用1111个小孩的心肝做药引，要求全城百姓献出自己的孩子。唐僧师徒来后，孙悟空派众神刮起神风，把孩子吹出城外藏起来，然后自己去斗妖道，终于降妖除怪，让国王明白了真相。

这个比丘国的故事很像是明代现实的影射。比丘国王就像嘉靖帝，那个妖道国丈就像邵元节、陶仲文、段朝用等人的化身。1111

个小孩的心肝，就像嘉靖帝选的几百名女童。

值得注意的是，《西游记》并不狭隘地偏袒佛教或道教某一方，作者批判的，不仅有兴妖作乱的妖道，也有贪婪恶毒的和尚，例如观音院的金池长老。《西游记》对真正的高僧、高道是十分赞赏的。作者的态度从孙悟空对车迟国国王的教导就可以看出来。孙悟空降服了三位大仙后，对国王说：

> 向后来，再不可胡为乱信。望你把三教归一：也敬僧，也敬道，也养育人才。我保你江山永固。

所以说，《西游记》的作者是非常开明的。不能说《西游记》扬佛抑道，也不能说《西游记》扬道抑佛。孙悟空的师父须菩提祖师，教孙悟空的就是道教本领。唐僧是一位佛教徒，却时时刻刻显现出儒家兼济天下、忠君爱国的品质。所以《西游记》主张的，正是明代社会上流行的三教合一的观念。

《西游记》里的明代底层社会是什么样的？

《西游记》里有几个不太出名的故事，你可能都没有注意过。但这些故事，却默默地反映了明代社会的一些现实问题。

第九十一回，唐僧来到了金平府。金平府非常繁华，每年正月十五，都要举办隆重的元宵灯会。唐僧也想赶热闹，就留下来看灯。

金平府有一座金灯桥，桥上摆着三盏水缸大小的金灯，明晃晃地照着金丝编成的楼阁。楼阁的窗户都是用琉璃薄片做的，映着灯光，比空中的满月还亮。缸里的油闻起来，香气四溢。

唐僧就问道："这灯里点的是什么油？为什么会这么香？"随从的和尚说："长老，这油不是平常的油，叫'酥合香油'。每斤值三十二两银子。三盏灯，每缸盛五百斤，就是一千五百斤油，一共要四万八千两白银。加上零零碎碎的花销，一共五万多两。"

在明代，一两银子大概折合今天的五百元左右。五万两银子，就是二千五百万元！每年灯节，都需要一笔这么大的花销。

那么，是金平府有钱吗？并不是。和尚说："金平府的长官每年要向老百姓征收灯油。有二百四十家灯油户，年年均摊这笔花销，灯油只点这么三夜。”孙悟空就问道：“这么多油，三夜怎么能点得完？”僧人说：“一来这灯特别费油，二来今夜一定有佛爷现身。佛爷一到，就把油收去。如果缸里一滴都不剩，就保佑我们今年五谷丰登；要是哪年油没收干，这年就会有灾荒干旱。所以家家都要供献。”

正说着，就听半空中呼呼风响，风中果然现出三尊佛像。慌得唐僧跑上桥头，倒身下拜。孙悟空仔细一看，急忙叫道：“师父快回来，那是妖怪！”还没说完，只见灯光一下子暗下来，呼的一声，其中一尊佛像把唐僧抱起，消失得无影无踪。

这来的并不是什么真佛爷，而是三个犀牛变的假佛爷。唐僧被抓去后，孙悟空又费了好大一番力气，才把唐僧救回来。

金平府这个故事，重点其实不在孙悟空打妖怪，而在于告诉我们，古代（或者说明代）政府是怎样处理公共事务的。

不管什么朝代，政府总有各种各样的公共事务要处理。比如重建塌了的桥，维修被水冲垮的路，准备例行的节日活动……至于京城附近老百姓的杂事会更多，因为要有许多人伺候皇帝和朝廷，所处理的事会更加复杂。

如果临时遇到的事，政府的做法就是摊派。比如举办一场庆典所需的物资众多，就要分摊到衙役们身上，让他们各户提供锅碗瓢盆或是桌椅板凳……因为政府并没有一个专门的部门管理这些，也没有一项资金用来专门做这类事务。如果是每年例行的任务，则由政府指定给一些固定的人家，让他们祖祖辈辈做这些事。

明朝实行“配户当差”的办法，将人民按不同的职业分成若干种户，比如民户、军户、匠户、灶户、陵户、园户……除了民户、军户以外的其他各种役户，往往被统称为“杂役户”。

比如，皇帝经常需要摆宴席来招待大臣和外国使臣，一场宴席就要用到几百甚至几千名厨师。而皇宫里是不会养那么多厨师的，于是就专门指定一些人家去做，这些人家被称为“厨役户”，他们世世代代当厨师，给朝廷做饭。

此外，修理皇帝陵园的叫“坟户”，为宫里砍柴的叫“柴户”，看守粮仓、草场的叫“库户”，负责给各衙门做饭食的叫“膳夫”……

如果不想干也可以，那你就得出钱雇人替你干，这叫“折银代役”。

什么人可以免除这种杂役呢？官员当然是不需要的。除了官员，考取了功名的举人、监生、生员等，都享有特权，可以免除杂役。其他的家庭都必须为官府服役。

这种制度虽然能维持社会的运转，但弊端特别多。比如在故事里，虽然金平府这个地方已经在天竺国，但实际上，它反映的还是明代的社会风貌。金平府的“灯油户”，无疑就是杂役户的一种。他们的任务，就是每年要保证元宵灯会的灯油供给。不交灯油也可以，那就交钱，由官府去买油。

为了便于管理杂役户，当时会轮流在一批家庭中指定一个负责人。当上了这种负责人可是非常麻烦的事情。因为好处不多，责任倒不少。比如所负责的灯油户里，如果哪一户死活不交，或者干脆逃跑了，找不到人，那负责人就得自己掏腰包补上。而且这些灯油从购买、贮藏、运输，都是由负责人来负责，一旦出现意外，损失了灯油，那么就由负责人包赔损失。

所以，杂役越多，管理起来就越麻烦。而且灯油交到官府上，负责验收的小官吏还会找各种借口敲诈勒索。

不要小看这些弊端，因为《西游记》里的灯油户，只是明代各种杂役户的一个缩影。其余还有数不清的名目：瓜户、冰户、菜户、藕户、酒户、磨户、油户、靛户（专产染料）、乐户、轿户、幡户（专做旗子）、米户、窑户、羊户……

这些老百姓都担负着各种多如牛毛的任务，也忍受着各级小官吏的勒索。最后，他们忍无可忍，要么逃亡，要么造反，明代社会就从底层慢慢崩溃了。

所以，孙悟空请来二十八宿中的四位星官，围剿了犀牛之后，砍下三只犀牛的头来，孙悟空就做了这样的安排：

> 孙大圣更有主张，就教："四位星官，将此四只犀角，拿上界去，进贡玉帝，回缴圣旨。"把自己带来的二只："留一只在府堂镇库，以作向后免征灯油之证；我们带一只去，献灵山佛祖。"四星心中大喜，即时拜别大圣，忽驾彩云回奏而去。

永免灯油租税，这一举措非常得民心的，尤其是下面的灯油户，更是感恩戴德：

> 府县官留住他师徒四众，大排素宴，遍请乡官陪奉。一壁厢出给告示，晓谕军民人等，下年不许点设金灯，永蠲（juān，除去、免除）买油大户之役。一壁厢叫屠子宰剥犀牛之皮，硝熟熏干，制造铠甲，把肉普给官员人等。又一壁厢动支枉罚无碍钱粮，买民间空地，起建四星降妖之庙；又为唐僧四众建立生祠，各各树碑刻文，用传千古，以为报谢。
>
> 师徒们索性宽怀饮爱。又被那二百四十家灯油大户，这家酬，那家请，略无虚刻。八戒遂心满意受用，把洞里搜来的宝物，每样各笼些须在袖，以为各家斋筵之赏。

打死了犀牛，就免除了老百姓的负担，相当于去除了一项苛捐杂税，当然受到灯油大户的拥护了。为了纪念这件事，大家甚至为唐僧师徒建起了“生祠”，也就是给活人修的庙，还立了纪念碑。

《西游记》里还有一个故事，在第九十七回。唐僧经过铜台府，住在寇员外家。离开时，寇员外大吹大打送他们，没想到这就露了财。有一伙强盗趁唐僧离去，进寇家打劫，连夜出城分赃。没想到正好碰上唐僧师徒，孙悟空就把赃物缴获，原路回城。没想到这地方官是个糊涂虫，反倒错把唐僧等人当作强盗，关进了监狱。下面这段描写监狱，是非常真实的：

> 可怜把四众捉将进去，一个个都推入辖床，扣拽了滚肚、敌脑、攀胸。禁子们又来乱打。三藏苦痛难禁，只叫：“悟空！怎的好，怎的好！”行者道：“他打是要钱哩。常言道：‘好处安身，苦处用钱。’如今与他些钱便罢了。”三藏道：“我的钱自何来？”行者道：“若没钱，衣物也是。把那袈裟与了他罢。”三藏听说，就如刀刺其心。一时间见他打不过，又要得紧，无奈，只得开言道：“悟空，随你罢。”

监狱，向来是古代社会最黑暗、最残酷的地方。这里的辖床、滚肚、敌脑、攀胸，都是古代监狱里束缚囚犯的刑具。辖床，又名押床、匣床，是一副床形的刑具。把囚犯推进去，用绳子捆好，犯人就不能动了。敌脑、攀胸、滚肚是辖床上的部件，分别用来控制囚犯的头部、胸部、腹部。敌脑是放在囚犯头顶的铁环，攀胸是拦在胸前的铁索，滚肚是压在肚子上的木梁。另外囚犯的两手、腿脚都会被牢牢锁住。最后再盖上盖子。这片盖子叫“号天板”，上面密密麻麻全是朝下的钉子。盖上后，钉子尖离人不到二寸，只要一动，眼睛就会被戳穿。

有时候这床还不是“单人床”，而是“多人床”，一次能困住七八个犯人。晚上“号天板”一盖，犯人就什么都看不见了。值班的狱卒就在“号天板”上睡觉，下面的囚犯别说逃出去，动一动都会生疼。

除了恐怖的刑具外，狱卒还要不停地痛打犯人。这样的折磨，一般人是难以承受的。所以无辜死在监狱里的人特别多，叫“瘐毙”。

但是想少受点罪，倒也不难，只要肯出钱贿赂狱卒，就可以免了这些痛苦。钱要是出得足够多，还能有清雅的单间，比外面的住宿条件还好。这些狱卒干的时间长了，就知道什么人可以折磨，什么人手里有钱，所以孙悟空说“好处安身，苦处用钱”，到了这种地方，有多少钱都能花出去。没有钱，只好用佛祖赐的宝物锦襕袈裟来抵偿了。

孙悟空的吹牛说明了什么问题？

这篇从一个小问题说起。

《西游记》第三十二回，唐僧师徒走到了平顶山莲花洞，暗中保护唐僧的日值功曹变成了一个樵夫，前来给唐僧师徒报信。说这山上有一伙妖怪，十分厉害。孙悟空不信，于是发生了下面一段对话：

> 行者道：不瞒大哥说，我们是东土差来西天取经的。那马上是我的师父。他有些胆小。适蒙见教，说有甚么毒魔狠怪，故此我来奉问一声：那魔是几年之魔，怪是几年之怪？还是个把势（这里指行家），还是个雏儿（这里指外行的人）？烦大哥老实说说，我好着山神、土地递解（押解）他起身。”樵子闻言，仰天大笑道：“你原来是个风（即“疯”）和尚。”行者道：“我不风啊，这是老实话。”樵子道：“你说是老实，便怎敢说把他递解起身？”……行者道：“若是天魔，解与玉帝；若是土魔，解与土府。西方的归佛，东方的归圣。北方的解与

真武，南方的解与火德。是蛟精解与海主，是鬼祟解与阎王。各有地头方向。我老孙到处里人熟，发一张批文，把他连夜解着飞跑。”

这段话虽然看起来简单，却很值得品味。可以从这个小问题聊到一些大的问题上来。

孙悟空的这段话，实际上是说：天下四方，都有神灵在管着。东方的是圣（即东华帝君），西方的是佛，南方的是火德星君，北方的是真武大帝。管天空的是玉帝，管地面的是土神，管水域的是龙王。以上说的都是阳间，阴间的管理者是阎王。

也就是说，东西南北四个方向，加上天地水三个领域，都有神在管着。

我们再来看一些传统文化中的一些说法。

我们有五岳的概念：东岳泰山，西岳华山，南岳衡山，北岳恒山，中岳嵩山。

我们有五行配五方的概念：东方属木，西方属金，南方属火，北方属水，中央属土。

五方还有神兽：东方青龙，西方白虎，南方朱雀，北方玄武，中央黄龙。

北京的中山公园是过去皇帝的“社稷坛”。其中有一个方形的台子，代表国土。台子分成五个部分：东方青土、西方白土、南方红土、北方黑土、中央黄土。

在汉代的著作《淮南子》里，这种五方神灵的配搭已经发展到一个非常成熟的形态，例如：

东方木也，其帝太皞，其佐句芒，执规而治春，其神为岁星，其兽苍龙，其音角，其日甲乙。

南方火也，其帝炎帝，其佐朱明，执衡而治夏，其神为荧惑，其兽朱鸟，其音徵，其日丙丁。

中央土也，其帝黄帝，其佐后土，执绳而制四方，其神为镇星，其兽黄龙，其音宫，其日戊己。

西方金也，其帝少昊，其佐蓐收，执矩而治秋，其神为太白，其兽白虎，其音商，其日庚辛。

北方水也，其帝颛顼，其佐玄冥，执权而治冬，其神为辰星，其兽玄武，其音羽，其日壬癸。

除了五方神的概念，古代还有把空间分为“天、地、水”的观念。

先秦祭神的礼节有三种：升、沉、瘗（yì）。升，就是祭天之礼，点燃柴草和供品，让馨香升到天界。沉，就是祭水之礼，把牛羊或珍宝丢到江河湖海里。瘗，就是埋的意思，是祭地之礼，把牛羊或珍宝埋在土里，就代表地神收到了。这三种方式，对应着居住在三种环境中的神灵。

汉末的张鲁，是汉中一带的割据势力，他在民众中推行一套“五斗米道”。如果人病了，就认为病人触犯了神灵。把病人的姓名写在悔过书上，一式三份，一份放在高山上，一份埋在土地里，一份丢在水里，表示让天、地、水三界的神灵都看到。这是一种由来已久的祭神方式。后来的道教也供奉“三官大帝”，有天官赐福、地官赦罪、水官解厄的说法。

这些说法，有的历经数百年上千年，有的甚至可以追溯到史前时代。也就是说，潜藏在老百姓的意识中的是这样一种认识：我们人类居住的这个世界，有东西南北中五个方向，都有自己的属性，都有神在管着（或者都有一座名山在镇守）；同时，我们又将其分为天、地、水三个领域，每个领域也都有神灵在主管。

这其实就是中国古人的原始世界观。中国国土历来很方正，一般以国都为中心，向四面八方发展。东夷西戎，南蛮北狄，原来都是异族的世界，然后都被征服了。

所以，皇帝根据这个规则设计自己的宫殿、国都，甚至希望自己的国土也是方方正正的（虽然现实中无法实现），在四方和中央都要安排仪式性的象征物。

比如分封五岳、五镇。五镇即东镇山东沂山、西镇陕西吴山、中镇山西霍山、南镇浙江会稽山、北镇辽宁医巫闾山。至今辽宁有个地方还叫“北镇市”。

明清的北京城的东西南北四个方向，各有日坛、月坛、天坛、地坛。这叫“父天母地，兄日姊月”。

就连武侠小说都会经常搞出东西南北中各方侠客的设定，比如金庸的武侠小说《射雕英雄传》就有东邪黄药师、西毒欧阳锋、南帝段智兴、北丐洪七公、中神通王重阳的设定。他们都是独霸一方的大侠，在各自的位置上无人敢与之较量。

这种搭配由来已久，民国时期的《雍正剑侠图》，就已经有了东侠侯庭、西侠于成、南侠司马空、北侠秋田，四大侠客各镇一方。听民国评书就知道，甚至北京的小混混，居然也要叫什么东霸天、西霸天、南霸天和北霸天，各自成为四个城区的霸主。

这是什么思维方式呢？这其实是一种非常古老的原始思维，人们认为四方有祭坛、神灵、镇山或其他标志物，就会觉得吉利，觉得心安稳。这不能说是迷信，只能说这种对四方的崇敬，已经融入了民族的潜意识。

这种思维方式，也不光汉族有。只要是居住在一片相对开阔地域的民族，基本都会有这种思维。比如藏族同胞就认为：冈仁波齐山是宇宙的中心（也难怪，这座山天生就是一座四面体形），马泉河、象泉河、狮泉河、孔雀河四条大河从冈仁波齐发源，流向东、南、西、北四个方向。

佛教也有自己的四方神灵。比如一个教派认为：世界由五方佛管理，分别是中央毗卢遮那佛、东方阿閦佛、西方阿弥陀佛、南方宝生佛、北方不空成就佛。

还有说法认为，四位天王镇守着四方。持国天王，持琵琶镇守东方。增长天王，持青锋宝剑，镇守南方。广目天王，持宝伞，镇守西方。多闻天王，持宝叉，镇守北方。

这四位天王，后来被《西游记》吸纳，成了天宫的四个门卫了，分别镇守东西南北四个天门，但在实际的佛教神话里，他们镇守的是东南西北四个方位。

二十世纪，西方社会人类学家［如美国彼得·弗尔斯特（Peter Furst）］提出一个概念，叫“亚美式萨满教”，这是从旧石器时代开始，欧亚大陆以至美洲大陆人类共同的思维底色。无论是中原地区的汉族人，还是北方的蒙古族，抑或是印度人、印第安人，甚至因纽特人，都有一个基本相似的宇宙观，那就是“萨满性宇宙”。

萨满是巫师，是部落里的智者。换句话说，是巫师们在教大家怎样认识这个世界。在原始社会，巫师是掌握知识的人。这一点在欧洲、亚洲、美洲都是一样。萨满性宇宙的特点可以归纳为下面几点：

1. 萨满性宇宙乃巫术性的宇宙，是巫师对世界观察之后想象的结果，而不是像犹太教、基督教的虚构。

2. 宇宙一般是多层的，有时候还有四方和四土之神，还有分别统治天界和地界的最高神灵。

3. 这些神灵固然能控制人和其他动物的命运，也能为人操纵。

4. 宇宙中心是一座大山，叫“世界山”，为方形，与天相连，四面环水。山顶有一棵树（或一根柱子）。

5. 山上住着天帝和各种神灵，也有很多珍禽异兽。

在中国古代神话里，处于中间的世界山叫昆仑山。昆仑山上有不死树，有开明兽守卫，有阆苑，是仙人所居，这些都是萨满教式文明的基本特征。

还有印度的须弥山，又叫苏迷卢山、妙高山，具有同样的结构。山顶上流出东西南北四条大河。刚才提到的冈仁波齐，其实就是“须弥山”神话的一个变种。

如此可见，这种思维方式深深地烙进了我们的基因里。当我们想象世界的时候，这种思维方式就会冒出来。比如，央视的春节联欢晚会，有时候会设东西南北四个分会场。

希腊、罗马神话也有将世界分为天、地、水三部分的思想。比如希腊神话把世界分为三部分，谁来管呢？有三位大神是三兄弟，他们通过抓阄分配任务。最后抓阄结果是：老大宙斯是天神，管天空；老二波塞冬是海神，管大海；老三哈迪斯是冥神，管地府。

《西游记》当然也是这样。它有来自民间的知识体系，是用自己的方式来设计整个“信仰空间”，而不是采用我们前文说的任何一套。

《西游记》确定各方神灵的逻辑是什么呢？很简单，就是在老百姓心目中的地位。老百姓对什么神熟悉，就会认为什么神在主管这个方位。

孙悟空一共说了八个神。这八个神，彼此之间并没有什么统属关系，也不是并列的，纯粹是因为这八个神在明代的民间非常受欢迎：天，就是天空；地，就是大地；水，就是江河湖海以及泉水、溪水等。天空的领导就是玉皇大帝，天上还有一大堆天神。地上按阴阳两界分，有山神、土地（这两个就是“土府”）、地府。水里有龙王等各种水神。

所以你看孙悟空从须菩提祖师那里学了本领之后，故事发展的次序就变得很有趣。他先是闯龙宫，闹了水界；又闯地府，闹了地界。水界的首领龙王和地界的首领阎王着急了，上天宫启奏玉帝，要求捉拿孙悟空。这个写法，恰恰体现了作者头脑中的思维方式：

世界就分为天地水三大块。玉帝代表天，阎王代表地，龙王代表水。孙悟空把水界闹了，把地界闹了，他闹了三界中的两界，下一步该干什么了？

所以，龙王和阎王上天告状这件事，相当于作者告诉我们：瞧好了啊，孙悟空要来闹天界啦，闹了天界，就等于三界闹遍了，大闹整个世界。

《西游记》的民间思维里认为西方的管理者是佛，也就是释迦牟尼，在《西游记》的世界里，当然释迦牟尼是西方最大的势力。

《西游记》认为东方的管理者是“圣”，也就是东华帝君。东华帝君在早期神话里，也叫“东王公”，曾经和西王母对掌东西两个方位。但后来西王母升入天宫，东王公又被道教改造成东华帝君，主管着天下修道人的命运，居住在东方大海里，成为东方最大的势力。

南方的管理者是“火德”，也就是火德星君。火德星君本来是金、木、水、火、土五位星君之一，但因为火神在中国神话里格外突出，老百姓对火神的供奉，远远超过其他四位。在五行体系中南方属火，火德星君就成了南方最大的势力。

北方的管理者是“真武”，也就是真武大帝。我们讲猪八戒的时候说过，猪八戒的原身天蓬元帅，在道教信仰里是“北极四圣”之一。其他三位是天猷副元帅、真武将军和黑煞将军。后来真武的地位在宋代后一路高升，到了明代，已经高得无以复加。明成祖朱棣很崇信真武，甚至当时人认为朱棣就是真武转世。《西游记》是明代的书，所以认为北极真武是北方最大的势力。

孙悟空短短一段话，点出了八个领域的八个势力，实际上也就点出了明代老百姓心目中的世界模式。我们今天看，也许不理解。但他们就是在这样的信仰中生活的。这种思维方式，几乎留存了成千上万年，直到今天仍然潜藏在我们心中，只是表现出不同的形式罢了。

龙王的世界是什么样子？

孙悟空刚学艺回来，打败了混世魔王，夺到了一口大刀。但他觉得大刀不好用，想另找一件兵器。花果山有四位老猴，让他去东海找龙王要。孙悟空就来到东海龙王的水晶宫，果然在龙王的海藏里找到了如意金箍棒。

孙悟空要到了金箍棒，还不肯走，又要一副盔甲。东海龙王敖广只好喊来其他三位兄弟——西海龙王、南海龙王、北海龙王，送上锁子黄金甲、凤翅紫金冠、藕丝步云履。孙悟空这才心满意足地离去。

这里面有几个有趣的问题，值得说一说。

《西游记》里有四海龙王，是东海、西海、南海、北海。但如果今天问你，中国有哪几大海洋？你一定会说：中国有渤海、黄海、东海、南海。也是四个海。

这就奇怪了，除了东海和南海名字相同外，为什么不说渤海龙王、黄海龙王呢？

其实，古人说的“四海”，指的就是东海、西海、南海、北海。

把大海分为东西南北，是因为古代中国人认为宇宙的形状是“天圆地方”。天是圆的，扣在头顶。大地是方方正正的一块，四周都是大海。

既然四周是大海，那么东边就是东海，西边就是西海，南边就是南海，北边就是北海了。

而且这个想法，是能够用实际地理验证一部分的。我们看看地图就知道，中国在亚洲大陆的东南角，东边、南边都靠海，所以确实有东海和南海。古人当然会想：既然东边、南边都有海，那西边、北边也一定有海了。

但是，想象归想象，这个西海、北海到底在哪里呢？古人认为不是没有，只不过我们没走到而已。自从汉代张骞出使西域，中原人士对西方开始有了了解。但是很遗憾，西边是茫茫无际的沙漠、高原、崇山峻岭，人们走了好远也没有遇到海。汉代人也向北攻打匈奴，一直深入到今天的蒙古国境内，走了好远，也没有遇到海。这两个现实，对古人“天圆地方”的传统说法冲击很大。

不过，古人也会找补，比如西边路上也碰见几个大湖，青海有青海湖，新疆有博斯腾湖，这几个湖，都曾经有“西海”的称呼。北方有贝加尔湖，在汉代就叫“北海”。汉使臣苏武被匈奴扣押，还曾经在这里牧羊。

但明白人都知道，那些毕竟不算海。等到了明清，中国人对世界有更深入的了解，这种“天圆地方”的想法就渐渐消失了。世界分“四海”的想法，就仅存于神话故事里了。

第二个问题是：龙王长什么样？

我们看《西游记》的电视剧，所有的龙王都是一个模样：身子是人，上面顶着一个龙的脑袋。

事实上，这是近代对龙王的理解。在古代的雕像、画像里，并不是所有的龙王都顶着一个龙头的，相反，他们往往就是人的模样，如果不特别说明，你根本不知道他就是龙王。甚至，他们看上去和普通人也没有什么区别，可以是老人，可以是猛男，也可以是温文尔雅的文化人。这些形象，可见于宋代张胜温画的《法界图》，以及山西介休云峰寺的龙王雕像等。

其实，人身的龙王反倒是正确的。因为按照佛经的说法，龙王可以现出本身，即龙身，也可以变化为人。当它变成人身的时候，是不会显出龙的样子的。假如身体是人的身体，头还是龙的头，这龙王变化的能力也太差了！

甚至龙王可以很慈祥。例如唐人小说《柳毅传》说洞庭龙王之女饱受丈夫虐待，在泾河岸边牧羊，秀才柳毅偶遇龙女，仗义为之传书，终使龙女得救。

这篇《柳毅传》用了大量笔墨写了龙宫水府。其中还有一位龙王叫钱塘君，当他变化为人的时候，是“披紫裳，执青玉，貌耸神溢”，一副名士派头，根本看不出他的本相。只有当他变化为龙的时候，才是“赤龙长千余尺，电目血舌，朱鳞火鬣，项掣金锁，锁牵玉柱，千雷万霆，激绕其身，霰雪雨雹，一时皆下”，令人心生恐惧。

其实这是有道理的：假如龙王变成人形也是龙头人身，那么龙宫里还有那么多漂亮的龙女们，难道也都是龙头人身吗？事实上，我们看到的龙女，无论在古代还是现代，全都是漂亮姑娘的形象，一个顶着龙头的也没有。既然女儿是这个样子，爸爸当然也应该是人形才合理了！

孙悟空找龙王要兵器，龙王眼睛都不眨，就随手拿出大刀、九股叉、画杆方天戟。孙悟空说不合用，龙王就带着孙悟空去了“海藏”，找到了金箍棒。似乎龙王家里，有无数的好东西，这是为什么呢？

龙王有宝藏的传说，源于印度。据说龙宫里富丽堂皇，有各种珍宝。龙王就是宝藏的守护者。佛经对龙宫有很多描绘，比如在《海龙王经》中有这样一段描述：

> 时海龙王化作大殿，以绀琉璃紫磨黄金而杂挍成，则建幢幡造金交露，宝珠璎珞七宝为栏楯而极广大。若干种香而以熏之，散众色华纷纷如雪。于大殿上化立师子之座，高四百八十里，皆以众宝而合成，敷无数百千天缯，以为綩綖。诸菩萨及比丘众所坐师子座，各各严丽阶级殊别。馔具兼重，若干种味寂然饮食供设以具。

大概意思，就是海龙王用琉璃、紫金化成大殿，用七宝为栏杆，用许多宝物造成高大的宝座，让菩萨、众弟子坐在上面。

又比如《长阿含经》卷一九第四分《世记经·龙鸟品》云：

> 大海水底有娑竭龙王宫，纵广八万由旬。宫墙七重，七重栏楯，七重罗网，七重行树，周匝严饰，皆七宝成。乃至无数众鸟相和而鸣。

龙宫里，甚至还有人间见不到的经书。佛教有一部著名的经典，叫《华严经》。关于这部书，有一个著名的传说。

传说有一位叫龙树的高僧，学会了俗世流传的所有佛经，但并不满足。龙王就邀请他到龙宫，阅读龙宫收藏的佛经。龙宫里有三部《华严经》，分为上、中、下三种版本。佛经的一章叫“一品”。上本有多少品呢？有“四天下微尘数”品。也就是说，上本《华严经》的章节数，相当于我们这个世界所有的尘土的数量！中本《华严经》有一千二百品，下本有四十八品。龙树很想把全部经书带走，但他认为凡人没法读上、中两本，就把下本带了出来，流传于世。《西游记》里，龙王有海藏，就是从这些印度故事来的。

不光印度神话里龙王有宝藏，中国古老的神话里，龙也有宝藏，只不过不叫“龙王”（“龙王”是印度传过来的名词）。先秦思想家庄子讲过一个故事：

有个人拜见了宋王，宋王赐给他车马十乘。他就用这些车马在庄子面前炫耀。庄子说：“我给你讲个故事吧。河上有一户穷苦人家。他的儿子潜入深渊，得到一枚价值千金的宝珠。父亲对儿子说：‘快把它砸碎了！这颗价值千金的宝珠，必定原来在深潭底的黑龙的下巴上。你能轻易地获得这样的宝珠，一定是正赶上黑龙睡着了。倘若黑龙醒过来，你还想活着回来吗？’如今宋国可比深潭还要险恶，而宋王的凶残也远超黑龙。你能从宋王那里获得十乘车马，也一定是遇上宋王睡着了。倘若宋王醒过来，你也就必将粉身碎骨了。”

这个故事当然是一个寓言，庄子用这个故事来比喻贪图功名富贵的侥幸心理。但这个故事也正好说明：先秦的人，是相信水底的神龙拥有不少珍奇宝物的。

很巧的是，欧洲也有龙有宝藏这种说法。欧洲的龙，虽然形象和东方的龙不一样，但习性却有相同之处，那就是都喜欢看守宝藏。

托尔金有一部《霍比特人》，里面有一条巨龙，名字叫史矛革。史矛革在孤山的山洞里守护着宝藏。比尔博·巴金斯就是从它那里偷珍宝的。甚至《哈利·波特》里也有龙看守宝藏的故事。魔法世界里有一座银行，叫古灵阁。银行金库在地下深处，重要金库由火龙负责把守。哈利、赫敏、罗恩成功地进入了古灵阁，偷走了藏在莱斯特兰奇家族金库中的赫奇帕奇金杯（伏地魔七个魂器之一），还放走了看守金库的火龙，骑着火龙飞了出来。

孙悟空到龙宫取宝，比尔博到龙洞取宝，哈利到龙库取宝。这三个故事里都有一个取宝物的机灵鬼，都有一条龙在看守，都有一个宝库：东海龙王的海藏，史矛革的山洞，古灵阁的金库。这些故事仍然是一种“故事类型”。是谁影响了谁，目前很难考证出来。但是，世界各民族都流传着这种故事，就说明人类思考问题的方式，大体是差不多的。从这个共同点出发，就可以理解人类的共性。

《西游记》的神仙洞府

上一节的话题是龙王，这一节我们仍然从龙王讲起。

孙悟空取到了金箍棒，大闹水晶宫，龙王和众水族吓得战战兢兢。这里有一个问题：孙悟空到底能不能在水里打仗？

因为在原著里，孙悟空多次说过，他水下的功夫不行。

比如在流沙河，遇到了还没有归降的沙和尚。孙悟空就跟猪八戒商量，让他下水。孙悟空说：

> 贤弟呀，这桩儿我不敢说嘴。水里勾当，老孙不大十分熟。若是空走，还要捻诀，又念念"避水咒"，方才走得；不然，就要变化做甚么鱼虾蟹鳖之类，我才去得。若论赌手段，凭你在高山云里，干甚么蹊跷异样事儿，老孙都会；只是水里的买卖，有些儿榔杭（笨拙）。

后来在通天河，孙悟空也同样说过类似的话：

却说孙大圣与八戒、沙僧辞陈老来至河边，道："兄弟，你两个议定，那一个先下水。"八戒道："哥呵，我两个手段不见怎的，还得你先下水。"行者道："不瞒贤弟说，若是山里妖精，全不用你们费力；水中之事，我去不得。就是下海行江，我须要捻着避水诀，或者变化甚么鱼蟹之形才去得；若是那般捻弄（捻诀变化），却抡不得铁棒，使不得神通，打不得妖怪。我久知你两个乃惯水之人，所以要你两个下去。"

他要想在水下走，就得捻"避水诀"。捻了诀，就不能使铁棒，没法在水下打仗了。

"诀"是道教名词，指一种手势。道教认为摆出不同的手势，就能起到不同的神奇作用。例如握成一个拳头，叫"雷诀"，据说一张手，就会有雷声放出。又比如左右手的手指一根根交叉叠起来，叫"天罗地网诀"，据说可以抓住妖魔鬼怪。"避水诀"也是一样，也是摆一个手势，这样至少得占用一只手，那就不能使铁棒了。

但是孙悟空在龙宫里取到了铁棒时却可以随便抖威风。这又是怎么回事呢？为什么他在水下又能打仗了呢？

原来，这里有一个隐藏的设定：古人认为，水下的宫殿，是一个神奇的空间，里面是没有水的，和陆地上的宫殿一模一样。孙悟空下海，是需要捻避水诀的；进了龙宫之后，两只手就不需要一直端着了。

水晶宫里没有水，这个设定非常古老，《太平广记》记载了一个唐代的故事，故事说，太湖之中，洞庭山南（这个洞庭是太湖的洞庭，不是湖南的洞庭湖）有一个一百多尺深的洞穴。有一个叫乃仰公朏的人无意掉到洞里，向旁边走，升升降降五十多里，来到一所龙宫。龙宫周围四五里，下边有齐膝深的青泥，宫室门户样样不少。龙用气把水分开，霏霏然有如轻雾。白天黑夜都有光明。

也就是说，龙王也不喜欢在充满水的世界里生活，它们日常起居也需要和人类一样的空间，而且需要用气把水分开。

水晶宫是一个神奇的空间，有点相当于今天的“异次元”。也就是说，你如果是普通人，即使会潜水，潜到水底，也未必能找得到。在乌鸡国，孙悟空带着猪八戒，要去皇宫的八角琉璃井里捞国王的尸体。猪八戒抱着孙悟空的铁棒，下了井，在井底看到的情况是这样的：

> 行者掣上棒来，笑道：“兄弟，可有宝贝么？”八戒道：“那见甚么宝贝，只是一井水！”行者道：“宝贝沉在水底下哩，你下去摸一摸来。”
>
> 呆子真个深知水性，却就打个猛子，淬将下去。呀！那井底深得紧！他却着实又一淬，忽睁睛见有一座牌楼，上有“水晶宫”三个字。八戒大惊道：“罢了，罢了，错走了路了！蹡下海来也！海内有个水晶宫，井里如何有之？”原来八戒不知此是井龙王的水晶宫。

一口井的井底，能有多大？怎么能装得下一座水晶宫呢？所以水晶宫并不是处在井底实际的空间里，而好像是“溶解”在水里一样。它想让你看到，你就能看到。不想让你看到，你就看不到。

猪八戒进了井龙王的水晶宫，发现国王的尸体被井龙王保存起来了。井龙王让猪八戒背走，猪八戒不肯，井龙王就把他赶了出来：

> 龙王道：“不驮，请行。”八戒就走。龙王差两个有力量的夜叉，把尸抬将出去，送到水晶宫门外，丢在那厢，摘了辟水珠，就有水响。

八戒急回头看，不见水晶宫门，一把摸着那皇帝的尸首，慌得他脚软筋麻，蹿出水面，扳着井墙，叫道："师兄！伸下棒来救我一救！"行者道："可有宝贝么？"八戒道："那里有！只是水底下有一个井龙王，教我驮死人。我不曾驮，他就把我送出门来，就不见那水晶宫了，只摸着那个尸首。諕得我手软筋麻，挣挫不动了！哥呀！好歹救我救儿！"

可以看出：井龙王想让水晶宫出现，用的是"辟水珠"，它的作用和"避水诀"是一样的。辟水珠的第一个作用，当然是分开水；第二个作用，是让隐藏在水中的水晶宫显现出来。拿掉辟水珠之后，水就会合拢，水晶宫也就消失不见了。有点像溶化在水里的晶体，浓度高了可以析出，浓度低了就会溶解不见。

《西游记》里的神秘空间还有很多，比如水帘洞，作者就是把它当成一种神秘空间来写的。当孙悟空还是石猴的时候，在花果山和猴群一起生活。有一天，众猴发现山上有一条小溪，顺着小溪向上走，发现一条瀑布。石猴跳进瀑布，发现里面竟然没有水，而是一座铁板桥。桥下的水冲到石头缝里，倒挂下来，这才形成了瀑布，挡住了桥门。石猴再往前走两步，里面风景还不错，有竹子，有梅花，有松树，甚至还有石锅石灶、石盆石碗、石座石床。

读到这里，你可能会奇怪：这花果山深山老林，全是虎豹狼虫，一个人影儿也没见着，怎么就有一个这么神秘的洞府，连生活用品都齐备，好像是给猴子备好了一样？

其实，秘密就在洞里的石碑上。书上说，洞里有一座石碑，上写着十个字："花果山福地，水帘洞洞天。"花果山、水帘洞好理解，就是这里的地名，"福地""洞天"又是什么意思呢？

其实"福地""洞天"是中国特有的神话传说。这种传说认为：名山里都有这样的一种神秘空间，里面是另外一个世界。

传说中国有三十六洞天、七十二福地，一共一百零八个神秘空间。像泰山、华山、庐山这些名山都有。你可能会问：咦，泰山、华山、庐山……这些山我也去过呀，这洞天在哪里呢？

答案是你肯定找不着。因为根据洞天故事，平时外面什么都看不见，就是一条瀑布，或者是一面山崖，甚至是一棵树。时机合适的时候，或者遇到合适的人，这个空间才会突然打开一道门，让你进去。这很像咱们今天说的“异次元空间”，开一个传送门把你送进去。

这种“洞”，不是普通的山洞，而是到了另一个空间：洞里不是黑漆漆的，有天空，甚至有的还有太阳、月亮，有宫殿，有房屋，有天然的生活用品、食物，有读了可以成仙的经书。之所以叫“洞天”，就是洞中别有天地的意思。水帘洞里面，虽然没说有太阳、月亮，但有花卉树木，说明另有光源，小猴们在里面生活得很好。所以，水帘洞自然也是一种“洞天”，而不是普通的山洞。

甚至妖精也会占据这种洞府，比如比丘国国师有座清华庄，在一棵大杨树里，想进去，必须正转三圈，倒转三圈，然后敲敲柳树，连喊三声“开门”，才能进去。按照书里的描写，清华庄里的空间，远远大于杨树树干的体积，所以，这就是一个异次元空间，而不是像大狗熊一样冬眠的树洞。

水帘洞、清华洞府这种洞天，还是相对“低配版”的。神话传说里，比它好的洞天多的是。例如三十六洞天的“第二东岳泰山洞”，洞天的周长，竟然有一千里！要知道围着泰山兜一圈也不过一二百里。可见现实中的泰山，只是“东岳泰山洞”的入口而已，或者说就是一个传送门。找到了传送门，就进入了“东岳泰山洞”，这座洞天未必坐落在泰山的山上。

有些洞天里时间流逝的速度，是和外面不一样的。明代小说集《三言》里有一篇故事，叫《李道人独步云门》。故事说青州有位李清，七十岁的时候爬上青州南边的云门山，用一根大绳子把自己缒到山洞里去探险，谁想就进了洞天仙境，回到人间时，发现已经过了几百年。

想进入洞天仙境，第一个条件要有“仙缘”，比如汉代的刘晨、阮肇进入天台山采药，忽然见到桃花顺着溪水流出来，还有一只酒杯漂过来。两人就捞起酒杯，顺着溪水走上去，忽然进入了仙境。《西游记》里石猴跳进水帘洞，原著在这里写了一首诗：

今日芳名显，时来大运通。有缘居此地，天遣入仙宫。

这首诗也隐隐有这层意思。换句话说，在平时，普通猴子来，即使跳进了瀑布，也未必能发现这座仙洞。

第二个条件还得碰上洞天“开放时间”，比如刚才说的这座云门山，就在今天的青州的城南，海拔不过四百多米。为什么找不到什么洞天呢？按洞天神话的逻辑，理由很简单：这座神仙洞府，要三千年才开放一次。要等下一次开放，还得两千多年之后呢。

第三个开放条件是修道者虔诚，要长年累月地在山里守着。比如有些道士知道哪座山里有洞天，就要到那座山里去修炼，虔诚祈祷，如此一来洞天也能为你开放，这有点像特批，而不必遵循多少年一开的规矩。

这些洞天之间，甚至是可以互相交流的。例如句曲洞天，在今天南京附近的句容。古书上说“句曲洞天，东通林屋，北通岱宗，西通峨嵋，南通罗浮，皆大道也。其间有小径杂路，阡陌抄会，非一处也”，林屋在今天的太湖，岱宗就是泰山，峨眉在四川，罗浮在广东。这些洞天之间，竟然有大大小小的道路，说明也是有一套自成体系的交通系统。

为什么会有洞天传说呢？

在心理学上，有一个“洞穴隐喻”。瑞士心理学家荣格说：“石洞可能是大地母亲子宫的象征，成为转变和再生可以出现的神秘地方。”人们对洞穴，有一种奇异的依赖感，认为在里面是幸福的，安全的。

你可以想一想，外面风雨大作的时候，或者受到父母批评的时候，是不是很想钻进被窝藏起来？甚至还把被子蒙在头上。老师批评你的时候，你是不是很想一头钻进桌斗里去？

因为我们所有的人，都是从妈妈肚子里生出来的，那里面是最温暖、最安全的地方。我们刚才讲过神话里的象征，其实，无论是被窝也好，桌斗也好，山洞也好，都可以看作妈妈肚子的象征，我们会对它们产生一种依赖感。钻进了这些东西，就有了安全感，有了回归母体的感觉。

原始人最开始也是住在山洞里。山洞是人类童年时期的庇护所。在山洞里，人们会觉得安全、温暖，这是千百年积淀下来的感觉，并不会因为我们住进了高楼大厦而消失。

《西游记》里写猴子们寻找水帘洞，有一句话很有意思。猴子们说：

> 这股水不知是那里的水。我们今日赶闲无事，顺涧边往上溜头寻看源流，耍子去耶！

等到了瀑布边上，猴子们又说：

> 那一个有本事的，钻进去寻个源头出来，不伤身体者，我等即拜他为王。

你注意这两句话，都说的是“寻找源头”，这其实就有回归生命的本源，寻找一个安全之地的寓意。并不是说《西游记》的作者一定读过心理学，而是这些情感，在人类心里是普遍存在着的，不自觉地就会流露出来。这种潜伏在人类心理最深层的普遍情感，叫作“集体无意识”。

“洞天”故事的大量出现，是在魏晋南北朝时期。那个时候，兵荒马乱，人们经常朝不保夕，所以就产生了寻找安全庇护所的想象。其中最有名的一个故事，就是陶渊明的《桃花源记》。

你读一读《桃花源记》，就会发现，它和群猴寻找水帘洞的故事，有很多相似之处。

《桃花源记》说，东晋年间，有个武陵的渔夫，沿着一条小溪向上游划去，发现夹岸都是桃花林。来到小溪的尽头，发现了一个洞口。进洞之后，里面竟然有一个安静的村庄。原来是当年秦朝天下大乱，有人避乱来到这里，再也没有出去过。

“沿着水流”“走到源头”“发现山洞”“里面别有洞天”，这些便是两个故事重合的元素。所以这种故事中隐藏的逻辑是一脉相承的。

当时人们认为，这种提供庇护所的山洞里面应有尽有，可以躲过俗世的灾难，是一种“度灾之府”。府，就是收藏、聚集的地方。所以《西游记》里到处可见“洞府”这个词，它的源头就是这种神话。洞府不是普通的山洞，而是有一定保护功能的空间。

和“洞天”类型对应的，是“福地”类型。“福地”指幸福安乐之地，这种仙境，虽然未必有山洞，却和凡界隔绝，人们很难到达。例如观音菩萨的落伽山、东华帝君的方丈岛、如来佛祖的灵山等。

你可能会想：既然灵山就在地面上，那周围的人上去玩玩，见见如来佛祖，难道不可以吗？答案是不可以。因为灵山的半山腰上有一条大河，叫“凌云渡”，把雷音寺和凡间世界隔开。要过凌云渡，除非腾云驾雾，或者脱胎换骨。

这种隔绝仙凡两界的大河，在上古传说中就有。例如昆仑山就是传说中的神山，一般人上不去。因为昆仑山周围，围绕着大河，除了神仙，无人能够渡过。东海的仙山蓬莱、方丈、瀛洲，周围虽然没有大河，却围绕着一片无法渡过的海面，只要船开进去就会被风吹走，除非有缘人才能渡过。昆仑山和蓬莱三山上，也是快乐无比，没有灾难。所以洞天、福地两种故事里，往往隐藏着我们先民灵魂深处的渴望和追求。

为什么降服孙悟空要请二郎神？

孙悟空一共两次大战天兵。第一次是他被封为弼马温，嫌官小，反下界去了。第二次是他受封齐天大圣，却偷蟠桃，偷御酒仙丹，又反下界去了。玉帝大怒，派十万天兵下界讨伐，没想到不能取胜。观音菩萨就对玉帝说：“我倒是想起一个人。陛下的外甥二郎神，现在不在天上住，住在下界的灌江口。他本事不小，手下还有一群弟兄。陛下降一道圣旨，叫他来攻打孙悟空，一定能取胜。”

这灌江口是哪里呢？这地方现在还有，就是今天四川省都江堰。为什么二郎神是玉帝的外甥，反而不在天上住呢？原来玉帝有一个妹妹，思凡下界，跟一个民间的凡人结婚了，生的孩子就是二郎神。玉帝知道之后特别生气，因为这是犯了天条，乱了规矩。玉帝就把妹妹抓起来，压在一座大山的下面。这山叫桃山。

二郎神长大成人，学会了一身本领，把山劈开，这才把妈妈救出来。所以玉帝虽然是二郎神的舅舅，但他俩有矛盾。二郎神也不来天宫拜见，在四川都江堰住着。

这个地方有两个特点：第一是在岷江边上，经常闹水灾；第二是山多、森林多，动物也多，自古以来就有打猎的传统。四川的羌族也喜欢到山里边去打猎，他们喜欢供奉猎神。所以二郎神的标配一直是“金弹银弓”“好驰猎”，同时也管当地的水利，是一位猎神兼水神。

玉帝的旨意下到灌江口，二郎神一看，亲舅舅来求了，再闹别扭也得帮忙，就带着他的六个结拜兄弟，驾着猎鹰，牵着猎犬，搭着弩，张着弓，驾着狂风来到花果山，到水帘洞门前叫阵。

这一段的细节值得注意：书上写二郎神打仗，带的东西都不一样。托塔天王打仗就是带天兵天将，二郎神打仗，带猎鹰、猎犬，带弓弩。这俩哪个专业呢？当然是二郎神专业。

为什么说他专业呢？因为你要是跟一般的人打仗，那天兵天将就够了。花果山是什么地方呢？那里有一窝猴子，猴王是孙悟空，下面还有好几万小猴子。除了一窝猴子，那里还有七十二路妖王，这些妖王都是什么呢？第三回说了，有狼、虫、虎、豹、鹿、狐狸、狮子、大象、大猩猩、狗熊、野猪、野牛，还有羚羊。这些都是野生动物。

你想想，谁最擅长打野生动物？当然是猎人啦。什么天兵天将、四大天王都没用，得找专管打猎的神。二郎神就是猎神。自带的猎鹰、猎犬、弓弩都是猎人专用的东西。他六个兄弟也是民间传说里有名的猎人。这就叫一物降一物，专业的人干专业的事。

《西游记》第六回说：“我记得当年玉帝妹子思凡下界，配合杨君，生一男子，曾使斧劈桃山的，是你么？”这里说二郎神的父亲姓杨，那二郎神自然也姓杨。但这只是二郎神诸多故事中的其中一个。实际上，二郎神故事不止一个，二郎神的名字也不止一个。除了这位杨二郎外，最出名的还有李二郎、赵二郎。

李二郎在民间传说中是著名的都江堰修造者李冰的二儿子。李二郎协助老爹在蜀郡修坝、治水，甚至斩过水中的蛟龙，也打过水怪。今天都江堰还有一座二王庙，在历史上又称“二郎庙”，里面供奉的就是李冰、李二郎父子。

在宋代的时候还有一个赵二郎，据说他叫赵昱，二十六岁就做了隋朝的嘉州太守。当时江里有一条蛟龙，经常兴风作浪吃人。赵昱为民除害，提刀下水，和蛟龙在水中大战，把江水都染红了，最后一手提着龙头、一手提着刀，从波浪里跳出来。一下子就轰动了嘉州，老百姓奉他为神。

在《西游记》里，只说二郎神姓杨，却并没有说他的名字。另一部书《封神演义》认为二郎神叫“杨戬”。为什么叫这个名字呢？说来是一件很好笑的事。

杨戬在历史上是有这个人的，他是宋朝的一个宦官，在宋徽宗时期，也可以算得上权倾朝野。他身上也有很多民间传说，其中有一个故事被明代的《三言》记录下来了，叫《勘皮靴单证二郎神》。

故事说，宋徽宗宫里有一位韩夫人，在杨戬的家里养病。韩夫人病好了之后去二郎神的庙里还愿。庙官叫孙神通，会妖法，看上了韩夫人，便每天假扮作二郎神，到杨戬的府里找韩夫人私通。后来杨戬找道士破了他的妖法，一下子用棍子打落了孙神通的一只皮靴子。于是根据这只皮靴寻根问底，顺藤摸瓜，把案子破了。

这里的杨戬和二郎神没有什么关系，只是孙神通假扮二郎神出现在他家里而已。但是老百姓传播的时候喜欢东拉西扯，传来传去，二郎神竟然就和杨戬画等号了！

所以，二郎神并不是一个人，而是很多人，他们都叫“二郎神”。本文讲的只是其中三个比较著名的而已。实际上据学者研究，二郎神至少有十个来源！他们在历史上分分合合，有时候古老的故事吸收了新的故事变得非常复杂。甚至在今天，“二郎神”到底指哪位，在不同的地区，说法都不一样。

不过不要觉得乱，这正是民间传说的特点。民间传说是口口相传的，就非常容易发生变异，甚至是不合逻辑的变异。二郎神和杨戬画等号，就是一个典型的例子。我们看待民间传说的时候，一定不要头脑里有一个“标准答案”“标准版本”，而是应该知道民间传说是丰富多彩、千变万化的。

2016年春节联欢晚会有一个节目，说的是安徽桐城“六尺巷”的故事。这是一条宽六尺，长约一百来步的小巷子。民间传说，这条巷子和清代康熙年间名臣张英有关。张英在朝为官，他在桐城的家人要修一道墙，和邻居争了起来。家人给张英写信，想让他出头压服邻居。张英回信说：

> 一纸书来只为墙，让他三尺又何妨。长城万里今犹在，不见当年秦始皇。

家人受到了教育，就让了三尺。邻居也受到了感动，也让了三尺，这就形成了“六尺巷”。

那么，“六尺巷”就一定和张英有关吗？翻一翻山西的《榆社县志》，就会发现，这个故事又发生在明代山西榆社举人李锦袭的身上。说的是李的儿子和邻居争墙地基不得，写信向父亲求助。李锦袭回信说：“千里寄书只为墙，让他一步有何妨。含元殿上离离草，原辈风流诗味长。”

再翻一翻各地的民间传说就会发现：这种六尺巷的故事，几乎全国都有！除了安徽的张英、山西的李锦袭，还有河北霸州曾任吏部尚书的郝惟讷，河南安阳曾任大学士的郭朴……不下十几个人物，全都是本人在朝为官，家人因争地写信，他回了一首诗。诗的内容也都差不多。巷的名字也差不多，有叫“六尺巷”的，有叫“五尺巷”的，有叫“礼让巷”的。

所以，这就是一种民间故事，它在流传的过程中有同一个主题，但有许许多多的主人公。这和二郎神有许许多多名字是非常相似的。

二郎神还有一条狗，在擒拿孙悟空的时候立了大功。在《西游记》中，二郎神率兵围攻孙悟空，一时不能取胜。太上老君在天上看见，就把法宝金钢琢扔了下来。书上说："被二郎爷爷的细犬赶上，照腿肚子上一口，又扯了一跌。"细犬在今天，仍然是优良的犬种，身材修长，速度极快。猎人出去打猎，身边往往带一条细犬。二郎神既然是猎神，当然要有一条这样的好帮手。在《西游记》以外的其他故事里，它还有一个名字叫"哮天犬"。

这条狗还立过一次大功。这就是第六十三回"二僧荡怪闹龙宫，群圣除邪获宝贝"。说西天路上有一个祭赛国，国里有一座宝塔，上面供着宝物舍利子。附近乱石山碧波潭里，有一个万圣龙王，龙王有一个女婿，是九头虫成精。他们就合谋来到祭赛国，下了一场血雨，把舍利子偷走了。

国王大怒，认为是看守宝物的和尚作案，把他们捉拿起来。孙悟空和唐僧半夜扫塔，才发现真相，来到碧波潭索要宝物。但这个九头虫十分厉害，一时没法降服。这时正好二郎神带着众兄弟经过这里，帮助孙悟空降服九头虫。九头虫现出原形，原来是一只九头怪鸟。二郎神正要用弹弓去打，这条狗就从旁边蹿了出去，汪的一口，咬掉了九头鸟的一个头。这怪物忍着疼痛逃走了，后来再也没有出现。众人趁机打进潭底龙宫，缴获了宝物。

这个故事，在西天路上各种降妖故事里，并不是最出色的。而且还有一个问题：二郎神不是住在灌江口吗？怎么跑到西天路上打猎来呢？他出现得好蹊跷啊。

这是因为，这段故事的背后也隐藏着一个著名的民间故事，就是"九头鸟传说"。

九头鸟顾名思义，就是长着九个头。这种鸟还有一个名字，叫

“鬼车”。据说曾经有十个头，被天狗咬掉一个，还剩九个，所以叫九头鸟。它断头的地方经常滴血。如果血滴在别人家衣服上，预示着这家就要遭灾。所以鬼车经过的时候，家家关门闭户，拍床打凳，把它吓走。有人还使劲拽狗耳朵，让狗叫。

它为什么叫“鬼车”呢？因为据说它的叫声像车子经过。唐代有一部记录各种奇闻异事的书叫《酉阳杂俎》，这本书记载：

> 鬼车鸟，相传此鸟昔有十首，能收人魂，一首为犬所噬。秦中天阴，有时有声，声如力车鸣，或言是水鸡过也。

秦中在今天的陕西省，力车就是大车。既然九头鸟的一个头是被狗咬掉的，那么《西游记》要把九头鸟编进来，它的克星，就不能是孙悟空、猪八戒，或其他什么神仙，而只能是一条狗。《西游记》里谁有狗呢？只有二郎神有狗。所以就必须安排二郎神带着狗在这里打猎，被孙悟空遇见，然后让这条狗立功。换句话说，祭赛国故事可以说是专为这条狗编的。

不过，作者编这个故事的时候，似乎忘记了一件事：这故事的原始版本，是说九头鸟原本有十个头，被狗咬掉一个，变成了九个。但祭赛国故事里，明明是它本来有九个头，被狗咬掉一个，岂不只剩八个了吗？是的，也许是作者搞错了，但更可能的是它背后仍然有许多未曾探索到的背景故事，甚至时间上可以上溯到远古，空间上可以关联到东洋日本。但这就不是这篇文章所能承载的了。

《西游记》里的土地和山神

《西游记》里的神仙，有些在天庭，高高在上；有些在仙山海底，远隔尘世；但还有一些神仙，和人类生活在一起，这就是土地、山神。

土地、山神都是地方底层的小神，高层神仙有权力管辖他们。甚至孙悟空需要他们出来帮忙，都会念咒语拘唤他们。他们虽然地位不高，出场却相当频繁，甚至可以说，没有土地、山神的配合，唐僧四众在西天路上就会多出很多麻烦。

土地神源于上古的“社”神。根据一些上古神话，社神是共工的儿子（也有人说是大禹），能平治土地，所以后人祭祀他，让他管土地。后来道教兴盛后，道教内部创造了一个名叫“后土皇地祇”的神，简称“后土”，和玉皇大帝并列为“四御”，也相当于社神的地位。

社神在古代的祭祀中太重要了，因为今天“社会”这个词，本意就是“祭祀社神的集会”，社神管的事情很多，比如土地丰产、房屋坚固、家庭和睦等。

社神或后土，是总的土地之神。但是，这里有一个现实问题。人们无论走到哪里，举头就能望见天，所以觉得天上的玉皇大帝无处不在，俯瞰着自己，向他祈求是理所应当的。但是，人们在地面上，总是在一个很小的范围内活动。所以这位总的土地之神，并没有在人们心中拥有多高的地位。

所以这就造成了一个现象：普通人很少对这位总的土地之神感兴趣，而是认为有土地神管理自己生活的这片土地。

住在乡下的人，都生活在一个个的村庄里；住在城里的人，都生活在一个个的街区里。所以在人们心目中，土地神也是按这些区域划分的。所以《西游记》里经常说：孙悟空一碰到麻烦，就会念咒召唤"当坊土地"。什么是"当坊土地"呢？古代的城市是以"市坊"为单位的，"市坊"就是里巷，相当于一个街区。每个街区的居民，都有自己的土地庙，供奉自己的土地神。这种土地神也叫"社"。

元代之后，政府为了管理基层，在每个村子都设立了"社长"，一般是由德高望重的老年人担任。先由老百姓推举，然后官方批准。他们负责督促老百姓及时生产，教年轻人种地，应付官差，调节邻里矛盾，巡查盗贼，兴办乡村文化教育等琐事，甚至有权处理一些轻微的违法活动。

神界有土地神管理着一村一坊，人间又有社长这样的老人管理这一村一坊。所以人们很容易把这两个形象对应起来。《西游记》里的土地神，基本上都是慈眉善目、和和气气的小老头。这其实就是民间社长（包括里长、甲长、族长等）形象在神界的翻版。在这里，神界和人界的组织重合起来了。

社长有巡查盗贼、处置违法分子的责任，所以对应到土地爷身上，那就是帮忙处置一些捣乱的妖怪。比如之前说过的一段故事，在平顶山，日值功曹变化成樵夫，前来送信，说山里有妖怪。孙悟空大大咧咧，觉得不足为虑：

> 我们是东土差来西天取经的，那马上是我的师父。他有些胆小。适蒙见教，说有甚么毒魔狠怪，故此我来奉问一声：那魔是几年之魔，怪是几年之怪？还是个把势，还是个雏儿？烦大哥老实说说，我好着山神、土地递解他起身。

村里抓住小偷，社长有义务押送到官府；神界抓到妖怪，自然是土地爷负责送到各路主管的神仙那里。

官员下乡视察，社长要负责迎来送往。所以我们会看到《西游记》里土地爷也有类似的任务。观音菩萨到东土大唐寻找取经人，来到长安。她是神仙，不能住在凡间的旅店，所以就在土地庙借住。

> 敛雾收云，师徒们变作两个疥癞游僧，入长安城里，早不觉天晚。行至大市街旁，见一座土地神祠，二人径入，諕得那土地心慌，鬼兵胆战。知是菩萨，叩头接入。那土地又急跑报与城隍、社令及满长安各庙神祇，都知是菩萨，参见告道："菩萨，恕众神接迟之罪。"菩萨道："汝等切不可走漏一毫消息。我奉佛旨，特来此处寻访取经人。借你庙宇，权住几日，待访着真僧即回。"众神各归本处，把个土地赶在城隍庙里暂住，他师徒们隐遁真形。

观音菩萨在神界地位崇高，来到长安地方，当然就像官员视察。负责接待的任务自然就落到"当坊土地"的头上。甚至他还自己搬出去，给菩萨提供住房。

还有一次，观音菩萨降服红孩儿，来到号山，要把净瓶里的水倒在山上，但又担心淹死山里的鸟兽，就叫土地神出面，把鸟兽都搬移出去。

菩萨闻言，即命住下祥云，在那山头上念一声“唵”字咒语，只见那山左山右，走出许多神鬼，却乃是本山土地众神，都到菩萨宝莲座下磕头。菩萨道：“汝等俱莫惊张。我今来擒此魔王。你与我把这团围打扫干净，要三百里远近地方，不许一个生灵在地。将那窝中小兽，窟内雏虫，都送在巅峰之上安生。”众神遵依而退。须臾间，又来回复。菩萨道：“既然干净，俱各回祠。”

这就相当于社长应付官府的差事了。

人总有生老病死，村里老人去世，社长要帮助料理后事，协调人手。所以土地爷还有一项任务就是护送鬼魂。例如唐僧的父亲陈光蕊，被水贼打死后，尸体沉入江中，被江里的龙王保护了起来。后来龙王知道唐僧母子相认，抓住了凶手刘洪，就写了一封文书，要送陈光蕊回到阳间。

即写下牒文一道，差夜叉径往洪州城隍、土地处投下，要取秀才魂魄来，救他的性命。城隍、土地遂唤小鬼把陈光蕊的魂魄交付与夜叉去。夜叉到水晶宫，禀覆了龙王，就将秀才魂魄放在那死尸上，霎时间，只见他返魂转来。

陈光蕊的灵魂从阴间到阳间是要通过土地神料理的。这和凡间社长帮助料理丧事差不多。

这里要说明一下：土地虽然有神职，但实际上是“鬼仙”，也就是鬼的一种。《西游记》里的土地神，不但率领的士兵叫“阴兵”，身边使唤的仆人也是“鬼使”。所以他能够在阴阳两界穿梭，办理事务。

社长虽然是半个官面上的人，却没有工资，属于统治机构的最底层。所以在《西游记》里，神仙犯了过错，就被贬去做土地神。孙悟空被太上老君放在八卦炉里，烧了四十九天，跳出来后踢倒丹炉，有几块带火的砖掉了下来，变成了火焰山。太上老君怪罪看炉子的道人，就把他贬下界来，去做火焰山的土地神。

社长是民间自治的首领，但手里没有什么权力。如果社长自己家大业大，倒还罢了。如果没什么实力，地方豪强也可以随便欺负他。对应到《西游记》里，土地神的处境也是这样。如果一个地方没有妖魔鬼怪就罢了，如果有的话，他们往往驱使土地神干活。比如号山的红孩儿就是这样。书里说红孩儿把唐僧用风摄走后，孙悟空大怒，抡起铁棍，到处乱打。

> 那行者打了一会，打出一伙穷神来，都披一片，挂一片，裩无裆，裤无口的，跪在山前，叫："大圣，山神、土地来见。"行者道："怎么就有许多山神、土地？"众神叩头道："上告大圣，此山唤做'六百里钻头号山'。我等是十里一山神，十里一土地，共该三十名山神，三十名土地。昨日已此闻大圣来了，只因一时会不齐，故此接迟，致令大圣发怒。万望恕罪。"
>
> 行者道："我且饶你罪名。我问你，这山上有多少妖精？"众神道："爷爷哑，只有得一个妖精，把我们头也摩光了，弄得我们少香没纸，血食全无，一个个衣不充身，食不充口，还吃得有多少妖精哩！"行者道："这妖精在山前住，是山后住？"众神道："他也不在山前山后。这山中有一条涧，叫做枯松涧。涧边有一座洞，叫做火云洞。那洞里有一个魔王，神通广大，常常的把我们山神、土地拿了去，烧火顶门，黑夜与他提铃喝号。小妖儿又讨甚么常例钱。"行者道："汝等乃是阴鬼之仙，有何钱钞？"众神道："正是没钱与他，只得捉几

个山獐、野鹿，早晚间打点群精；若是没物相送，就要来拆庙宇，剥衣裳，搅得我等不得安生！万望大圣与我等剿除此怪，拯救山上生灵。”

红孩儿在号山，其实就相当于凡间的地方豪强。无权无势的社长对于豪强，只能乖乖地供他们驱使。所以，《西游记》里的土地神，往往是一副忍辱负重的样子，他们实在有非同寻常的负担。

山神和土地的职能大体上相似，管理的范围也大体上相似。“十里一山神，十里一土地。”《西游记》里山神和土地也经常同时出现，所以土地的工作，同时也基本上就是山神的工作，这就不必多说了。这里主要说一说山神地位的变化。

《西游记》里说的都是明清人心目中的山神，可以随便被孙悟空欺负，给妖怪当苦役，看上去很无能，但早期的山神并不是这样的。

上古的山神远比明清以后的山神更受尊崇。因为在上古时期，人们群居生活，逐渐形成原始部落，人们一般不能走得很远。他们心目中的世界，也就是自己活动范围的这一块。所以，他们居住地附近的高山就特别容易受到崇拜。比如福建一带的部族，相信死后灵魂能去武夷山；山东一带，相信死后灵魂去泰山。这里山神就充当了管理生死的作用，地位十分崇高。

除了死后要回到大山，很多原始神话还认为，最高的天神就住在这些受人崇拜的大山的顶端。全世界都存在这种传说。希腊人认为天神宙斯住在奥林匹斯山上。天神既然住在山上，实际上也是山神。宙斯就是奥林匹斯山的神，此外并没有一个专门的神来单管这座山。

泰山也是一座高山，“山高则配天”，所以也取得了敬奉天神的资格。帝王有了政绩，要登泰山“封禅”，向天神祭祀，成了几千年来的传统。当然，可以理解为高山离天最近，但不如理解为天神本来就住在泰山之上。传说上古登泰山封禅的帝王七十二家，这些人登上泰山，其实是想直接和天神交流。

为什么人们觉得天神不住在天上而住在高山上？这似乎和人们对大自然的认识有关。原始人觉得高山大概就是世间最高的东西了，山顶岂不就是在天上？有句古话说“自地以上皆天也”，所以觉得天神住在最高的山上是很合理的。

实际上，西藏至今仍然保持了这种原始信仰，他们的很多高山上面都住着天神。比如冈仁波齐在藏语中意为“神灵之山”，有三百六十位大神住在上面，而在梵文中意为“湿婆的天堂”（湿婆为印度教大神）。

但是，人们对大自然的认识总是从陌生到熟悉的。随着登上高山的人越来越多，大家觉得这些山也没什么稀罕。爬到山顶，发现并没有到了天上，天空仍然很高。与其说山的地位变低了，不如说天的高度变高了。

山岳的神秘感逐渐消失，山上神灵的地位逐渐下降。于是，人们不再认为最高神住在真实的山岳上，而是住在天上。

但是，民间信仰却是仍然存在。既然天神被赶出了身边的山岳，这些山岳总要有个神灵来管。所以一些历史人物、传说人物，纷纷成了山神，甚至没有的话就造一个，基本都是武将或小官吏的模样。但他们只是一山之神，再也没有了天神的崇高地位。

地府

幽冥、阴间、地府、阴司、阴曹、地狱，这六个词是一回事吗？

《西游记》里对于死后的世界，经常用几个常用的词描述，分别是：阴间、幽冥、地府、阴司、阴曹、地狱。那么，这几个词指的是同一地方呢？还是不同的地方呢？

这其实是有区别又有联系的。有的词可以在全世界通用，有的词就带有明确的中国特色。

孙悟空阳寿已尽时，两个鬼使把他的灵魂带走。他们来到一座大门前，门上写着三个字“幽冥界”。幽冥界里面自然就是死后的世界。

“幽冥界”又可以简称“幽冥”或“冥界”。“幽”和“冥”，都是黑暗的意思。这个黑暗，一方面指失去生命之后的一片黑暗，另一方面也可以指宇宙创生之前的黑暗。因为宇宙创生之前，也是没有生命的。所以中国古人管天地分开前的混沌状态叫“大冥”。

几乎在所有民族的神话中，宇宙都是在一片黑暗中创生的。比如大洋洲波利尼西亚的冥界叫“波”，而“波”又是宇宙初创时黑暗的称呼。所以创世大神坦加罗阿在“波”中出现后，才把光明和黑暗分开。后来，“波”被冥界主宰米卢管理。人类灵魂到了冥界，就不再复生。

这种神话有意思之处在于："冥界"不但可以作为死后世界的称呼，甚至可以作为万物未生时的世界的称呼。也就是说，万物本来就是从死亡或黑暗中诞生，死后也是回到那个幽冥的地方去。"冥"或"波"，既是起点，又是归宿，甚至可以说是万物的本源。

这种思维方式，《浮士德》也借魔鬼靡菲斯托之口说过："黑暗的部分产生了光，而骄傲的光却要同母亲黑夜争夺古老的品级。"正因为有死亡的黑暗，生命的光明才有意义。弥漫在生命周围的，是黑暗的宇宙。这也是中国古代宇宙论所说的："上古之世，太素之时，元气窈冥，未有形兆。"

有趣的是，大概是基于这种思维，在汉语里，也没有和"冥界"对应的"明界"或者"亮界""光界"。"冥"是孤立、本初的存在。

"阴间"这个词，就比"冥界"前进了一步。因为"阴间"是相对于"阳间"说的，这是有了"阴""阳"的概念才出现的。"阳间"是人居住的地方，"阴间"是亡魂居住的地方。

中国人通常认为阴间的主宰者是阎王爷。其实它来源于印度远古神话的"阎罗"，又作"阎魔""阎摩罗"，是梵文 yama-raja 的音译，后来被佛教吸收。据称，他是太阳神的儿子，是世界上的第一个人。他死后进入阴间，那里还空空荡荡的什么都没有，于是他就成为死神和阴间的王，管辖着每个人死后的必经之路。这个逻辑倒是很好懂，人家进入了一块处女地，当然可以自立为王。接着进入的人，就要向他交保护费。

甚至印度还有"双王"的故事，阎魔不是一个人，他有兄有妹。"兄及妹，皆作地狱主。兄治男事，妹理女事，故曰双王"（释玄应《一切经音义》）。这正好和世界起初只有兄妹二人（如伏羲、女娲）的神话相对应。

阎魔的故事，也并不是印度独有，在波斯的古代神话《阿维斯塔》中，就有一个冥界之王，叫“伊玛”。伊玛和阎魔的发音和职司都是一回事，可见这个故事广泛地在中亚传播着。

“地府”这个词，是典型的中国式名词。中国的官僚体系异常发达，所以中国的神界，上到玉皇大帝，中到人世诸神，下到阴间世界，也都被一套官府体系统治着，所以才叫“地府”。阎魔统治的印度阴间，并没有太复杂的官僚体系，但是中国的阴间可不得了。比如孙悟空的灵魂被勾到地府之后发生这样一件事：

> 十王闻言，即请上殿查看。悟空执着如意棒，径登森罗殿上，正中间南面坐下。十王即命掌案的判官取出文簿来查。那判官不敢怠慢，便到司房里，捧出五六簿文书并十类簿子，逐一查看。

“司房”这种东西，就是中国阴间特有的产物。因为司房本来是元明时州县衙门里负责记录口供、管理案卷的文书部门，位于大堂两侧。道教和民间信仰受此影响，认为地府也有各种职能机构，就产生了“七十二司”或“七十六司”的说法。

比如七十二司里有“掌速报司”。速报即快速报应。按照民间说法：世间作恶之人，不论大恶小罪皆有报应，或当时有报，比如做了坏事，立即被一个雷劈死，或者掉水里淹死；或过后有报，比如几十年后才得怪病身亡。前者就叫“速报”。“掌速报司”就专管这项业务。

又比如“掌督察司”，主管世间官吏的功过。如果在阳世为官时做到清正廉洁、秉公执法、爱民如子，死后就会由这个部门保举，获得一个神位。如果贪赃枉法、行贿受贿，死后也是由这个部门判罪，打入地狱。

“掌正直司”是指世间正直之人，都可以由这个部门超脱，反之就得由本司送到阎王面前立案定罪。

甚至还有“掌毒药司”，主管中毒死者的功过是非。“掌飞禽司”是指生前喜欢打鸟的人，死后归这个部门定罪……

总之，七十二司是一个庞大的司法体系，基本上把古代社会能想到的审判都包括进去了。它们的原型，当然就是阳间社会官府的司房。人们认为一个人生前归官府管理，死后归地府审判，自然就把这种司房制度搬到地下了。恐怕博览世界各民族冥界神话，也没有这样烦琐细致的设定。

每个司房当然要有主管的官员。这些官员，往往由历史上著名的人物充当。比如宋代的包拯正直无私，名将岳飞忠君爱国，所以在某些民间传说里都当过司房的主管。

这些阴间的司房，就合称“阴司”。虽然阎王主管高层的行政，但地府的主要事务，都是由这些司房处理的。所以“阴司”和“地府”可以认为是同义词。

和“阴司”意思相同的，还有一个“阴曹”。“曹”和“司”的意思差不多，也是官府里处理不同事务的部门，相当于今天的科室。比如唐代地方官，就设有“六曹”：功曹、户曹、兵曹、法曹、仓曹、士曹，分别主管政务、户籍、军事、司法等。既然官府有“曹”，阴间当然也得有“曹”。所以“阴曹”“阴司”“地府”都是一回事。

原著里描写地府，有一段是这样的：

> 催命的判官，急急忙忙传信票；追魂的太尉，吆吆喝喝趱公文。急脚子，旋风滚滚；勾司人，黑雾纷纷。

判官是古代文官的一种，辅佐地方官处理公文、政事。在阴间就成了主管各司房生死簿的文官。太尉是对普通武官的尊称。急脚子，本来是官府里负责急行传送书信或探送情报的人，这里当然指阴司里负责这类事务的鬼卒。勾司人，负责抓捕死者灵魂，相当于衙门里的捕快。甚至勾司人随身带着锁链，套住灵魂的脖子带走，也和捕快捉拿犯人一模一样。

所以，"地府"并不等于"阴间"，它只是阴间的行政机构。高层主管是阎王，中层官员是判官、太尉，底层吏员是急脚子、勾司人和管理各种杂事的鬼卒。

所以我们中国人真的是很实诚的，阳间有什么，阴间就同样有什么，整个的组织架构都一样。官府传唤犯人需要开传票，判官勾取亡魂也需要开传票；衙役捉拿犯人需要用锁链，勾司人勾魂也用锁链。甚至连"判官""急脚子"这种名字都懒得换一换，直接就从阳间的官僚体系里搬过来。

因为本来就是神话，那么，对于阴间传票递送方式是不是可以编排各种花样？比如像霍格沃茨的录取通知书似的，用猫头鹰去送；或者传票长一对翅膀，直接飞到亡魂面前；或者一道金光，飞到亡魂耳边宣读，这不都行吗？居然还要老老实实地用官府专用的"急脚子"去送。也不知道是我们缺乏想象力，还是我们本来就务实，还是这套官僚体系深深刻进了我们的心底，即使在幻想故事里也不会编出花样来。

最后还有一个"地狱"。地狱这个话题，可以在下一节详细讲。总的来说，它也不等于"阴间"或"冥界"，而是阴间的一个机构，就是关押有罪灵魂的地方。官府判罪后，自然会把犯人打入监狱。所以亡魂在地府接受审判后，有罪的就会打入地狱受苦，至于什么时候出来，那就要看他生前罪过的多少了。

李世民在阴间都看到了什么？

贞观一十三年，长安城附近有个泾河龙王，泾河龙王下雨的时候偷改了雨量，要被天庭斩首。龙王打听到第二天斩他的人是魏征，现为唐太宗李世民的大臣，就半夜去求李世民。

李世民答应了，想："我明天不放魏征出宫，他不就斩不了龙了吗？"于是第二天早朝后，李世民留魏征在宫里下棋。没想到午时三刻一到，魏征趴在棋盘上睡着了，他的灵魂离开身体，上了天庭，斩了泾河龙王。原来魏征在凡间是李世民的大臣，在神界担任执法的官员。

泾河龙王死后，亡魂来宫中向李世民索命。李世民就病了，很快去世，灵魂来到地府。幸而他原来有个大臣叫崔珏，去世后在地府做判官，偷偷改了生死簿。生死簿上注明李世民应该"贞观一十三年"去世，崔珏就在"一"上加了两笔，改成"三"字，李世民就凭空多了二十年的阳寿。

崔珏送李世民回阳间，沿途游历了地府，看到了阴间的种种不幸。崔珏就托他去阳间办一个法会，超度冤魂，说："只有阴间没有了抱怨之声，你们上面阳间才能享受天下太平。”李世民这才让高僧玄奘办法会。但东土大唐的经书，都是所谓“小乘教法”，不管用。受到观音菩萨的点拨，玄奘才启程，去西天取经。这便是《西游记》里唐僧取经的缘起。

“漫游地府”是一个民间故事类型。在民间故事里，有许许多多的人游过地府，大概的主旨就是在地府中看到生命的无常、善恶的报应，让人相信：人活着的时候不要干坏事，就算活着时没受惩罚，死后一样有审判。虽然是“迷信”的宣传，却起到了震慑人心的作用。

在《西游记》里，阴间是一条单行线，一个人无论任何原因进入，就只能朝前走，不能朝后退。这象征着生死是一个不可逆的过程。所以这种“漫游地府”的故事，逻辑很简单，就是沿着这条单行线讲所见所闻。

按照《西游记》的说法，来到阴间，首先要进入一座大城。这座城是地府的所在地，城门叫“鬼门关”。

城里住着地府的主管者十殿冥王。十位冥王各有主管的事务，鬼魂得一殿挨一殿地报到，接受不同冥王的处置——就像入学报到一样：交费、领校服、办饭卡、分班级……一关一关地走下来。

《西游记》里的十殿冥王是：一殿秦广王、二殿楚江王、三殿宋帝王、四殿忤官王、五殿阎罗王、六殿卞城王、七殿泰山王、八殿都市王、九殿平等王、十殿转轮王。这十王构成了中国阴曹地府的主要职能机构。

上一节说过，阎王源于印度神话，印度阴间的主宰叫“阎魔”。但是阎魔是一个人，为什么到了中国就变成了十位了呢？其实这里有一个文化融合的过程。

中国最古老的管理地下亡魂的神，并不是阎王，而是叫“泰山府君”。泰山府君是泰山的一个神灵，管理亡魂。这和古代的山岳崇拜有关，原始民族认为人死后，魂灵归于居住地附近的大山。

佛教“阎罗王”的神话传入中国之后，当然不可能一下子推翻本土的信仰，所以阎王和泰山府君并行过一段时间。到了唐代，佛教影响逐渐增大，就基本形成了阎罗王为一把手、泰山府君为二把手的格局。

大约到了晚唐的民间传说里，阎罗王身边又多出来九个和他平级的王，阴间的领导人从一位变成了十位，阎罗王成了第五殿（为了区分，《西游记》管十个王又叫十位“冥王”，但这十位也泛称十位“阎王”），这就叫“十王信仰”。泰山府君就成了十王中的第七位，这就是泰山王。

为什么机构膨胀得这么厉害呢？其实我们看十王的工作安排就可以发现：他们不是领导和被领导关系，而是在一条“流水线”上办公。

按照佛教的说法，从一殿到十殿，分别对应着死者的死亡时间：死后头七到秦广王办理业务，二七到楚江王，三七到宋帝王……七七到泰山王，百天到平等王，一周年到都市王，大祥（二十五个月）之后，才到转轮王（出自敦煌《十王经》、宋代《地府十王拔度仪》等典籍）。

也就是说，死者到了阴曹地府，至少要走二十五个月的时间，才能把十殿的手续办完！

究其原因，这里融合了两种文化。

首先前七殿和佛教“七七”的传说有关。佛教认为人去世后，每七天是一个大关口，有一次转世的机会，这样连续七次。所以阳间的亲属，就会给他做“七七斋”仪式，帮助他在这七个关口转生到好地方去。在中国人看来，那自然每个关口都要经官动府了。所以，十殿阎王的前七位就是管这个的。

其中最重要的仪式，是第三十五天的“五七”和第四十九天的“七七”。所以原来那位阎罗王，就被放在了第五殿。原来那位“泰山府君”，就改名“泰山王”，放在了第七殿。让这两位把握“五七”和“七七”两道大关口，恰恰证明了这两王的地位远远超出其他八位。

然而，根据这个道理，应该是只有“七殿冥王”才对啊。为什么后面又出来三个呢?

这是因为我们中国人的丧礼，还有三个重要的纪念日，需要举行仪式，那就是：百日、小祥和大祥。这三个纪念日不是佛教的，而是自古以来的民俗。

百日又叫“百期”。古代办丧事，在父母去世后一百天内是可以随时哭泣哀悼的。一百天后举行祭礼，就不是随时哭了，而是改成一早一晚各哭一次。所以百日祭礼是丧事的一个节点。做完佛教体系四十九天的“七七斋”，紧接着恰好就是传统纪念日“百日”。

“小祥”又叫“周年”，父母去世后，子女要穿孝服，吃粗粝的饭食，表示哀悼。去世满一年要祭祀。祭后，就可以稍微改善一下生活了，解除丧服的一部分，吃点好的。

两周年祭（父母去世二十五个月后），又叫“大祥”。大祥后，孝子就可以再改善一下生活。所以百日、小祥、大祥，也是纪念死者的三个重要节点，自然也得由三位阎王管，这就对应着都市王、平等王、转轮王。

离开十殿阎王，就是一座名叫“背阴山”的大山。山前是地府，山后是十八层地狱。

在《西游记》里，地狱附属于地府，关押有罪的犯人。但关于地狱的神话，却不是我们中国原创，而是从印度传进来的。

东汉有一位高僧安世高，翻译了一部《佛说十八泥犁经》，是中国最早讲佛教地狱的经典。“泥犁”是梵语音译，意思就是地狱。它是以受罪时间的长短与罪刑等级轻重排列。每一地狱比前一地狱，增苦二十倍，增寿一倍（在地狱增寿可不是好事，意味着受罪时间变长了）。

其中又分为九个“火泥犁”和九个“寒泥犁”。比如其中有一个地狱叫“先就乎”，意思是“持火剑相斗”。还一个叫“草乌卑次”，意思是“在火热铁城中”。这些都是“火泥犁”。还有“乌竟都”（被冻僵又被砸碎），是“寒泥犁”。

进入十八泥犁，并不是一点逃脱的机会都没有，有这么几次，会有光芒照入地狱，叫“地狱明”。例如在佛始生、佛始得道、佛涅槃日等时机时，地狱会出现一瞬间光明。所以地狱里的人，一直生活在黑暗中，盼着光明照临。当然，这些都是印度神话的各种幻想。

《西游记》第九十七回，孙悟空去阴间寻找寇员外的魂魄，原著用了一首诗来形容：

> 十殿阎君拱手接，五方鬼判叩头迎。千株剑树皆攲侧，万叠刀山尽坦平。枉死城中魑魅化，奈河桥下鬼超生。正是那神光一照如天赦，黑暗阴司处处明。

这首诗很不寻常，因为这个时候，取经已经接近成功，孙悟空也初步具备了佛的资质，所以作者不惜用如此热烈的笔调歌颂猴哥。他降临阴间，就可以让光明照临。

不过，《佛说十八泥犁经》里记录的地狱，还是非常原始的。刑罚就两种：火烧和冰冻。甚至还没来得及把这些梵语音译成准确的汉语。

其他佛经里也有不少关于地狱的描写，有的不一定是十八个，例如《长阿含经·世记经·地狱品》里，地狱的结构是两层的：八大地狱，各领十六小地狱，分别为黑沙、沸屎、石磨、铁丸、剑树、寒冰种种名目。能想得到的折磨人的办法都有。

有的名字还十分奇特。比如“叫唤地狱”“大叫唤地狱”，甚至还有一个地狱叫“呵呵地狱”，是因为“其地狱中受罪众生，苦痛切身，皆称呵呵，故名呵呵”。

《西游记》里还经常提到一个“阿鼻地狱”。唐僧经常说：“我如果破了戒，就永坠阿鼻地狱。”这是某些佛经里说的。“阿鼻”是梵语的译音，意译为“无间”，即痛苦没有间断的意思。

佛经浩如烟海，所以不同的书记录的地狱也往往不同。甚至有八千地狱、五百亿剑林地狱、五百亿刺林地狱等等漫无边际的数字。这些进入到中国民间，就实在难以理解了。所以中国民间流传的，一般就是源自《佛说十八泥犁经》的“十八层地狱”，只不过地狱的名字，吸收了其他经书里好懂的部分，如寒冰地狱、刀山地狱等，把“先就乎”“草乌卑次”之类都去掉了。

李世民经过地狱，就到了枉死城。枉死城的故事，我们在前面的章节说过了。崔珏嘱咐他回阳间后，做个法会超度亡魂，就送他到“六道轮回”转世。

在《西游记》里，六道轮回是这样的：

> 却说唐太宗随着崔判官、朱太尉，自脱了冤家债主，前进多时，却来到“六道轮回”之所，又见那腾云的，身披霞帔；受箓的，腰挂金鱼；僧尼道俗，走兽飞禽，魑魅魍魉，滔滔都奔走那轮回之下，各进其道。唐王问曰：“此意何如？”判官道：“陛下明心见性，是必记了，传与阳间人知。这唤做‘六道轮回’：行善的，升化仙道；尽忠的，超生贵道；行孝的，再生福道；公平的，还生人道；积德的，转生富道；恶毒的，沉沦鬼道。”

按照原著的说法，这个“六道轮回”似乎是一个巨大的建筑。有六个门，像一个大轮子一样。不然怎么说“滔滔都奔走那轮回之下”呢？

其实这是我们本土文化对“轮回”的改造。“轮回”，本来是印度佛教的概念，指众生生而又死，死而转生，不停地处于各种生命形态中，像轮子一样转来转去。根据佛教说法，这些生命形态有六种：天道、人道、阿修罗道、畜生道、饿鬼道、地狱道。

但是，中国人对这“六道”不太好理解。比如阿修罗是印度神话里一种好战的神，但中国神话没有。而且，在印度，饿鬼道和地狱道是两回事（饿鬼道比地狱道要自由一些），但中国人也不觉得有什么太大的差别。

于是，《西游记》把外来的六道轮回做了个大改造。它认为，六道轮回是阴间世界的出口，是一个大轮子，有点像抽奖转盘。鬼魂都要进入轮子，根据生前的所作所为，从不同的门出去。所以李世民被送到“超生贵道门”，此外还有仙道、富道等。

大多数人并不知道会从哪个门出来（或者即使知道，转世后也忘掉了）。关在地狱里的鬼魂，受完他应得的刑罚后（这刑罚往往是很多很多年），也会送到六道轮回出来，有点像犯人出狱后再就业。

六道轮回，就是阴间的出口。从入口“鬼门关”到六道轮回，唐太宗就完成了一次阴间漫游。

另外，地府里还有一座“翠云宫”，是地藏菩萨住的地方。一般人到了阴间，不会经过这里。唐太宗虽然贵为天子，也没有拜访过这里。

这是因为，地藏菩萨的地位很特殊。一般的政务就交给十王处理了，地藏菩萨只负责管一些大事。比如孙悟空闹了地府，强销生死簿，十王就到翠云宫，找地藏菩萨商量，要上天告状。

还有一次，六耳猕猴和孙悟空难辨真假，打到地府，十王没法分辨，也只好找地藏菩萨。地藏菩萨有一个小宠物，叫“谛听”。谛听伏在地面上，能够听出万事万物的本源。谛听果然听出来假猴王的本相，却不敢说破，叫他们去如来佛祖那里辨个明白。

既然阎王是阴间的主宰，为什么还要去请示地藏菩萨呢？难道他们上面还有上司？其实，严格说来，地藏菩萨不算阴曹地府的管理者，也不是十王的上司，他只是佛教派驻阴间的“代表”。

地藏菩萨是佛教神。佛教传说，这位菩萨本来是可以成佛的，但他可怜人们在地狱里受苦，就发了一个宏伟的誓愿：“地狱不空，誓不成佛。”要在地狱里用佛法度化大家。什么时候地狱空了，什么时候才出去。

所以，像派人勾魂啦，查生死簿啦，这些事他是不管的。他只负责把佛法带到阴间来。只是他非常德高望重，十王要干什么事，都要去请示他，看上去好像比十王地位还高了。

最后要单独说一件事，为什么李世民非要往地府跑一趟呢？

原著里有一个小细节，那就是李世民的灵魂来到地府之后，在街头遇到了三个人：

> 只见那街旁边有先主李渊，先兄建成，故弟元吉，上前道：“世民来了！世民来了！”那建成、元吉就来揪打索命。太宗躲闪不及，被他扯住。幸有崔判官唤一青面獠牙鬼使，喝退了建成、元吉，太宗方得脱身而去。

先主李渊就是唐高祖，唐代的开国皇帝。先兄建成，故弟元吉，就是李建成、李元吉。李建成是李世民的长兄，李元吉是李世民的三弟。这件事和唐代历史上一件重要的事情有关：玄武门之变。

李渊在隋末起兵，夺得了天下，他三个儿子立了很多功劳。按照古代的制度，是长子继承皇位。所以李渊立李建成为太子。但是，李世民的功劳也不小，而且本领也大。李建成和李世民有矛盾，就联合弟弟李元吉排挤李世民。李世民当然也不服气，双方就明争暗斗。

这两边谁更有理呢？很难说。因为古代皇子争权，是特别常见的事。双方都不是省油的灯，下手都心狠手辣。

不过，李渊是支持太子李建成的。渐渐地，李世民觉得支持不住了。为了挽回局面，他决定拼死一搏。就在武德九年六月初四（626 年 7 月 2 日）这一天，发动了一场政变。

这天，李渊召见三个儿子。李世民就先到玄武门设下伏兵。李建成、李元吉两人不知底细，骑马走到玄武门时，李世民冲了出来，射死了李建成。旁边的将领又冲出来杀了李元吉。李渊没办法，只好传位给李世民。

李世民当了皇帝后，当然不会说自己如何下的狠手，就把李建成和李元吉说得特别坏。但是，他杀了亲兄弟这件事，确实也做得太亏心了。所以他去世没多久，民间就开始流传着李建成、李元吉在阴间告状，抓李世民的灵魂去审问的故事。而审他的判官，就是《西游记》故事里的崔珏。

这个故事变来变去，就成了“唐太宗游地府”，又被《西游记》吸收了进来。只是《西游记》里，告状的改成了泾河龙王，李建成兄弟的戏份已经减少很多了。李世民既然下了地府，就顺便游历一番吧。于是在《西游记》中，这个故事就成了取经的缘起。

孙悟空炼成了长生不老，为什么还会被勾魂？

孙悟空从龙宫要到了金箍棒，威风越来越大，就到处结交朋友，其中最有名的，是牛魔王、鹏魔王等六位。七个人就拜为兄弟。

有一天，七兄弟在水帘洞里喝酒。孙悟空喝多了，很快就睡着了。睡着睡着，孙悟空蒙蒙眬眬的，看见两个怪人走了过来，手里拿着一张公文，上面写着“孙悟空”三个字。两个怪人把绳子向孙悟空脖子里一套，孙悟空就不由自主地跟着他们走了。

这两个人就是“勾司人”，也写成“勾死人”。在古代，官府派人传唤老百姓，把他带来衙门问话，这就叫“勾”。古人认为，人快死的时候，阎王就会发出一道公文，叫批文，会派人把他的灵魂抓来，就像官府发公文传唤老百姓一样。

孙悟空跟着两个人稀里糊涂走到一座城边，才发现这里是阴间。勾司人说：“孙悟空，你生死簿上的寿命已尽，所以才来勾你。”

孙悟空说：“我老孙早已炼成长生不老，超出三界外，不在五行中，早不归他管了，你们怎么敢来勾我？”

两个人也不听孙悟空说什么，这个来拉，那个来扯，非得把他拖进幽冥界，这可把孙悟空惹恼了。孙悟空伸手向耳朵里掏出如意金箍棒来，噼啪两棍子，把两个勾司人打成了肉酱。

这儿就有问题了：不是说孙悟空已经炼成了长生不老了吗？他再也不会死了，怎么还有人来勾他灵魂呢？

是因为孙悟空虽然炼了长生不老的法术，但这只是第一步。就像想进大公司工作，首先得大学毕业一样。你学完专业课程只是第一步，人家公司收不收你，你进了公司会不会被开除，都还不好说呢。

在中国的神话世界里，一个人如果炼成了长生不老的法术，首先要受到神仙世界的认可。比如在原著里，猪八戒和沙和尚都是这样成仙的。按照猪八戒的回忆，他前生是一个普通人，本来很懵懂无知。有一天猪八戒遇到一位仙人，传给他修炼之术。他修炼成功之后，就觉得身子轻飘飘的，飞升仙界，朝见玉帝。玉帝就把他留在天庭，封他为天蓬元帅，叫他掌管天河水军。沙和尚的成仙经历，也和猪八戒差不多。他原来也是凡人，遇仙后修炼飞升，被封为卷帘大将。

主管这一套流程的也有特定的神仙。这些神仙们似乎经常商量：“哟，有个凡人修炼成长生不老啦，咱们收他吗？”“行啊，带他玩吧。”他们接受你了，才会把你加在神仙名单里。这种名单叫“仙籍”。管仙籍的人会通知地府：“把那谁谁的名字从生死簿上删掉吧，他成了神仙啦。”这时候，你才算成了真正的“注册”了的神仙，地府就不会来勾你了。

所以大多数修仙的为什么都对天神顶礼膜拜呢？因为都希望早点关注到自己呀，早点行行好，带自己玩呀。在这里，长生不老并不是与生俱来的权利，而是上天的恩赐。

但是，进了神仙名单，是不是就意味着永远不死了呢？也不一定，因为还得受神仙的法律管着，得小心翼翼，不能犯错。神仙的法律就是“天条”。比如沙和尚虽然已经是长生不老的神仙了，却因为在宴会上打碎了一个玻璃杯，惹怒了玉帝，就要杀他，幸亏有别的神仙求情，才减了他的罪，将其贬下凡间。所以神仙也有可能死。

《西游记》里，犯过天条的神仙简直多得不得了。当然，神仙世界是我们凡人虚构出来的，天条自然也是凡人虚构出来的。但为了配合神仙世界的运转，古人尤其是道教徒，还真的兴致勃勃地编了不少天条，甚至还整理成书，就跟凡间的法典一样。不得不说古人 cosplay 的兴趣也是非常浓厚的。

这种神界的法律法规，民间俗称“天条”。其实道教叫“天律”，也叫“金科”或“玉律”。因为金和玉，都是坚固不变的东西。今天的成语“金科玉律”，比喻不可变更的法律条文或信条，就是从“天条”演变的。

这种法律的规定非常细致，比如有一部天律，将神仙鬼怪的种类就分了 26 个大类，包括正神、土地、灶神、邪神、山神、雷神、风神等等，甚至还有管厕所的厕神。此外还对犯罪的神仙鬼怪进行量刑，有杖刑、徒刑、流放、针决、处斩、分形、灭形等诸多等级。

杖刑就是打屁股，徒刑就是做苦力，流放就是派到边远的地方去。这些都是模仿人间的法律设置的。《西游记》里，奎木狼因为思凡下界，做了黄袍怪，被召唤上天后，就被派到太上老君那里，让他给太上老君的炉子烧火，这就是“徒刑”。沙和尚因为打碎玻璃盏，被贬到流沙河，这就是“流放”。

针决、处斩、灭形，就都是死刑了。针决就是用雷针打死。处斩相当于斩首，但是灵魂还可以转世，就像泾河龙王，犯了天条，在剐龙台上被魏征斩首，他就死了。但是他的灵魂还没有消失，还可以继续转世，但不能再做龙王了。最厉害的是灭形，就是把这个神整个地灭掉，魂魄也要打散，相当于永久地消失、永久地死亡。

有些天条是非常苛刻的，比如《太上混洞赤文女青诏书天律·风部官》里有一条：

> 诸风伯被法官道士申章进表放风吹荡奏章，灰烬飞起者，处斩。故意者，分形。

“申章进表”，就是道士作法的时候，请求上天做事，会写一张给玉帝的奏章，然后把它烧掉，象征着这奏章已经上达天庭。根据这条，风神如果把道士焚烧的纸灰吹起来，形成扬尘，竟然就要被处斩！故意的还要“分形”。为什么这么说？因为这奏章的纸灰，象征着玉帝的权威，是不能随便亵渎的。这跟沙和尚失手打碎玻璃盏就要被杀是一个道理。

所以，炼成长生不老的法术只是长生不老的最基本的条件。除此之外，得投靠神仙世界，得守神仙世界的规矩，不能犯错误，不然还是得死。

佛教这边也是一样，唐僧本来是如来佛的二弟子，因为怠慢佛法，就被贬入凡界，成了普通人，不能长生不老了（按照前面章节讲的故事，他甚至被沙和尚吃掉了九次）。

但是，你有没有想过这么一个问题：凭什么神仙世界定的规矩，我就得遵守啊？

神仙世界的规矩就是公正无私的吗？凭什么犯了一点小小的罪过，就要被斩首分形啊？

神仙虽然长生不老，活得逍遥自在，但也并不意味着高枕无忧。因为在你之上，还有更高级别统治者（如玉帝、如来）。既然长生不老是更高级别统治者赐予的，自然也可以被轻易夺回去。猪八戒便是这样：投了猪胎，也成了凡间可以被宰杀蒸煮的猪了。

还有没有别的办法呢？当然有，那就是反抗！

谁也不拜，谁也不求，不求任何施舍，不求任何恩赐，不守你的臭规矩。就凭一条棍子硬打，我管你上不上名单，我管你销不销名字，我一路金箍棒打进去，看你们认可不认可！

这就是《西游记》一直告诉我们的高贵精神：自由掌握在自己手中，不靠什么人的恩赐，自己来当命运的主宰！不要幻想任何人赐予你自由，那都是不可靠的。只有靠自己的实力独立于天地之间，才是真正的自由。

事实上这样干行不行呢？当然是可以的。

孙悟空抡圆了金箍棒，打进城里，把十位冥王都惊动了。冥王们赶紧来赔罪："上仙！上仙！我们大概是勾错了。上仙息怒，息怒。"你瞧，这些阎王平时作威作福的，你一厉害，他马上就犯怂了。

孙悟空叫人拿生死簿来看。判官就搬出一大堆生死簿来。原来这生死簿，就是记录天下所有生命寿命的本子。上面写了这人姓什么叫什么，哪年哪月哪日生，哪年哪月哪日死。时间一到，就派勾司人勾他的灵魂去。不光是人，什么老虎啊，小鱼啊，小虫子啊，只要是有生命的动物，全都有。

孙悟空翻来翻去，终于发现猴类有一本单独的册子。他翻到一页，发现上面注着"孙悟空"这个名字，还写着"天产石猴，该寿三百四十二岁，善终"。"善终"就是没有病，很安详地死去。孙悟空就抓过一支大毛笔来，蘸好了墨，把自己的名字涂了。然后把所有猴子的名字都涂了，说："了账！了账！从此再不归你们管了！"

你可能会问：难道生死簿没有备份吗？难道涂了就彻底消失了吗？阎王这样的大神就一点办法都没有？

还真是这样。今天的电脑数据很容易备份，原文件丢了还能恢复。但在古代，所有的数据全凭手抄，所以一旦毁坏，恢复起来就格外困难。

其实，阴间的生死簿制度就是阳间官府档案管理制度的翻版。官府为了掌握户籍，征收赋税，也是把老百姓的各项信息登记成簿册的。《西游记》是明代的书，而明代最有名的档案制度，就是明太祖朱元璋建立的“黄册制度”。

这种黄册，规模十分庞大。它是把全国人口以户为单位，造册登记，封面用黄纸，所以叫黄册。人口有生育，有死亡，有变动迁徙，所以规定黄册十年一造，上报中央和各级管理机构。

但是，古代处理海量信息的技术是非常有限的，增、删、改、查、运输、保存等所有的环节都会出现问题。明代初年，黄册数量还少，负责的官员还能中规中矩地处理。等到了明代中期，官员舞弊的、丢失簿册的、保管不慎使簿册被虫蛀的，问题层出不穷。到了明代后期，黄册丢的丢，毁的毁，伪造的伪造，就基本失去作用了。

阳间的官府在修造簿册时需要用到很多人手。算账、抄写、装订、核对等一大堆事，让经手的人都苦不堪言。这种现状到了阴间，竟然也是这样。阴间的生死簿大致是这样维护的：

阴间的办公室里，摆着一张长长的桌子，办事员们列坐两旁。另有专人不停地拿来小纸条，上面写的都是阳间每个人所有的行为：功、过、善念、恶念……这些办事员就接过纸条，把上面的信息不停地登录在生死簿上，甚至这天这个人什么事都没做，也要写上“无事”。要知道阳间有多少人，这里就得建立多少档案。所以搞得“事之纷烦，日不暇给”，忙得不可开交。（根据清代梁恭辰的《北东园笔录》和唐代段成式的《酉阳杂俎》整理）

维护生死簿的故事，当然是文人创作的。但有趣的是，创作这种故事的人并不幻想什么法术，比如手一挥就能让一千本生死簿同时打开，纸条上的信息会自动飞起来；或者用什么法宝，比如一支神笔，扔出去就变成一千支，唰唰唰地同时记下一千个人的信息。按说这些都不难想到，但居然都没有，反倒是老老实实地幻想阳间的办事员怎么工作，阴间的办事员就怎么工作。可想而知，在这样的技术条件下，生死簿毁了可不就是毁了吗？

在大闹地府这个故事里，孙悟空还做了一件可贵的事：他不但把自己的名字涂了，也把所有猴子的名字都涂了。如果孙悟空只是涂自己的名字，说明他心里只有自己。虽然还是英雄，但并不值得尊敬。因为他争取的还是他自己的利益。

但是，他一下笔，把整册猴类生死簿一涂，就不一样了。这说明，他心里除了自己，还有他的猴子猴孙，甚至他所有的猴子同类，以及他日后的敌人——六耳猕猴。他不但想让自己长生不老，也想让猴子同胞们长生不老。这是一种大胸怀、大见识！

你想想，假如真有生死簿，有个人类英雄闯进去，把所有人类的生死记录都销毁，而且由此引发的责任都由他自己承担，你是不是得感谢他呢？

要知道，对于你在阎王这里惹下不同程度的祸，玉帝将来降下的惩罚也不一样。销毁整个猴类记录的罪名，绝对比销毁自己记录的罪名大得多。但是，我们的孙悟空毫不犹豫，甚至想都没有想，就担当下来了，好像这是他理所应当要做的一样。这才是他最可贵的地方，这才是天生的英雄气概。

妖界

孙悟空能大闹天宫，为什么打不过妖怪？

讲了这么多年西游，讲到哪里都避免不了被问这个问题：为什么孙悟空能大闹天宫，把十万天兵打得稀里哗啦，却经常打不赢妖怪，动不动就要请人帮忙？

孙悟空的本领前后差别为什么这么大？关于这个问题，我看过许多种解释：比如金箍封住了孙悟空的能力啊，闹天宫的时候大神们存私心没出手啊，闹天宫是自己创业而取经是给人打工啊……这些说法当然都很好，但都是就剧情聊剧情，和阅读本身关系不大。

我通常在解释这个问题之前先问一句话："有两个答案，你想先听简单的，还是想先听复杂的？"

一般都说想先听简单的，我就告诉他四个字："剧情需要。"

因为你想，如果孙悟空一路打过去，一个对手都没有，碰上什么妖怪都一棍子打死。那不就是"开外挂"吗？那整部《西游记》还有什么看头？所以，必须给他设置一些障碍，让他吃一些苦头。这种失败——寻找解决方法——成功——再失败的形式，是一个生动的故事所需要的模式。

按照现代讲故事的套路来说，如果一个人开始的时候非常张扬，那么之后就要给他安排一些挫折压抑他；反之，如果开始的时候很黯淡，那就需要安排一些奇遇使他放光。没错，这也是一个作文技巧，我讲作文的时候也会顺便讲到。

然而，即便如此，我们还是觉得孙悟空在取经路上的表现未免太窝囊了。很多败仗实在输得没有道理，不是用作者故意压抑他能解释的。

《西游记》虽然是经典名著，但它产生于明代，是一本通俗读物。这种小说和今天的小说有两个很大的不同：第一，它是经过了几百年的时间慢慢形成的，不是一个作者一下子写成的。第二，这部故事通常是由说书先生一段段讲，有足够的文化水平能通读原著的并不多。因为当时，主流的文人阶层还没有产生专职写作小说的作家。小说都是在民间一点点形成的。

我们今天市面上流行的一百回《西游记》是在明代末年出版的。但这本书并不仅仅是明代才有，元代就有《西游记》这本书了，只是比今天的这个版本简单一些而已。《西游记》里面的很多故事，都是在几百年间慢慢加进去的。今天你加一个，明天我加一个，总之，只要好看，谁都可以往里加。

这些加故事的人，或是说书艺人，或是底层文人，他们不仅散在全国各地，甚至有时连互相见面的可能都没有，因为很可能前一个编书的已经死了，后一个才开始着手改编，他们互相是没法商量的。于是，《西游记》就出现了一个严重的问题：好看是好看了，却不是一个人创作的。等将故事串到一起就会发现：哇！麻烦了，孙悟空本事前后不一致啊！

这个时候，再想前后修订得一致就难了，因为故事已经编在一起了。动一个地方，都难保别的地方不出问题。比如孙悟空在平顶山莲花洞，轻轻松松就把金角、银角大王的五件法宝弄到了手；但在玄英洞，竟然打不过三只什么法宝都没有的犀牛。这两个故事，风格很不统一，就很可能不是同一个人的作品。

不仅孙悟空的本领前后有差别是这样造成的，就连《西游记》里别的问题，也大概是这样造成的。例如在乌鸡国，明明文殊菩萨的青狮精下凡为妖，被收回去了，怎么到了狮驼岭，它又跑出来，伙同白象、大鹏占山为王呢？而且见了孙悟空也没提前面这茬，文殊菩萨对一头狮子下凡两次（或一连放走两头狮子）一句解释也没有？对此，最合理的解释是：这两段故事不是一个人编的，只不过碰巧两个人都用青狮精做了主角。将两段故事串在一起的时候，想改也不好改了，干脆就那样放着吧！

现代小说则不同，无论是金庸的武侠小说，还是各种网络小说，都是一个人（或一个团队）从头到尾一个字一个字写出来的。所有的故事都是他编的，他对这个故事一定有一个总体的设定。一旦主角的能力违背了这个设定，他自己就会发现了。即使他发现不了，读者们也肯定会给他指出来，促使他修改。而且，等到出版的时候，他一定会再从头到尾看一遍，这样基本上就不会有大的问题了。

在明清，甚至民国，绝大部分人了解《西游记》是从说书先生那里听来的。因为当时 90% 的人是文盲。既然是听评书，就会有一个特点：说书先生是一段段说的。像《西游记》这种大书，都得说几个月。听众每天只能听到一小段故事。他听完了今天的片段，离孙悟空大闹天宫那一段早就过了几个月了，他早就忘了前面孙悟空的本事到底多高了。而且，说书先生也许随口就加上一些东西，删除一些东西，等他把这个本子留给徒弟，又和他刚拿到的不一样了。根本没有一个人会想起来从头到尾调整孙悟空的武力值，让它更统一。

你会发现，《西游记》里孙悟空打妖怪，大多数情况下都是“大战几十回合，不分胜负”。孙悟空的棍法那么厉害，为什么跟谁打都不分胜负呢？因为作者不能让孙悟空随随便便赢。他一棒子把妖怪打死了，那这故事不就讲不下去了吗？

同理，也很少有妖怪大战几十回合后把孙悟空打败。因为很多故事，就是为了展现妖怪的法术或法宝的，比如黄风怪的神风、青牛精的金钢琢。你把孙悟空打败了，后面的热闹戏份怎么演啊？所以，孙悟空最常见的情况就是很少一次打赢，打不赢得请救兵，这样说书先生就能多说几天书，现在也叫“拖戏”。

比如孙悟空打青牛精，丢了金箍棒，就请托塔天王、哪吒太子、火神、水神、雷神、佛祖丹砂来帮忙，但都赢不了青牛精。不是孙悟空没本事，这些神仙没本事。说书先生多请一个神，就多收一天的书钱嘛。假如说书先生觉得这几天书钱还没收够，完全可以再把什么二郎神、镇元大仙、观音菩萨请来，估摸着差不多了，再让孙悟空去找太上老君。

很多传统评书都是这样，比如《雍正剑侠图》里的童林、《白眉大侠》里的徐良，主人公刚出来的时候，厉害得不得了。结果越往后越不行，最后只剩下搬救兵的本事了。他不请救兵，书钱就收不上来了。

请救兵还有一个用处，就是不断让新角色出现在观众面前。比如在小西天打黄眉怪，先是二十八宿助战，然后孙悟空又搬来了武当山龟蛇二将、大圣国师王菩萨的小张太子，历经一次又一次失败，最后出来的是真正的主人弥勒佛。这些层出不穷的神仙，无非是让听众觉得新鲜。或者说，这相当于一种“百科全书”的作用。通过不断地请神仙，听众就慢慢认识了这个神话世界。不然全是孙悟空从头打到尾，说得再热闹也没意思了。

在古代，很少有人拿着一本书从头读到尾。因为当时书太贵了！有一部明代留下来的《封神演义》，字数比《西游记》还少许多，封面上就盖着一个红印：“纹银二两。”当时很多私塾先生，一年的工资才纹银二十四两。今天的一个小学老师一个月的工资，难道只够买一部《封神演义》或《西游记》吗？

除此之外，还有一个更深层次的原因。《西游记》是把很多故事整合在里面，但其中最重要的是两段大故事。第一段，就是前七回齐天大圣反天兵、闹天宫的故事。第二段，就是后九十三回猴行者跟随唐僧西天取经的故事。

请注意，我对这两段主人公的称呼是不同的，一个叫“齐天大圣”，一个叫“猴行者”。原因是，这两段原本并不是一部书的两部分，而是两个不同的故事！也就是说，在西游故事发展的雏形期，在中国民间（大概是宋元时期），分别流传着两个故事。

一个故事约流行于福建、广东一带，说的是一只猿猴，自立名号叫“齐天大圣”（或者叫“通天大圣”，总之叫“某某大圣”）占山为王，偷了玉帝的各种宝物，招来了天兵天将征剿，然而它本领很大，几次三番把天兵打败。费了好大的力气，天兵才把它降服。这个故事讲到这里通常就结束了。齐天大圣后来怎么样了，是关起来了，还是逃掉了，人们说什么的都有，总之很模糊。另一个故事大约流行于北方，说的是玄奘法师西天取经，有一只猴子，自称“猴行者”，前来引路，一路上保护玄奘，到了西天。

也就是说，这两个故事里的猴子，根本不是同一只猴！

大概在元代的时候，南北这两套故事渐渐发生了融合。编故事的人一看，咦，巧了！这里有只猴，叫什么“齐天大圣”；那边也有只猴，叫什么“猴行者”，两个故事都挺好看。而且“齐天大圣”没有明确的结局，“猴行者”也没有明确的来历。干脆把两只猴的事迹捏成一只猴的吧，然后称这只猴是“齐天大圣孙行者”好了！

这就形成了新的西游故事，齐天大圣的光辉事迹，统统成了猴行者参加工作的“前传”。其实齐天大圣和猴行者本来谁也不认识谁！

既然两个故事目的不同，自然主人公本领的设定就不同。第一个故事里的齐天大圣，因为故事安排他要对抗天兵天将，所以通常把他说得本领很大。第二个故事通常在寺院、佛教徒口中传播，是一个佛教故事。这样的故事，一个很大的目的是要体现“佛法无边”，让更多的人相信佛法。所以这个故事里，但凡遇到困难，都是靠佛法化解。所以，猴行者虽然有些本领，但也不特别出色，遇到大困难就去请佛教的大神帮忙。倒不一定是他解决不了，而是这个故事的目的本身就是要宣传佛教神多么厉害的。

这两个故事单独拿来讲本来也没什么。但当两个故事拧成一个故事之后，齐天大圣做了猴行者的前身，人们就会发现：怎么前面这个猴这么厉害，到后面不行了？其实不是不行了，而是故事主角变化了，主角所处的环境也变化了。

名著是非常丰富的。就像我们这一整章讨论的问题并不是用一个简单的理由就可以回答。所以，我们看待一件事，除了要看它当下怎么样，还要看它过去是怎么样的，它的来龙去脉是什么。这样，才能得出全面、正确的结论。这既是阅读名著的重要方法，也是认识社会、解决其他问题的重要方法。

《西游记》里的妖怪谁最厉害？

很多人都喜欢给小说里的人物做排行榜。比如，我就见过三国武将排行榜是把吕布、关羽、张飞、赵云都按武力排了一遍。还有水浒好汉排行榜、《岳飞传》排行榜，甚至还有《复仇者联盟》排行榜。总之，只要有英雄人物的地方，就会有排行榜。

那么，《西游记》里的妖怪们有没有排行榜呢？或者说，他们里面谁最厉害呢？

这个还真不好排，因为《西游记》里的妖怪不太一样。比如说，里面有一个蝎子精，她是一个女妖，在雷音寺听如来说法，如来用手推了她一下，她就转过身子，伸出毒钩，给如来佛祖的手上蜇了一下。如来疼痛难忍，不敢惹她，只好叫四大金刚捉拿她，谁知道没捉住。后来，她就跑到毒敌山琵琶洞，把唐僧抓去，强逼成亲。孙悟空、猪八戒连续被她蜇了。连观音菩萨也不敢惹她。

难道《西游记》里面蝎子精是最厉害的？好像也不是。观音菩萨叫孙悟空去请二十八宿中的昴日星官，就把她轻轻松松降服了。

你说昴日星官是不是很厉害呢？也不是，当年围攻花果山的时候，二十八宿加在一起，也打不过孙悟空。但昴日星官现出本相后，是一只大公鸡，鸡是最擅长吃蝎子的。这就叫一物降一物，不能简单地比谁厉害。

不过，我们可以给《西游记》里的妖怪分分类。看他们各自厉害在哪里，这倒是可以比较的。而且，通过比较，还能发现一些原来没注意过的东西。

仔细看一看原著，就知道《西游记》里的妖怪，各自厉害的特点不一样。有些是武功厉害，有些是法术厉害，有些是法宝厉害，有些是居住环境易守难攻，有些是真身威力无穷。而且这些妖怪，还正好对应着我们生活中五种类型的人物。这就是《西游记》的象征意义，很值得说一说。

第一种，就是法宝厉害的妖怪。

有些妖怪，如果单靠硬打，未必打得过孙悟空，但是他们仗着手里有特别强力的法宝，就能打得过了。这里面最有名的就是金角大王、银角大王、黄眉怪和青牛精。

金角大王、银角大王住在平顶山莲花洞，有五件法宝，分别叫七星剑、幌金绳、紫金红葫芦、羊脂玉净瓶和芭蕉扇。其中葫芦和净瓶是最有特点的。只要拿着葫芦或瓶子，底朝天，口朝地，喊一声人的名字，只要他答应了，就会嗖的一声，把他装进去，一时三刻将其化为脓血。

青牛精那就更厉害了。他有一个白色的圈子，平时套在胳膊上。打仗的时候他就拿出来这圈子，往空中一扔。敌人不管使什么兵器、法宝，都会被套走。孙悟空的金箍棒就被他套走了，哪吒的六件法宝也被他套走了。孙悟空没办法，去天上请来火德星君。火德星君有许多火器：火龙、火马、火旗……没想到刚放起火来，青牛精就扔出圈子，把所有的火器都收走了。孙悟空又去请水德星君。水德星君派黄河之神河伯下界，放水淹青牛精。水是收不走的，青牛精就用圈子挡在洞口。水淹不进去，只能向山下流去。孙悟空又去找如来佛祖。如来佛祖给了他十八粒金丹砂，抛出去漫天漫地，好像沙尘暴一样，迷人的眼睛。没想到佛祖的法宝也不好用，青牛精扔起圈子，依然将其套走了。最后孙悟空上天宫调查了才知道，这个青牛精，是太上老君平时骑的青牛。这个圈子，是太上老君的法宝金钢琢，任何东西碰上它，都会被套走。

此外，还有许多厉害法宝。比如扔起来能把人装进去的人种袋，摇一摇能放出烟、火、沙的紫金铃等。

你是不是觉得法宝很神奇？其实，法宝是什么呢？法宝就是特殊的工具嘛！只不过这些工具的功能比古人们使用的日常工具强大了许多。你想，你用手机能在千里之外看得见对方的样子；你开的汽车，一小时就能开出二百多里。这放在古代，不都是法宝吗？

你身边一定有善于使用和制造工具的同学，他能把电脑玩得很溜，能自己搞小发明、小创造，甚至还会组装机器人。假如对应到《西游记》里，他们就是善于使用法宝的人。他们日后一定能成为非常好的技术专家。

第二种，法术厉害的妖怪。

有些妖怪，武功不厉害，也没有法宝，可是他们有特殊的法术。这里面最有名的就是我们刚才提过的蝎子精，如来佛祖都拿她没办法。此外，还有会放火的红孩儿，以及会刮黄风的黄风怪。

红孩儿的三昧真火十分厉害，曾经把孙悟空烧得半死，还是猪八戒用了按摩的手法，才把他救活。黄风怪的风呢，叫三昧神风，也很厉害。孙悟空在黄风岭碰上了他，他把嘴一张，就刮起一阵黄色的大风来，把孙悟空的火眼金睛刮得紧紧闭上，再也睁不开。后来，还是两位护驾的小神仙找来了眼药，帮孙悟空治好了眼睛。但是孙悟空还是拿黄风怪没办法，就变成一只小虫子，飞到洞里，偶然听见他说：“要破我的法术，除非是请灵吉菩萨来。”孙悟空赶紧请来了灵吉菩萨，用一条飞龙杖制服了黄风怪。

法术是什么呢？法术其实就是一种特殊的能力。你身边一定也有这样的同学。比如说，有些人记忆力特别强，可以过目不忘；有些人乐感特别好，可以毫无差错地弹奏刚听到的曲子；有些人的手很巧，随便画两笔，就能创作出漂亮的画来。

第三种，武功厉害的妖怪。

《西游记》里有些妖怪也没什么特别的法宝，纯靠个人武力，就能占山为王。这里面最有名的当然就是黑风山的黑熊怪。

孙悟空来到观音院，向老和尚金池长老炫耀袈裟。结果金池长老起了坏心，晚上放火，要把唐僧师徒烧死。黑熊怪就趁乱溜进来，把袈裟偷走了。孙悟空去找了他两次。黑熊怪不靠法术、法宝，就用一杆黑缨枪，和孙悟空打了个不分胜负。孙悟空没办法，只好去找菩萨帮忙。菩萨对孙悟空说："那怪物有许多神通，也不亚于你。"菩萨就去把黑熊怪收来，让他做了个守山大神，还像对付孙悟空一样，也给他头上戴了一个箍，叫禁箍儿。可见黑熊怪的本领和孙悟空是差不多的。

能打，象征着什么呢？其实就是身体好嘛。你想想《西游记》里武功厉害的妖怪也不靠法术、法宝，就是仗着一条好身板。你身边也有这样的人，爬山、跑步、游泳样样都行，体能和精力都很旺盛。

第四种，住所特殊的妖怪。

还有一批妖怪，他们没有法术、没有法宝，武功也普遍很差。但他们有个特点，他们住的地方都很特殊。有的住在水里，有的住在洞里，外人很难打进去，所以也给取经队伍制造了很多麻烦。

这里面最有名的，就是通天河的鲤鱼精、无底洞的老鼠精、黑水河的小鼍龙。

通天河的鲤鱼精、黑水河的小鼍龙，本领很差。可是他们仗着有一座水下的大宅子，这就相当于有了一个巨大的掩体，一般人从外面还真的很难打进去。

老鼠精也是这样。她住的地方叫无底洞。这不是普通的山洞，而是一个地洞。进去之后，里面有无数的岔道，岔道连着岔道，一不注意就会迷路。

老鼠精打仗不行，和孙悟空交手，她支撑不了几个回合。可是她仗着这个迷宫一样的大洞，竟然和孙悟空周旋了很久。她特别会躲，只要发现风声不对，就带着唐僧躲到别的岔道里去。孙悟空来了根本找不到，最终请来了天兵天将。大伙一块儿搜，才把老鼠精搜了出来。

住在一个好地方，就能躲过很多危险，这象征着什么呢？这就象征着家境好嘛。你身边也一定有这样的同学。他家境很好，想要什么就能有什么，想学什么就能学到什么，天生就有很多优势。

第五种，真身威力无穷的妖怪。

《西游记》用了大量笔墨描写了我最喜欢的两个妖怪，一个是牛魔王，一个是大鹏精。

牛魔王的本领本来就和孙悟空差不多。他也使一条棍子，也会七十二变。孙悟空和他大战几百回合，不分胜负。最后，牛魔王现出原身，是一头大白牛，和孙悟空打得是惊天动地。这一段的原文，很值得读一读：

> 牛王嘻嘻的笑了一笑，现出原身——一只大白牛。头如峻岭，眼若闪光。两只角，似两座铁塔。牙排利刃。连头至尾，有千余丈长短；自蹄至背，有八百丈高下。对行者高叫道："泼猢狲！你如今将奈我何？"行者也就现了原身，抽出金箍棒来，把腰一躬，喝声叫"长"，长得身高万丈，头如泰山，眼如日月，口似血池，牙似门扇，手执一条铁棒，着头就

打。那牛王硬着头，使角来触。这一场，真个是撼岭摇山，惊天动地！有诗为证。诗曰：

道高一尺魔千丈，奇巧心猿用力降。
若得火山无烈焰，必须宝扇有清凉。
黄婆矢志扶元老，木母留情扫荡妖。
和睦五行归正果，炼魔涤垢上西方。

他两个大展神通，在半山中赌斗，惊得那过往虚空，一切神众与金头揭谛、六甲六丁、一十八位护教伽蓝都来围困魔王。那魔王公然不惧，你看他东一头，西一头，直挺挺、光耀耀的两只铁角，往来抵触；南一撞，北一撞，毛森森、筋暴暴的一条硬尾，左右敲摇。

这场大战把过往虚空一切神佛全都惊动了，最后东西南北都围满了佛祖派来的金刚。孙悟空在后面追，众天神在旁边打。天上又降下来托塔天王和哪吒太子，所有人齐心协力，才把牛魔王收服。

这头大白牛的原身，真的是威力无穷。降服牛魔王动用的神界力量，比此前任何一次都要多，场面都要大。作者写这段的时候，也可以看得出，他对牛魔王勇猛无敌的真身是真心钦佩的，不然他不会安排这样豪华的阵容围攻牛魔王。这一场，不亚于当年十万天兵围攻花果山。

大鹏精呢，也相当厉害。孙悟空驾着筋斗云十分快了，一个筋斗十万八千里。可是大鹏精比他还快。可不是这大鹏精会什么法术，而是他现出真身之后，就是一只金翅大鹏，展开翅膀有千百里宽，扇一下翅膀，就是九万里。他都不用扇两下，就追上了孙悟空，将其一把抓住，孙悟空再也逃不掉了。

为了降服大鹏精，如来佛也是带来了全套的灵山人马。八大菩萨、五百罗汉、三千揭谛全都出动了，场面比降服牛魔王也差不多。可见它在《西游记》里的地位是多么重要了。

那么真身象征着什么呢？你看牛魔王和大鹏精的真身，都是在最关键的时刻爆发了出来，这似乎象征着我们身体内无穷无尽的潜能。平时并不显眼，一到危急关头，就能够迸发出惊天动地的力量。

通过比较妖怪的本领，似乎看到这样一个现象：每个妖怪都有赖以生存的能力，因为这些本领都各有特色，所以无法比较谁更厉害。

如果换成你，你希望是他们中的哪一种呢？

你是和黑熊怪一样身体强健呢？还是和金角大王一样善于使用工具呢？还是像红孩儿一样有一门赖以生存的技能呢？还是家庭条件好，不愁吃不愁穿呢？但是，《西游记》最受重视，用大量笔墨描写的，还是牛魔王和大鹏精。这似乎告诉了我们，最厉害的妖怪都是真身威力无穷。也就是说，肉体也好，工具也好，技能也好，家庭条件也好，都不是最厉害的，最厉害的还是你身体深处的潜能。这是一个无穷无尽的宝库。

“妖”和“魔”有哪些不同？

我们之前讲过“神”“仙”“妖”“精”“怪”这几个词的关系，但《西游记》还有一个常用词“魔”，这个词需要单独来讲一讲。因为“魔”的来历，和前面几个都不太一样。

当然，在《西游记》的大多数语境里，“妖”“魔”“精”“怪”这四个字经常是可以通用的。最典型的一个例子，就是七个蜘蛛精占了天上七仙姑的濯垢泉。孙悟空向当地土地爷打听。土地爷说：

> 自妖精到此居住，占了他的濯垢泉，仙姑更不曾与他争竞，平白地就让与他了。我见天仙不惹妖魔怪，必定精灵有大能。

一句话里，便提到“妖”“魔”“精”“怪”，这说明作者本人，也不太分辨其中的区别。不过，深入研究下，这四个字还是有区别的。

我们首先应该知道的是，“魔”不是中国固有的词。在汉代之前，汉语里没有“魔”这个字。“魔”是随着佛教传入中国而来的，是一个音译词，全称为“魔罗”，意思是“杀者”“夺命者”，指夺取人的生命、妨碍善事的恶鬼恶神。“魔”这个字，旧译写成“磨”，直到南朝梁武帝时才改为“魔”字。

佛教把一切扰乱身心、破坏行善者和一切妨碍修行的心理活动均称作“魔”。比如印度古代神话传说欲界第六天之主波旬为魔王，常率众魔破坏行善。《大智度论》卷五：“问曰：‘何以名魔？’答曰：‘夺慧命，坏道法功德善本，是故名为魔。’”

在这个定义下，“魔”和“妖”就有了本质的不同。妖产生于自然界，是那些“不好”的精灵。而魔产生于修道的行为中，他是专门来破坏修道的人的功德的。

在印度神话里，各物种被分为六道：天道、阿修罗道、人道、畜生道、饿鬼道、地狱道。天道就是天神，阿修罗是一种好战的神。人道就是我们普通的凡人。畜生道是各种动物。饿鬼道和地狱道相当于我们说的“鬼”。但是“魔”不是一个物种。不同道的众生里，都有“魔”的存在。

在天道的众天神中，有“天魔”。比如“他化自在天子魔”，“他化自在天”是六欲天的第六天。在这里的众生，把别人所化的乐事变成自己的乐事，故称“他化自在天”，也就是“损人利己”的意思。他化自在天的天主，就是著名的魔王波旬。

此外，印度还有许多阿修罗道、饿鬼道、畜生道的魔，比如魔王罗波那。罗波那因为好女色而拐走悉多，悉多的丈夫罗摩因此前往楞伽岛（今斯里兰卡）将罗波那杀死并救回妻子。这里面还有神猴哈奴曼的故事，据传是《西游记》的原型之一。这位罗波那是一种“罗刹”，而罗刹就是一种鬼。

魔和妖有什么相同和不同呢？首先，魔和妖的相同之处是，都来自原始社会的泛灵论，都是自然界中破坏性力量的形象化。但是在印度，魔被赋予了“扰乱正法”的意义，和神、佛是相对抗的。所以有一个流传很广的故事，说释迦牟尼成道后，魔王波旬来扰乱，最后以失败告终。魔王波旬就说：“我现在斗不过你，但等你身后，我的魔子魔孙穿上你们的衣服，扰乱你传播的佛法，你还能怎么办？”释迦牟尼也只好流泪。

魔存在的意义，就是破坏秩序、扰乱正法。而中国的妖，我们虽然讲过神妖的区别在于好坏，但大多数只是野生的精灵。他们会吃人，会占山为王，但都是为了生存，没有生下来就为了破坏秩序的。

《西游记》里有一个有趣的例子，就是孙悟空。孙悟空刚学艺归来的时候，众位天神喊他“妖猴”或“妖仙”，并不喊他是“魔”。因为他占山为王也好，打出御马监也好，偷蟠桃、偷御酒也好，有的是为了生存，有的是一种报复反击，他只是争一个地位，争一个尊严，或者干脆就是嘴馋，并没有推翻天庭的想法。

但当他从八卦炉里逃出来，要打上灵霄宝殿的时候，情况就变了。所以玉帝派人去请如来的时候，如来这时候正在讲经，听到消息就对弟子们说：“你们休得乱了禅位，待我炼魔救驾去来。”这个时候，孙悟空的身份就是“魔”了。在玉帝看来，孙悟空要彻底破坏这个秩序；而在如来看来，孙悟空是在“干扰正法”。之前我们讲如来佛降服孙悟空的时候说过，这时候的孙悟空，内心开始膨胀，开始不受自己的控制，这个时候，他就可以被称为“魔”了。

妖有还不错的妖。例如荆棘岭的几位树精，只是喜欢吟诗作对而已，他们唯一的罪过就是阻碍唐僧西行。又比如天竺国的玉兔公主，除了想和唐僧结婚外，并没有什么过分的举动，甚至还很可爱。所以你可以喊他们“树精”“玉兔精”，但并不能喊他们“树魔”“玉兔魔”。魔没有善魔、可爱的魔。因为“魔”这个字本来就具有否定的意义，就像没有“好的坏人”一样。

所以，妖需要生存，它们要么祸害人类，要么与人类合作，最终都是为了生存。而魔，搞破坏就是它们生存的全部意义。

从这个角度来说，妖是现实主义者，而魔是理想主义者，只不过他的理想和我们的正相反。

《西游记》有一个暗含的逻辑，就是西天路上的所有困难，无论是妖怪挡路，还是人间遇到的麻烦（例如灭法国王要杀和尚），都是唐僧这场修行旅途上遇到的“魔”。所以《西游记》第九十九回，回目叫“九九数完魔划尽”，说明唐僧遇到的九九八十一难，其实都是考验他的“魔”。这个“魔”就是抽象的意义，而不能具体指哪位妖怪了。

应该说唐僧早就领悟到了这一点。在第十三回，他刚刚离开长安的时候，来到扶风法门寺，有这样一段：

> 众僧们灯下议论佛门定旨，上西天取经的原由。有的说水远山高，有的说路多虎豹；有的说峻岭陡崖难度，有的说毒魔恶怪难降。三藏拑口不言，但以手指自心，点头几度。众僧们莫解其意，合掌请问道：“法师指心点头者，何也？”三藏答曰：“心生，种种魔生；心灭，种种魔灭。我弟子曾在化生寺对佛设下洪誓大愿，不由我不尽此心。这一去，定要到西天，见佛求经，使我们法轮回转，愿圣王皇图永固。”众僧闻得此言，人人称羡，个个宣扬，都叫一声：“忠心赤胆大阐法师！”夸赞不尽，请师入榻安寐。

“心生，种种魔生；心灭，种种魔灭”，是佛教常说的两句格言。《坛经》记载禅宗六祖惠能临终时说过：“心生，种种法生；心灭，种种法灭。”此处的“法”，佛教指一切事物和现象（自然也包括“魔”在内）。唐僧只不过把“魔”从里面单独拎了出来。大概意思是说，世界上本来没有“魔”，只因为人的心灵不能净化，就招来了各种“魔”的纠缠。但这也是一件好事，降服了这些“魔”，就能把自己提升到一个更高的境界。有很多人从心灵修炼的角度读《西游记》，就是这样看待里面的各种“魔”的。

为什么有的坐骑被收回了，有的却被打死了？

有很多人问过我这么一个问题：在《西游记》里，为什么有的妖怪被主人带走了，有的妖怪却被打死了？

这是一个非常有意思的问题，网上一搜，保准有一大堆答案。比如，有后台的妖怪都被带走了，没后台的都被打死了，这其实是《西游记》在讽刺明朝社会的黑暗，是作者用心良苦。有后台的妖怪都是如来故意安排的考验，没后台的是野生的，自然没人护着他们，是如来布的一个局。

那么这些说法对不对呢？当然不能说错。但是这个问题其实还有更有意思的思考角度。这也涉及我们阅读名著的一个重要方法。

你可以看看，有后台的妖怪都是什么来历呢？

他们都是神仙的坐骑、跟班、宠物，比如文殊菩萨的青狮、普贤菩萨的白象、如来佛头上的大鹏以及观音菩萨的金毛犼、救苦天尊的九头狮子。

在明代，这些都是大大有名的人气角色。在庙里，和老百姓家里墙上，随时随地都能看到这些妖怪。

即使在今天，寺庙、道观里也到处可以见到，这些妖怪，和主人早已合成了一体，成为一个个“文化符号”。大家提到文殊菩萨，就会想到他骑一头青狮；提到普贤菩萨，就会想到他骑一头白象。

青牛精偷了太上老君的金钢琢，十分厉害。这头青牛也是非常有名。传说老子（即太上老君的人间化身）骑着一头青牛，出了函谷关。守关的官员叫尹喜，看到东方来了一片紫气，就拦住老子，请他写了一部《道德经》，才放他走。画家非常喜欢画这段传说，有关这个传说的画一般就叫《紫气东来》，被挂在很多人家的墙上。甚至今天还有很多人家，直接在大门上镶“紫气东来”这四个字的瓷砖。这头青牛就一直跟随在老子身边，最后驮着他一直向西，消失在茫茫流沙里，不知所终。

甚至在很多画像上，青牛的鼻子上都画着一个圈子。这个圈子在普通的牛鼻子上也有，是主人牵牛时的一个拉环。在《西游记》里就被写成了第一厉害的法宝——金钢琢。

通天河的鲤鱼精，虽然不是观音菩萨的坐骑，但是鱼篮观音造型的重要元素。鱼篮观音是非常有名的观音菩萨形象，在各种绘画、雕塑里经常出现。因为传说观音菩萨能现三十三种化身，鱼篮观音就是其中一种。这里有一个流传很久的故事。

根据佛教传说，观音菩萨得道之后，便化作普通人，教化百姓。唐代的某一年某一天，在陕西一个叫金沙滩的地方，人们发现一位美丽少女，正在卖竹篮里装着的两尾鱼。金沙滩上有许多单身汉，见她长得很漂亮，就纷纷跑来说亲，争着想娶她为妻。少女笑着说：“你们这么多人，让我嫁给谁呢？这样吧，我教你们念一篇叫《普门品》的佛经，你们谁能在一天之内背下来，我就嫁给谁。”

大家一听，都觉得可行，于是便答应了。这篇经文约有 2000 字，一天之后，约有一半的人背了下来。少女又说：“还是不行，《普门品》只是入门的，还不能最后分出胜负，我再教你们念《金刚经》，谁一夜之间背下来，我就嫁给谁。”《金刚经》有5000多字。第二天，能完全背会的，只有三四个人。

少女又对剩下的几个人说：“最后的胜负还没有分晓，你们谁能背下《法华经》，我一定嫁给他。”这部经将近80000字，三天之后，有一个叫马郎的背会了。于是少女便答应嫁给马郎。可是新婚那天，她却无缘无故地死了。马郎十分难过，只好将她的尸体掩埋了。

过了几天，有位老和尚叫马郎掘开坟墓看看。马郎打开一看，里面竟然没有尸体，只有一副黄金的骨架，所有的骨节都是连锁的，简直是神迹。马郎这才知道这是观音菩萨点化了他，就雕刻了菩萨手提鱼篮的像供奉起来，人们便称之为“鱼篮观音”或“马郎妇观音”。

这个故事在民间流传非常广，所以《西游记》也把这个形象写了进来。孙悟空救不出师父，来到普陀山找观音菩萨求援，发现菩萨没有梳妆，衣服也穿得很随便，正在那里砍竹子，编篮子。这个形象，就是鱼篮观音的形象。

鲤鱼精的兵器是一把大锤，是用一枝没开的荷花骨朵变成的。这枝花骨朵，也是鱼篮观音画像的重要道具。一般的鱼篮观音画像里，观音提鱼篮，旁边的童子捧着花骨朵。因为当时人们都很熟悉《西游记》，就把这花骨朵写成大锤了。

说了这么多，你就可以发现，《西游记》的特点是：书里许多人物，并不是作者首创的，而都是有来历的，都是借用了民间神话传说里本来就有的角色。

为什么借用？因为他们人气高。《西游记》里的人物，要依托大量的民间故事、神话传说。正面人物固然需要借用（比如玉帝、托塔天王、哪吒、观音菩萨、如来佛祖……），反面人物也同样需要借用。但反面人物总不能安排那些正神出场（比如让哪吒下凡当妖怪，这老百姓肯定无法接受），那只能安排坐骑、宠物了。

借用这些旧有的角色，当然是为了故事好看，增加人气。老百姓一听，发现他们熟悉的这些神仙、坐骑都在故事里呢，他们就喜欢听了。不然的话，你另起炉灶，新创一些人物出来，就会冒很大的风险，因为这样很可能不被老百姓接受。而且在明清时期，文化水平低的人很多。《西游记》借用了老百姓本来就熟悉的人物，才能让他们快速进入故事。这是写故事的经验。

但这样一来，就造成了另一个问题：请神容易送神难。

既然是请过来联动的人气角色，作者当然不能随便把他们写死。因为这和老百姓的认知相违背：我天天去庙里，能看到文殊骑青狮，普贤骑白象；家里的墙上，还挂着老子骑青牛的画。怎么这些角色到你故事里就死了呢？

我们再假设一个更夸张的结局：孙悟空大闹天宫，一棒子把玉帝打死了。你瞧瞧这本书还能不能卖出去？当然不能，因为这完全违背了当时老百姓的认知。

虽然他们是虚构的神话人物，但神话人物也不是随便被编排的，老百姓对神话人物也有一个固有的认知。这么写会颠覆读者固有的认知。

我从小看金庸先生的武侠小说。金庸先生的《倚天屠龙记》里面有个主人公叫张无忌。张无忌的武功可以说是登峰造极了。但是张无忌生活的年代是元末明初。故事里面出现了真实的历史人物朱元璋、陈友谅。他们的影响力不如张无忌。但故事最终是张无忌隐退江湖，朱元璋当了皇帝。

张无忌那么厉害，金庸怎么不让他把朱元璋、陈友谅干掉，自己当皇帝呢？因为金庸先生不能让故事和历史违背啊。一旦这样写了，就会违背读者的认知，书就卖不出去。

所以我们再来看一看，被孙悟空打死的，或被干掉的都是什么妖怪呢？有这样几位：一堆白骨成精的白骨精，隐雾山的豹子精，驼罗庄的大蟒精，车迟国虎力大仙、鹿力大仙、羊力大仙，玄英洞的辟寒大王、辟暑大王、辟尘大王。

民间传说本来没有这些妖怪，庙里也不供着他们，老百姓家里也不挂他们的画像。这些妖怪就是《西游记》作者原创出来的。既然是作者原创的角色，作者让孙悟空收拾他们，自然是不心疼。

所以说，有后台的妖怪都被救走了，它们确实有“后台”，但这个后台并不是什么大神，而是我们老百姓自己。

这是一条写故事的规律，如果无视这个规律，一定会出问题。

有失败的例子吗？有！

20世纪有一位周楞伽老先生，写了一本书，叫《哪吒》。这本书综合了很多旧小说、民间故事里的哪吒故事，后来还被改编成了连环画。应该说这本书文笔很好，故事也非常精彩，但影响力没有那么大，是因为它有一个严重的问题。

这部书在最后，说哪吒帮孙悟空割断了金箍儿，孙悟空就没有跟唐僧去取经。两人来到观音的普陀山，发现观音菩萨是一个贪财的女人，聚敛了很多善男信女的金银财宝。他们就把财富分给天下的受苦人，把观音打落在海里。

我当时看到这里，十分震惊。我们都知道，根据《西游记》，唐僧是带着孙悟空去取经的。观音菩萨在大多数人心目中是救苦救难的。这种和大众常识严重违背的剧情，怎么能让老百姓喜欢呢？一句话：你既然借用《西游记》的剧情和人物，你就得尊重这个基本框架。虽然作者的创新可谓勇气可嘉（而且带有一些时代背景的影响），但它就是失败的。

有后台的妖怪都被救走了，基本上就是这么回事。不过，这里体现的一个看问题的方法和读名著的态度，值得聊一聊。这个方法就是，如果能用普遍规律的逻辑讲通一个问题，就尽量不要用特殊的逻辑。换句话说：假设越多，越不靠谱。

比如有一天，你出门到车库一看，发现车门上的漆被划坏了，被谁画了个圈！

第一种解释：气死我了！哪个熊孩子手欠！

第二种解释：有一个老和尚想点化我，故意画了一个圈，让我悟到生命无非是一个轮回。

你相信哪种解释呢？

假如现场没有监控，这件事就很难知道真相了。显然，把这件事解释成有人手欠是最合理的。因为它是一种底层的逻辑，是根据小区的普遍规律判断出来的。任何一个小区都会发生这种事。而不是加入了什么老和尚等想象和假设。

名著也是这样。当作者用了一个特殊的奇怪词语时，在认为这个字有什么深意之前，你首先要看看是不是作者的笔误。

当作者写出了一个特殊的情节时，在认定这是作者有什么布局、伏笔之前，你首先要看看这是不是他不得已这样写。

当作者写出了几个人物时，在认定这是他影射明朝或清朝政局之前，你首先要看看是不是当时其他的小说也用了同样的写人物的套路。

我们搜集的资料越全面，对名著的认识就会越清楚。这样才会认识到哪些是普遍规律，哪些是这本书特殊的地方；哪些是真正有价值的，哪些只是普通的套路。否则，就只能是少所见、多所怪。

三打白骨精的故事告诉了我们什么?

三打白骨精这个故事，哪怕不讲你也大概知道。唐僧师徒经过白虎岭，白虎岭有一个白骨精。白骨精为了吃唐僧的肉，连续变化了三次：第一次，变成了一个少女；第二次，变成了一个老太太；第三次，变成一个老公公。结果都让孙悟空识破。但前两次白骨精被孙悟空打倒后，都留下一具假尸体逃走了。

我们在很多地方都看过这个故事，都替孙悟空感到委屈。那么，是不是说明唐僧人妖不分，是个糊涂虫呢？孙悟空完全冤枉呢？可能还真不一定。

要讲三打白骨精的故事，我们需要回顾一下前面的一些细节，这对我们理解剧情有益。

细节一：孙悟空对猪八戒的态度。

师徒四人凑齐后，四位菩萨变成了四位美女，试探他们的诚心。猪八戒上了当，被吊在树上，孙悟空对他好一顿挖苦。

细节二：猪八戒对孙悟空的态度。

在五庄观，清风、明月把唐僧师徒锁在屋里。猪八戒担心孙悟空自己变化了跑了。孙悟空苦笑着说："我头上有一个金箍儿，只要师父念咒，就会头疼，所以不可能丢下你们的。"这是猪八戒第一次知道孙悟空还有怕的事情。

细节三：唐僧对孙悟空的态度。

猪八戒想吃人参果，就撺掇孙悟空去偷吃。结果他们被发现，孙悟空发怒推倒了果树，害得唐僧耽误了行程。唐僧并没有怪罪八戒，而是埋怨孙悟空："你这个猴头，番番撞祸！"

细节四：孙悟空对唐僧的态度。

孙悟空刚开始跟随唐僧的时候，还经常言里语里嘲笑，甚至说"当一天和尚撞一天钟"这样阴阳怪气的话。但到了五庄观，孙悟空就几次提出替唐僧受刑，不肯让唐僧受一点儿委屈。

刚才列举的都是典型例子，这些细节体现了师徒间四个趋势：孙悟空对唐僧的感情是逐步加深的，对猪八戒一直极尽挖苦，猪八戒对孙悟空一直心怀不满，唐僧对孙悟空有所抱怨。

团队中这四个趋势，就导致了后面三打白骨精的大爆发。取经队伍第一次分崩离析，也是这四个趋势在隐隐地起作用。

唐僧师徒离开了五庄观，走了不远，又看见一座高山。唐僧饿了，叫孙悟空去化斋。这里有一段对话：

> 行者陪笑道："师父好不聪明。这等半山之中，前不巴村，后不着店，有钱也没买处，教往那里寻斋？"三藏心中不快，口里骂道："你这猴子！想你在两界山，被如来压在石匣之内，口能言，足不能行，也亏我救你性命，摩顶受戒，做了我的徒弟。怎么不肯努力，常怀懒惰之心？"行者道："弟子亦颇殷勤，何尝懒惰？"三藏道："你既殷勤，何不化斋我吃？我肚饥怎行？况此地山岚瘴气，怎么得上雷音？"行者道："师父休怪，少要言话。我知你尊性高傲，十分违慢了你，便要念那

话儿咒。你下马稳坐，等我寻那里有人家处化斋去。”

唐僧对孙悟空早有怨气了，不然不至于一言不合就口角起来。所以故事开篇就已经定了调子，绝不会轻松收场。

孙悟空发现了一片桃林，就去摘桃子了。唐僧在原地坐着，过了一会儿，忽然看见前面有个人走来，就说：“八戒、沙僧，悟空刚说这里旷野无人，怎么那边走过来一个人呢？”猪八戒说：“师父，我去看看。”

他就迎上去一看，发现来的是一个年轻漂亮的姑娘，左手提着一个青砂罐，右手提着一个绿瓷瓶。

注意原著这里的细节描写，下面每个人的说话，每个人的动作都很重要。原著很长，我挑重点的写在这里了。

猪八戒一看就动了凡心，叫道：“女菩萨，你这是去哪里？手里提着的是什么东西？”姑娘连声答应：“长老，我这青罐里是香米饭，绿瓶里是炒面筋，是给几位师父送斋饭的。”

猪八戒满心高兴，急忙跑回来说：“师父，那猴子不知去哪里摘桃子玩耍去了，这不有现成的斋饭？我们吃点吧。”

唐僧连忙站起来施礼：“女菩萨，你府上在哪里住？为什么要送斋饭给我？”

姑娘说：“师父，我家住在正西。我父母都是念佛向善的人，我丈夫现在带着几个人在山北种田。这是我煮的午饭，送给他们吃的。正好碰上三位，就把这饭献给师父。”

唐僧说：“善哉，善哉！我要是吃了，你丈夫岂不没了午饭？难道不骂你？”姑娘又说：“师父，没事的。我丈夫也是个善人，他要是知道我把饭给师父吃了，他还会对我更好呢。”

唐僧听了，还是不吃。猪八戒急了：“现成的饭，分三份倒不吃，只等那猴子来，分四份才吃？”他一嘴把罐子拱倒，就要动口。

正好孙悟空摘了桃子回来，一看这姑娘，就掣铁棒，当头就打。吓得唐僧连忙拉住："悟空！你要打谁？"

孙悟空说："师父，这个女子不是好人，她是个妖怪！"唐僧说："你这猴子，以前也有些眼力，现在怎么胡说八道？这明明是良家女子，怎么会是妖怪？"孙悟空说："师父，你不认得。她是妖怪变化的女子，专门来吃你的肉的！"

唐僧还是不信，孙悟空就说："师父，我明白了，你看她漂亮，一定是动了凡心了。得了，就叫猪八戒砍树，沙和尚搂草，我做木匠，就在这儿搭个窝棚，你俩成了亲，我们大家散了，何必去取经呢？"

这一番话，说得唐僧满脸通红。孙悟空趁机劈头一棒，把姑娘打死了。

唐僧大吃一惊："悟空，你、你怎么无故伤人？"孙悟空说："师父别急，你来看，这罐子里是什么东西？"唐僧近前一看，哪里是什么香米饭，却是一罐子拖尾巴的蛆；也不是面筋，却是几只青蛙、癞虾蟆，满地乱爬乱跳。

唐僧这才信了三分。谁知猪八戒没吃上饭，就在旁边挑唆说："师父，你可不要信这猴子。他是怕你念紧箍咒，使了个障眼法，把一顿好饭变成这些臭东西，好防你念咒呢。"

唐僧耳朵软，果然信了猪八戒的话，就念起紧箍咒来。孙悟空忙叫："头疼，头疼！不要念，不要念！有话好好说！"唐僧板起面孔说："出家人要慈悲为怀，你怎么无故伤人？取回经来有什么用？你回去吧！不要你做徒弟了。"

这个故事，叫一打白骨精。故事的结局当然你也知道，孙悟空打倒的少女，只是一具假尸体，白骨精早就跑了。

孙悟空打的确实是妖精，所以唐僧要赶走孙悟空，是不是人妖不分呢？

其实这里有个问题，孙悟空看对方是妖怪，是用他的火眼金睛看的。但他这个火眼金睛，是不是就一直就准确呢？

其实并不是。你仔细翻翻原著就知道，火眼金睛只能大致一看。对方如果是神仙，身边就有祥云瑞气；如果是妖怪，就会有妖气。这火眼金睛并不能像电视里演的那样，跟透视似的，看出对方的本相。

如果对方把妖气藏起来，孙悟空就看不见了。比如黄袍怪钻到水里，水气遮盖了妖气，孙悟空就找不到了。另外，有些厉害的妖怪，能让妖气消失。如乌鸡国的狮子精，变得和唐僧一模一样，这在原著里叫“气体相同”，孙悟空也就认不出了，只能通过谁会念紧箍咒来辨别。

而且，孙悟空用火眼金睛观察对方，是需要仔细地看的。他在火焰山，牛魔王变成猪八戒来骗他，他没细看，就上了当。就像文物鉴定一样，鉴定师也不是随便扫一眼，就能鉴别真假，而是得细细地看，甚至还得化验分析。

所以不要认为火眼金睛像X光透视一样，必然正确，毫无差错，它失败率还很高。孙悟空在整部书中，使用火眼金睛辨识对方有31次，成功18次，失败11次，还有两次没写清楚，成功率58%。要是严格来说，还不能算及格。

在这种情况下，唐僧就没有理由100%信任孙悟空了。因为你准确率并不高嘛。所以唐僧也只不过承认他“有些眼力”而已。孙悟空的眼力，可以作为决策的参考，根本到不了一锤定音的程度。

你回顾一下唐僧的几句话，他其实并不信任这少女。他盘问少女住哪里，要去干什么，但是白骨精对答如流，唐僧也就不好说什么了。

孙悟空要打这少女，当然是有原因的，比如他用火眼金睛看出了一些妖气。但是你倒是跟唐僧解释呀，比如说：“师父，我看她有妖气。妖气是什么样子的。所以她是个妖精。”这几句话很难说吗？当然不难。但孙悟空解释了吗？没有！

唐僧一拦，孙悟空就说：师父你是不是看上她，想跟她成亲呀？你说这是沟通问题的态度吗？不是，这叫“抢白”。孙悟空心高气傲，图嘴上痛快。但是这种性格，就造成了双方都没有有效沟通，最后闹掰了。

当然，孙悟空为什么不肯好好沟通，非得要抢白唐僧呢？这也是有原因的。他化斋前被唐僧骂了一顿，自己也心怀怨气。这个怨气，是从偷吃人参果积累下来的。所以一环扣一环，诸多细节把局面推到了这里，悲剧就必然发生了。

这里面谁最能坏事呢？是猪八戒。猪八戒一看女孩漂亮，就动了凡心，一看有好吃的，就忍不住要吃。最后，猪八戒没吃到，就诬陷孙悟空，说他用障眼法把饭菜变成虫子了。

那么，猪八戒说这些是不是很突然呢？一点都不突然。作者在前面铺垫了好多次了。孙悟空跟猪八戒有多次矛盾，比如猪八戒被吊在树上，孙悟空就嘲笑挖苦。这些矛盾都是会积累的。在五庄观的时候，猪八戒第一次知道孙悟空怕紧箍咒。这个伏笔，在这里显出作用了。唐僧念紧箍咒，多一半是猪八戒挑唆的。

另外，孙悟空比猪八戒有本事，猪八戒对此心怀嫉妒，这个心理活动在后面会展现出来。孙悟空走后，猪八戒在宝象国大摆威风，居然以大师兄自居了。

后面的二打、三打白骨精，就不用多讲了。第三次打的是一个老公公。孙悟空想：“这回再不能叫她跑了！”就念动咒语，叫本处土地、山神都在空中照应，然后一棍把白骨精彻底打死了。老公公马上变成了一堆骷髅，脊骨上还有一行字，写着“白骨夫人”。

你去看原著就知道，唐僧这时候，还是相信孙悟空的。哪知道猪八戒又在旁边挑唆，说这骷髅也是孙悟空使的障眼法。唐僧这才下定决心，写了一封贬书，把孙悟空赶走。

孙悟空当然不愿意走。在这里，他表现出对唐僧的感情。他说：“师父，我这就走，请你受我一拜。”唐僧转过身去不理，说：

“我是个好和尚，不受你这歹人的礼！”孙悟空就把脑后毫毛拔了三根，吹口仙气，叫：“变！”就变了三个孙悟空，连自己四个，四面围住师父下拜。唐僧左右躲不脱，没办法，只好受了一拜。这份感情决定了孙悟空日后肯定还得回来。而这个伏笔也早在五庄观的时候就埋下了。

所以唐僧把孙悟空赶走，唐僧有错误吗？当然是有错的！那么他的错误是人妖不分吗？当然不是。他本来就是一个凡人，能力是有限的。前文不是说了吗，连孙悟空的火眼金睛的正确率都不太高，怎么要求唐僧他分辨人妖呢？

唐僧的错误，在于对队友的不信任和不了解。

中国有一句老话，叫“用人不疑，疑人不用”。既然你和这个人有合作，结成队友，那就应该有起码的信任。没有信任，一味地听猪八戒胡搅蛮缠，这支队伍是走不远的。孙悟空跟了唐僧这么久，有了很深的感情。唐僧就看不出来这份忠心和感情吗？就算孙悟空未必每次都看准，就算他心高气傲，唐僧怎么不认真地听一听他的意见呢？

所以“三打白骨精”这个故事，应该让我们认识到两件事：第一，孙悟空和唐僧双方都有责任；第二，孙悟空和唐僧双方都有能力上的局限。所以，不存在一方绝对正确，另一方绝对错误的情况。

你可能会问，为什么不能把孙悟空的火眼金睛写得百分百准确呢？你想，这个世界最普遍的状况，就是我们每个人的能力都有局限，都不能完全对陌生的情况有十足的把握。只有这样，我们才需要建立团队，互相合作。而合作的过程中，不存在一个百分百解决问题的能手，也不存在一个百分百智慧的领袖。在合作和信任中认识陌生事物，才是常态。在认识中犯错误，也是常态。只有这样，原著故事写的人际关系才是真实可信的。如果把火眼金睛写成百分百准确，那反过来唐僧就是百分百的愚蠢，这反而毫无意义了。

妖怪社会的发展史

《西游记》写了很多妖怪。但它是明代的书，在它之前的古籍里，也有很多妖怪故事。从这些故事中，似乎可以理出一条脉络，那就是妖怪社会和人类社会一样，也有一个发展、进化的过程。

这并不奇怪，因为妖怪故事是人类创造的，肯定也遵循从简单到复杂、从低级到高级的规律。而且，妖怪本来就是自然界的拟人化，所以在这些故事里，妖怪社会的进化和人类社会的进化路线几乎是一模一样的。总的来说，越是早期的妖怪故事，里面的妖怪就越简单、低级；反之就越复杂、高级。

早期的妖怪故事，比如魏晋之前的妖怪似乎都是单打独斗的。妖怪故事的画风往往是一个地方，一头牛、一只老虎、一条蛇，甚至一盆花成了精。它们害了人，或者做了些其他的神奇的事，就消失了。既不曾听说它属于某个团体，也不曾听说它和什么同类有来往，只是独来独往。

这其实就是原始妖怪的特征。比如晋代学者干宝《搜神记》里的《大石自立》曾如此描述：

吴孙亮五凤二年五月，阳羡县离里山大石自立。

完了吗？对，就这么两句话。某年某月，某地有一块大石头，自己站起来了。后面是干宝对“大石自立”这件事的解释了，就与故事本身无关了。

对于古人来说，石头自己站起来，这件事太反常，太奇怪了，就值得记一笔了。

这块石头并没有变成人形，不会说人话，甚至你都很难说它站起来想干什么。它既不是爱上了一个民间姑娘，也不是报答了什么人的恩情。按照我们之前的定义，它顶多算是“怪”而不算“精”。

这种情况，是无法收入到《西游记》里面的。比如第二十回，在黄风岭的农户家，孙悟空对主人说：“我老孙也捉得怪，降得魔。伏虎擒龙，踢天弄井，都晓得些儿。倘若府上有甚么丢砖打瓦，锅叫门开，老孙便能安镇。”

那么孙悟空真的干过吗？并没有。锅无缘无地故叫起来，门无缘无故地开了，《西游记》甚至都懒得给这种事编个故事，占点戏份，因为这些太原始了。

妖怪进化的第二个阶段，就是模拟人类。比如变成人形，使用人类的器物，甚至说人类的语言。这些标准里，说人话又是比较难的。比如《集异记》里有这么一个故事。

南北朝时，南朝宋有一个叫刘玄的人。有一天，天黑了，刘玄忽然看见一个穿着黑裤子的人来取火，头脸上没有七窍，一片模糊。刘玄赶紧请巫师占卜。巫师说：“这是你家前辈留下的东西，时间久了就变成了鬼魅杀人。趁它还没有长出眼睛，要及早除掉它。”刘玄就把那个怪物捉拿捆绑起来，用刀砍了几下。那怪物竟变成一个枕头。刘玄一看，枕头是他祖父用过的。

这个枕头精就比那块大石头进化了一些。它能初步变化人形了，但似乎还没有完全掌握变形技巧，以至于头脸还不能变出七窍来，也还不会说话。

《西游记》里也有一个类似的妖怪，这就是大蟒精。

大蟒精在驼罗庄附近出没，经常出来吃人。书里说它出现的时候，将一根长枪乱舞。孙悟空问它话，它也不答应。原来它是用蛇信子修炼成长枪。但是它还没有学会说人话，天亮了就要回洞府去。它独住在一个直来直去的山洞里，也没有家具，也没有小妖，更习惯以大蟒的本相活动。

妖怪发展的第三个阶段，就是形成家庭。

大概在南北朝时期，流传着一个《乌君山》的故事，故事说，乌君山是福建建安县的一座名山，有个道士徐仲山，在山里发现了一所大宅院。进去后，见宅院里婢仆成群。因主人欣赏仲山，就把最小的女儿许配给他。徐仲山在宅子里东走西走，忽然看到一间屋里，挂着十四件乌皮，另一个屋子里，挂着四十九件乌皮。徐仲山大吃一惊，一问才知道，这一家全都是乌鸦成精。这时候，有猎人放火烧山，众人都取来羽衣，四散飞去。原来看见的一片房屋，也都不见了。从此以后那个地方就叫“乌君山”。

这个进化就更进一步了。妖怪早已能变成人类，而且也按人类的习惯生活，有宅院，有儿女，甚至有非常完整的家族，也模仿人类使用仆人了。

妖怪家庭在《西游记》里是很常见的。比如金角、银角二位大王的干娘，是个九尾狐狸精，她还有个弟弟，叫狐阿七大王。一家子都是狐狸。

有了家庭，自然就有了社会交往。比如有一个著名的故事，叫《东阳夜怪录》，约创作于中唐时期。

故事讲的是一个叫成自虚的人，在破庙里遇到几个人，分别叫安智高、卢倚马、朱中正、敬去文、奚锐金、苗介立，以及胃藏瓠、胃藏立兄弟等人。这些人互相吟诗唱和。原来安智高是一头骆驼精（“安”音同“鞍”，驼峰又叫肉鞍，骆驼个子高），卢倚马是驴精（繁体的“马”和“卢”合起来就是繁体的“驴”字），朱中正是牛精（“朱”字中间是“牛”字），敬去文是狗精（“敬”字去掉反文旁是“苟”字，音同“狗”）……而且他们赋的诗，也都是暗示自己身份的诗谜。

这场赛诗会的意义很重要，因为它不但出现了妖怪家庭（胃藏瓠、胃藏立兄弟是两只刺猬精，一个藏在瓢里，一个藏在斗笠里），而且，还完整地描述了妖怪的社会交往。妖怪们也要交朋友，也要吟诗作对搞 party。

这个故事，直接影响了《西游记》。在《西游记》里，荆棘岭有四位树精，分别叫十八公、孤直公、凌空子、拂云叟。这四位分别是松树精、柏树精、桧树精和竹子精。他们的名字，以及他们写的诗，也暗示着他们的身份。例如十八公，就是“松”字的拆分。其他三位的名字也各有典故。

值得注意的是，《东阳夜怪录》这个故事被收在一部著名的故事集《太平广记》里，类型叫“杂传记”。之前那种大石自立和乌君山的故事，虽然够神奇荒诞，但是被当时人称为“志怪”。至少表面上当成真事来记的，属于非虚构。但杂传记则不同，它是真正意义上的小说，被作者当故事来编，读者也知道，属于虚构。大家都知道这事不是真的，只是当故事来听。

妖怪故事出现了“虚构”，这是一个划时代的意义。因为之前的故事，都是大家当真事记录的各种灵异事件。这些事件往往是有些依据的（例如“大石自立”可能就是被大风吹得立了起来），假如一时没有，大家也不会硬编一个出来。所以这些故事的产生要靠运气。假如一个地方十年不出一次灵异事件，那么就相当于这个地方的妖族十年都没有添丁进口。出现了“虚构”之后，那就是想要多少有多少。一个书生只要有才华，能写故事，随便一笔，妖界就会多出一大票人物。

人类主动地虚构，是妖怪世界的生产力革命。因为这代表着把人类的逻辑，成批量地输入到妖界。

妖怪进化的第四个阶段，就是形成了社会阶层。

这个不必多说，《西游记》里的妖怪，绝大多数都是生活在阶层中的，极少单独出来活动。大概的模式，就是一个大妖怪占一个山头，然后拉一帮小妖怪搞事情。

这种社会关系虽然简单，类似占山为王的强盗，或是一个独立的公司。但是其意义和乌君山中的妖怪相比，不可同日而语。因为这些大小妖怪之间，基本上没有任何亲属关系。

最典型的就是狮驼岭三个妖怪，合谋要吃唐僧，他们完全是利益上的合作。满山数万妖怪，虎豹狼虫不一而足，也没有血缘上的联系，完全是被三个大王的声威组织起来的。也许是为了吃唐僧，也许是人身依附，也许是别的，但一定是经济因素，而不是靠血缘组织起来的。

《西游记》里妖怪的社会关系，最复杂的是牛魔王，他不但有正妻，有儿子，还有兄弟，家里有仆人照料，有成群的小妖。他还有一大堆朋友，忙于应酬。碧波潭万圣龙王摆宴，请他去喝酒，他丢下孙悟空就走。这当然已经是非常错综复杂的社会关系，家庭、交际、阶层，样样都有，几乎把整个人类社会都搬进来了。

这种模式发展到高级形式，就是狮驼国，妖怪建立的一个国家。

狮驼国原来是一个正常的国家，后来大鹏精来到这里，先吃国王，后吃群臣，把百姓也都吃了。于是孙悟空眼里看到的就是：

> 攒攒簇簇妖魔怪，四门都是狼精灵。

斑斓老虎为都管，白面雄彪作总兵。
丫叉角鹿传文引，伶俐狐狸当道行。
千尺大蟒围城走，万丈长蛇占路程。
楼下苍狼呼令使，台前花豹作人声。
摇旗擂鼓皆妖怪，巡更坐铺尽山精。
狡兔开门弄买卖，野猪挑担赶营生。
先年原是天朝国，如今翻作虎狼城。

守门的是狼精，当将领的是老虎精（彪也是一种虎），鹿精当文官，连做买卖的都是各路妖怪。这可以说是《西游记》里妖怪社会的最高形式了。

《西游记》的妖怪世界是不是就发展到顶峰了呢？其实并不是。妖怪社会发展的最高阶段，是出现妖族的首领。

这一点，《西游记》有点落后了。比它晚一点的《封神演义》，出现了一位女娲娘娘。女娲娘娘有一面招妖幡，只要举起来，天下群妖聚会。女娲娘娘就是实际上的妖界首领。

不要小看妖界领袖。《西游记》都没有进化出真正的妖界首领，而且是物种意义上的首领。狮驼国只是一个地方政权。此外，清代神魔小说《济公全传》里也有一位妖界首领，叫五云老祖。五云老祖管押天下群妖，聚妖幡一晃，所有妖精都得听从号令。

当然，还是那句话：所有的妖怪故事都是人类创作的，其中必然会反映人类的想法。从而也可以预测，假如未来仍然有妖怪故事的话，它仍然会和我们人类社会同步。

法术 法宝 坐骑

孙悟空为什么不像
哈利·波特一样骑扫把？

《西游记》里有很多有趣的法术，但我觉得最有意思的是里面的飞行法术。

先提一个问题：说到《西游记》里的飞行法术，你能想起多少种呢？大概你第一个想到的是筋斗云。

筋斗云是怎么来的呢？读过原著的都知道，孙悟空本来是从花果山一块仙石中蹦出来的。他在花果山过了几百年的快乐日子，忽然有一天，流下了眼泪。小猴问他："大王，你怎么了？"孙悟空说："我们现在虽然快乐，但是终有一死啊！必须学一个长生不老之术。"

于是他就扎了一个木筏，出海去了，寻访了十几年，在灵台方寸山斜月三星洞，找到了一位老神仙——须菩提祖师。祖师教了孙悟空许多法术，最重要的就是七十二变和筋斗云。原著上说：

> 这朵云，捻着诀，念动真言，攒紧了拳，将身一抖，跳将起来，一筋斗就有十万八千里路哩。

诀，是用法术时候的手势、真言，就是咒语；翻筋斗，今天叫“翻跟头”。猴子特别喜欢翻跟头。《西游记》给孙悟空设计了这样的一个飞行法术，当然是结合了他的猴子特性。

除了筋斗云，还有普通神仙的驾云，这又是什么样子的呢？孙悟空是翻筋斗，这个没问题。但是普通的神仙都是“腾云”，不是翻筋斗。我觉得也有道理。孙悟空是猴子，猴子翻筋斗合情合理。太上老君、太白金星那样的老神仙，那么大岁数了，让他翻个筋斗飞上去，好像也不像话。

所以原著里说“凡诸仙腾云，皆跌足而起”，这就和孙悟空不一样了。注意这个“跌足而起”。跌，不是摔一跤的意思。太上老君那么大岁数了，摔一跤，老胳膊老腿儿受不了。跌足，就是跺脚。我们知道力的作用力和反作用力，你往地上跺一脚，然后地面给你一个反作用力，这样往上一蹿，就飞起来了。

孙悟空的筋斗云最快。一个筋斗，十万八千里。神仙驾云，往往比较慢。所以说孙悟空去天宫当弼马温的时候，太白金星的仙云比较慢，孙悟空一个筋斗就到了天宫，结果看门的天兵天将不让他进去，得等到太白金星来了才能进。

还有一种飞行方式属于妖怪。妖怪一般怎么飞呢？当然了，妖怪也有会驾云的，但是大多数妖怪都是驾风飞行。书上说猪八戒出现的时候，一片飞沙走石，狂风呼啸，这就是猪八戒来了。还有红孩儿，他把唐僧弄到洞里的时候，也是一阵狂风把唐僧弄走。

为什么神仙是驾云，而妖怪是驾风呢？这个也好理解。因为神仙基本上住在天宫里，而云彩离天比较近，所以说人们往往想象那些神仙驾着云彩飞来飞去。而风呢，往往是贴着地面的。当然，高空中也有风，但是你感觉不到，我们感觉到的所有的风，都是贴着地面刮的。妖怪一般来说不能上天宫，那只能是贴着地飞行了。

其实在《西游记》里还有一种瞬间转移的方式，我们不能叫它飞行，但是它的速度也很快，这就叫“缩地术”。

什么叫缩地术呢？古人认为大地深处有一种“地脉”，顾名思义，就是大地的脉络。其实我们现在看来，就是地下水流通的通道。但是古人科技不发达，他们不这么认为，他们觉得这些地下水流出来的弯弯曲曲的通道，和土壤本身是连在一起的。就好像是咱们衣服上的松紧带一样，可以用法术把它拉长了，也可以缩短。

用缩地术的时候，念一个咒语，就会瞬间从一个地方转移到另一个地方去，有点像《哈利·波特》里的飞路粉。但是不能路程太长。在红孩儿变成小孩，迷惑唐僧的时候，孙悟空用过一次，但只跨了一个山头。

> 好大圣，叫沙和尚前来：“拢着马，慢慢走着，让老孙解解手。”你看他让唐僧先行几步，却念个咒语，使个移山缩地之法，把金箍棒往后一指，他师徒过此峰头，往前走了，却把那怪物撇下。他再拽开步，赶上唐僧，一路奔山。只见那三藏又听得那山背后叫声：“救人！”长老道：“徒弟呀，那有难的人，大没缘法，不曾得遇着我们。我们走过他了；你听他在山后叫哩。”

古人真的相信这些，我还从古书上抄了一条咒语在这里：

> 一步百步，其地自缩，逢山山平，逢水水涸，逢树树折，逢火火灭，逢地地缩。吾奉三山九侯先生律令摄。

这个咒语灵不灵呢？其实一点都不灵。我上学的时候念过，根本不好用，还是得坐公交车。

说到这里，我们就把《西游记》里的几种飞行方式，包括瞬间转移，都说了一遍，那么我现在再提一个小问题：你觉得在《西游记》这部神话故事里，飞行，它到底象征着什么？

在我的认识中，神话是我们日常生活的象征。飞行，它是一种超能力，是我们这些人所没有的，但是它一定象征着我们生活中的某些观念、某些想法，或者某些期望。所以我认为，飞行象征着人类对自由的向往。因为人类是不会飞的，只有鸟儿会飞。人类希望自己自由自在，所以就把对飞行的这种幻想写到了神话故事里。

既然这样，那么我们就应该想到：不光中国有这种想象，外国人也应该有这种想象。人类的思想是相通的，不因为人种不同，我们的思想就会有什么区别。

那么，从现在开始，《西游记》的飞行法术就告一段落。我们现在开始看一看西方魔法有没有飞行。

这是一种比较的阅读方法。我们虽然讲的是《西游记》，但绝不应该仅限于《西游记》。和《西游记》相似的、相同的、相反的文学作品，都可以拿出来比较一番，这样，会开阔你的眼界。

很多人都读过西方的童话、西方的小说，会知道西方的魔法一样有飞行。那么，我们来对比一下西方的魔法和东方的法术，这件事很有意思。

《哈利·波特》是典型的西方魔法故事，是典型的英国巫师文化的代表。哈利在霍格沃茨魔法学校学会了各种法术，其中有一个最重要的法术就是飞行。

这些小巫师靠什么来飞行呢？非常简单：飞天扫帚。哈利·波特拥有过许多，一开始有一把光轮 2000，后来又得到了一把火弩箭，速度更快。

哈利·波特是一个天生的飞行奇才，所以他刚进霍格沃茨的时候就展现了出来，而且在魁地奇比赛中崭露头角。这些扫帚在《哈利·波特》里说得很神奇，其实在西方的巫师文化中，这些扫帚就是普通扫地用的扫帚。

因为西方的巫师飞行时用到的工具（或者说他们骑在胯下的工具），都是日常随手能摸到的东西，扫帚就是其中之一。有的人还骑着大衣柜，还有的人骑着水桶，还有的人骑的是杵臼（“杵”就是捣蒜的棒槌，“臼”就是捣蒜的罐子）。斯拉夫传说中，有一位女巫芭芭雅嘎，她就喜欢骑着杵臼飞行。

还有一种飞行的工具叫飞毯，一般出现在中亚的故事里。如果说扫帚是自行车的话，那么飞毯就是公交车。在神话故事中，飞毯是绿色的丝绸做的，而且非常非常大。飞毯的长度和宽度，足够所罗门国王所有的客人都站在上面。而且呢，上面有人也有神。人站在国王的左边，神灵站在右边。

还有一个故事叫《会飞的木马》，这是《天方夜谭》里的。据说一个印度的哲学家造了木马，他来到波斯国，把木马献给了国王。波斯国的王子骑上了木马，飞到了高空，落下来的时候遇到了一位公主，后来他们两个就在一起了。

希腊神话里还有一个人造翅膀的故事，有一位神奇的工匠叫第达罗斯，他和中国的鲁班一样，都是能工巧匠的鼻祖。第达罗斯有一个儿子叫伊卡鲁斯，他俩来到克里特岛，为国王迈诺斯建造了一座神奇的迷宫。迷宫里边养着一头大妖怪，是牛头人身的怪物，叫迈诺陶。童男童女进入迷宫，就出不来，被怪物吃掉。

后来的故事更著名，有一位大英雄忒修斯，要杀掉迈诺陶。他就用一团毛线球，把线头系在迷宫的外头，然后顺着线头走进去。杀掉迈诺陶之后，又顺着线头走出来，这样就不至于迷路了。

第达罗斯父子为迈诺斯修建了迷宫之后，迈诺斯生怕他们泄露秘密，就把他们父子关到了一座海边的高塔上。迈诺斯允许他们吃喝，但是就是不许他们出去。第达罗斯想到了一条脱身的妙计，他把每天的剩饭留下来等着海鸥来吃，海鸥每次来都会掉一些羽毛。

于是父子就把这些羽毛收集起来，用晚上点的蜡烛的蜡油，把羽毛粘在一起，做成了两对翅膀。

父子俩就从高塔上飞了出去。第达罗斯对儿子说："你不要飞得太高，因为上面就是太阳神的金车，你会被烧死。你也不要飞得太低，飞得太低就会落到海洋里。"但飞出去后，伊卡鲁斯忘记了父亲的劝告，他看到太阳神的金车非常漂亮，于是就想，如果到太阳上看一看多好啊，于是就越飞越高。但他忘了，他的翅膀是蜡粘的，离太阳太近，翅膀化掉了。他一下子掉到海里淹死了。

对于这件事，我想多说几句，伊卡鲁斯是为了自己的兴趣，到太阳上面看了一眼，但这是以生命为代价的。所以我在讲课的时候，经常问学生：如果你是伊卡鲁斯，你愿不愿意冒着生命危险，到太阳上去看一看？所有的学生都说不愿意。

后来，我又换了一种问法：假如有一座真理祭坛，所有的科学家只要进入了真理祭坛，就可以向它提一个问题，是你最关心、最想知道的问题。比方说宇宙的终极奥秘、恐龙灭绝的原因等等，反正一定是你最想知道的（这个故事源自著名科幻作家刘慈欣先生的中篇小说《朝闻道》）。

但是代价是什么呢？是问了之后不许出来，不许传纸条，不许打手机，也就是说不许把这个答案告诉外面的人。而且10分钟之后你就要被气化掉。我就问学生，如果你是这些科学家的话，你愿不愿意为了一个你最想知道的问题的答案，以生命为代价进去问一问呢？

这个时候，一个很有意思的现象就发生了。学生们往往会分成两派。一派特别想进去问一问，宁可付出生命的代价也要问。另一派认为这样是没有价值的，生命都没了，知道答案还有什么意义呢？这时候两派往往会发生激烈的争吵。

其实，这两派意见都没有问题，都是正确的。你愿意付出生命的代价进去问，说明你对这个世界的奥秘非常感兴趣。我们人类如果没有这种探求外部世界的兴趣的动力的话，我们就还会停留在茹毛饮血的原始社会，所以我很赞赏。

另外一批人，他们认为生命是最宝贵的。如果说我们人类不顾一切地去探求外在的奥秘，不顾自己的生命，我们也不可能活到现在，所以也是值得赞赏的。

到这里，我们就会碰到一个非常有趣的问题：飞行是一种自由，但是这种自由是有代价的。思考、探索，也是为了获得精神上的自由，但这种自由同样是有代价的。孙悟空一直想要自由，但是他也为自由付出了代价，那就是被镇压五百年。从神话故事讲到科幻故事，我们会发现它们其实有一个共同的内核，就是自由的代价是什么，以及我们为了自由，愿不愿意付出这种代价。

西方还有很多飞行魔法，比如希腊神话里的赫尔墨斯，他有一双飞靴，一顶飞帽。穿上飞靴，戴上飞帽，就会飞得很快。还有《尼尔斯骑鹅旅行记》里的大鹅，一个 14 岁的小男孩骑在大鹅上到处飞行。还有圣诞老人的驯鹿车。圣诞老人不是一个人，而是一种精灵，他会驾着鹿车在天上飞行。

讲了这么多之后，我们就可以做一点小小的总结了。我们刚才说过飞行象征着人类对自由的向往。但是我们发现，西方人和东方人实现飞行的方式，是不太一样的。西方人飞行有一个共同的特点：借助外物，借助一件外在的工具飞起来，比如扫帚、飞毯、木马、翅膀、飞靴、大鹅等。其实这似乎体现了人类的一种特性。他们愿意向外界去开拓，开发工具，征服世界，获得自由。

这当然是一种自由。但是东方《西游记》里的飞行又不一样，他们似乎都没有借助什么工具，而是用一个法术，念个咒语就飞起来了。其实，这似乎象征着人类的另一种特性：通过修炼自身、修炼内心来获得自由。

自由有两种。飞得高，跑得快，看得远，自然是一种自由。但是内心的自由，同样是一种自由。这大概是两种文化殊途同归之处。

我经常提起钱锺书先生的名言：“东海西海，心理攸同；南学北学，道术未裂。”无论是东方人、西方人，他们都有共同的心理，对一件事物有着同样的想象。无论是什么地方的学问，它们的内核一定是相通的。我们读《西游记》，不仅仅要知道它本身的故事，还要通过比较，知道它和其他名著、其他国家的作品，有什么共通之处，才会有更大的收获。

法宝中隐藏的原始思维

《西游记》里，有许许多多神奇的法宝。比如只要喊人的名字，对方要是答应了就会被装进去的紫金红葫芦。又比如如来佛把孙悟空压在五行山下，还得加一张金光闪闪的六字真言，才能把他彻底压住。除此以外，镇元大仙有一种人参果，人吃上一个，就能活四万七千年。那么这些法宝，难道就是小说家瞎编的吗？背后有没有科学的道理呢？

下面让我们来看一看。

平顶山莲花洞住着一个金角大王、一个银角大王。金角大王有一个羊脂玉净瓶，银角大王有一个紫金红葫芦，用的时候，底朝天，口朝地，喊人名字一声，对方如果答应了，就会被吸进去。

孙悟空知道了这个秘密，所以他去打这两个妖怪的时候，改了一个假名字，叫“者行孙”，来到妖怪洞外挑战。银角大王拿着葫芦出来，说：“我喊你一声，你敢答应吗？”孙悟空说：“你喊吧。”银角大王就把葫芦底朝天，口朝地，喊了一声“者行孙”。孙悟空开始不敢答应，银角大王又喊：“者行孙！”

孙悟空一想："嗯？我真名字叫作孙行者，起的假名字叫作者行孙。他喊我真名字，一定就吸进去了，喊我假名字，应该吸不进去吧。"他忍不住，答应了一声，哪知道这可上了当了。嗖的一声，孙悟空被吸进葫芦里了，原来这葫芦，不管什么名字真假，只要你答应了，就一定会吸进去。孙悟空费了好大劲，才变成一只小虫，从葫芦里飞出来。这个故事很有意思，但是你想过没有，用葫芦装人之前，为什么一定要喊他的名字呢？

鲁迅先生有一篇非常著名的文章《从百草园到三味书屋》，里面也有一个类似的故事。

有个书生住在古庙里。有一天晚上，他在院子里乘凉的时候，突然听到有人在叫他。他一面答应，一面往四面看，却发现有一个美女的脸露在墙头上，向他一笑，就消失了。他很高兴。结果过了一会儿，庙里的老和尚过来了，说："嗯？你脸上有些妖气，一定遇见美女蛇了。这是人首蛇身的怪物，能喊人的名字。你不答应什么事都没有，你要是答应了啊，晚上它就要来吃你的肉。"

书生一听，吓坏了，怎么办呢？幸亏老和尚给了他一个小盒子，叫他半夜放在床头。到晚上，果然来了，沙沙沙，门外像是风雨声。书生正在发抖，只见一道金光，从盒子里飞了出去，门外就没有了动静。金光又飞回来，回到盒子里。原来盒子里的东西叫飞蜈蚣，把美女蛇治死了。

另外还有一部神魔小说《封神演义》，这部书里有一个武将叫张桂芳，他有一种本领叫"呼名落马"。两军阵前，只要知道对方的名字，喊他一声，对方就会魂飞魄散，不由自主地落下马来。比如书里有这么一段：

> 且说张桂芳在马上又见武成王黄飞虎在子牙宝纛脚下，怒纳不住，纵马杀将过来。黄飞虎也把五色神牛催开，大骂：

“逆贼！怎敢冲吾阵脚！”牛马相交，双枪并举，恶战龙潭。张桂芳仗胸中左道之术，一心要擒飞虎。二将酣战，未及十五合，张桂芳大叫：“黄飞虎不下骑更待何时？”飞虎不由自己，撞下鞍鞒。军士方欲上前擒获，只见对阵上一将，乃是周纪，飞马冲来，抡斧直取张桂芳。黄飞彪、飞豹二将齐出，把飞虎抢去。周纪大战桂芳。张桂芳掩一枪就走。周纪不知其故，随后赶来。张桂芳知道周纪，大叫一声：“周纪不下马更待何时！”周纪吊下马来。及至众将救时，已被众士卒生擒活捉，拿进辕门。

也就是说，你遇到张桂芳，千万不要让他知道自己的名字。一旦被他知道，喊一声，你就掉下马来了。

其实这些故事都指向了同一个原理，就是：通过名字可以伤害到对方。所以，这种法术反映的其实是一种遍布全人类的巫术思维，叫“姓名禁忌”。

原始人都是很迷信。几乎所有地方的原始人，都有这样一种认识：人一旦取了名字之后，就和他的灵魂关联到了一起。如果名字受到了干扰，灵魂也会同时受到影响。一种法术作用到他的名字上，就相当于作用到了他身上。比如美洲有一个印第安人的部落，这个部落的人从来不把自己的名字告诉其他的部落。因为他们认为，如果告诉了外人，外面的巫师就会利用名字施魔法，伤害自己。

孙悟空被葫芦吸进去这个故事，也很好地体现了这个原理：临时取的名字和原来的名字一样，只要有了这个名字，就像一根指针一样，指向你的灵魂，哪怕是临时的，也和你的灵魂发生了联系。

当两件东西发生了联系或接触，如果对一件东西施法术，就会影响到另一件，这种原始思维就叫“接触律”。美女蛇和张桂芳的故事，也是这样。只要被知道了名字，美女蛇或张桂芳的法术就会顺着这条看不见的指针找过来，伤害到自己。

孙悟空大闹天宫，玉皇大帝没办法，只好请佛祖帮忙。如来佛来了之后跟孙悟空说："咱俩打个赌吧。你要是一筋斗云翻出我的手掌心，我就让玉帝搬到西天，把天宫让给你。"孙悟空就跳进如来的掌心。如来佛手一翻，把孙悟空拍下界来。五根手指化成五座大山，这就是五行山。

哪知道五行山根本压不住孙悟空。如来佛又拿出一张帖子，上写六个大字"唵、嘛、呢、叭、呢、吽"，原著管它叫"压帖"，贴在五行山顶上一块大石头上。石头这才生根，孙悟空就再也出不来了。

为什么五行山压不住孙悟空，非得加上这么一张压帖呢？这又是一种原始思维，叫"语言的迷信"。古人不懂科学，他们相信，语言是有魔力的。比如他们认为向天空说一些特殊的话，就会下雨；向河水说一些特殊的话，洪水就会退去。当然，这些话到底怎么说，古人认为只有巫师会，这就叫咒语。其实这种写着特殊文字的压帖，能让石头生根，就和下雨、退洪水是一样的道理，是语言迷信的一种表现。

其实，《西游记》里到处都有的各种咒语也是如此。比如孙悟空召唤土地神的咒语，叫"唵蓝净法界，乾元亨利贞"，念了之后，土地神或山神就会被拘得团团转，最后只能来拜见孙悟空。

这句咒语很有意思，前面一句，"唵蓝"和"净法界"，是融合了佛教和道教的两个常用语。后面一句"乾元亨利贞"，却出自儒家经典《周易》的第一卦"乾"卦，原文是"乾，元亨利贞"。别小看这两句咒语，这是融合了儒释道三种文化。

《西游记》里还有一种定身法。念个定身咒语，同时吐一口唾沫，就能把小妖定住。这都是语言巫术。书里还写了定身法的咒语，叫"唵吽吒唎"。在玉华州，师兄弟三人的金箍棒、钉钯、宝杖被黄狮精偷去了。孙悟空去找，路上遇到两个小妖，书上说：

> 行者听得要庆钉钯会，心中暗喜；欲要打杀他，争奈不管他事，况手中又无兵器。他即飞向前边，现了本相，在路口上立定。那怪看看走到边前，被他一口法唾喷将去，念一声“唵吽吒唎”，即使个定身法，把两个狼头精定住。眼睁睁，口也难开；直挺挺，双脚站住。又将他扳翻倒，揭衣搜捡，果是有二十两银子，着一条搭包儿打在腰间裙带上，又各挂着一个粉漆牌儿，一个上写着“刁钻古怪”，一个上写着“古怪刁钻”。

这个咒语，我小时候还试过呢。我叫一个小朋友来，跟他说：“我会定身法，要定你啊。”他当然信以为真，就老老实实站在那里。我喊一声“唵吽吒唎”，然后呸，吐了他一口。结果呢，当然没定住，我被揍了一顿。

五庄观有一位镇元大仙。镇元大仙有一棵人参果树，上面结一种果子，叫人参果。这种果子可了不得，三千年一开花，三千年一结果，再过三千年才能成熟。闻上一闻，能活三百六十岁，吃上一个，能活四万七千年。

这天镇元大仙要出门，就叫两个仙童看家。这时候唐僧来了，两位仙童就打了两个果子，给唐僧吃。唐僧一看：“这是什么呀？怎么有鼻子有眼，有胳膊腿儿，这是两个小婴儿啊。哎呀，你们怎么能吃人啊？拿走拿走，阿弥陀佛。”唐僧死活不吃，两仙童没办法，只好自己吃了。结果被猪八戒发现了，叫孙悟空去偷果子，这才惹出一场大祸。

这种宝物有意思的地方在于，为什么它长得像人，吃了就能长生不老呢？其实，这仍然是一种原始思维。这种思维认为两件东西如果有相似之处，那么它们之间就一定会有神秘的互相感应。因为人参果像人类，所以它里面的养分，就一定能够让人类延年益寿。这种思维方式，就叫“相似律”。

刚才说了三种法宝或法术背后的原理，你别以为我们和这种现象没有关系。没错，今天科学发达，迷信的思维已经很少了。但是，这种原始人的思维习惯，可是深深地印在了我们的骨子里。这已经不叫迷信了，而是叫“民俗”或者“习惯”。

比如说，你小时候一定有个小名，但公开的正式名字是学名。其实这就是接触律中“姓名禁忌”的痕迹。因为原始人认为，小孩子灵魂还很弱小，小名如果不外传，外人不知道，也就无法伤害他，小孩就能健康成长了。今天我们已经不这么想了，但是爸爸妈妈充满爱意地喊你小名，你觉得很亲切，不就能快乐成长了吗？

又比如，有很多司机喜欢在车上贴一张纸“出入平安”。其实安全驾驶不就行了吗？为什么要贴纸呢？其实这也是一种民俗。今天谁都知道，这四个字保佑不了什么，但是，这语言能给我们带来心理上的提示，时刻提醒司机安全驾驶，你看这不就有用了吗？

今天我们对人说“祝您健康”“祝您一路顺风”，这个“祝”字，本来就是巫师用言语向鬼神祷告的意思。今天“祝愿”这个词，虽然已经没有了迷信色彩，而只是一种口头上的期望，但我们说的每一句祝愿的话，本质上确实源于这种古老的原始思维。

还比如老人过生日的时候，要吃长寿面，把面条做得长长的，因为长面条和长寿，是有相似之处的。所以吃了长面条就寓意着会长寿。这就是“相似律”的体现。但是今天谁都知道这没有关系，但是老人觉得这种祝愿很美好，心里高兴，心态乐观，不就能长寿了吗？

所以这就给我们一个启示：当我们看神话故事的时候，一定不要仅仅关注它的表面的情节，而是要关注它背后潜在的逻辑，关注这种逻辑和今天的我们有什么关系。这些往往是今天社会学、民俗学研究的内容。当你知道故事背后的学问的时候，你就有了新的认识。

人参果故事的神秘背景

《西游记》里有一个故事，里面没有妖魔鬼怪，剧情也很轻松有趣，这就是五庄观偷吃人参果。

剧情很简单。地仙之祖镇元大仙的五庄观里，有一棵人参果树，吃了人参果就能活四万七千年。孙悟空偷了三个，道童清风、明月破口大骂，惹恼了孙悟空，他就把人参果树推倒，师徒连夜逃走。没想到镇元大仙神通广大，师徒两次逃跑都被抓回。孙悟空只好去海上求方，遍访海岛，都没有医树的方子，最后找到了观音菩萨。菩萨来到五庄观，用净瓶的甘露救活了人参果树。

但是，这个故事背后却隐藏着许多古老的原始思维以及古老的神话，值得详细聊一聊。

清风、明月把唐僧师徒锁了起来，孙悟空就使了个解锁法，逃出了五庄观。镇元大仙驾云赶来，孙悟空上前乱打。镇元大仙用拂尘招架了几个回合，就嗖地一甩袖子。那袖子突然长大了无数倍，把师徒四人和白马全都包在了袖子里。猪八戒在袖子里，用钉钯乱打，哪知道虽然是一层衣服，摸上去是软的，砸上去却比铁还硬。

原来这是大仙的一个厉害法术，叫“袖褪乾坤”，有的版本也写成“袖里乾坤”。乾坤，就是天地，意思是能把整个天地都吞进去。

这里有一个很有趣的问题。《西游记》里的“空间系”法宝、法术，似乎格外得多，不信我们来盘点一下：

金角、银角大王的紫金红葫芦、羊脂玉净瓶，都可以装一千个人。

黄眉怪的人种袋，扔起来可以装人。他还有一副金铙，也可以把人装进去。

狮驼岭的大鹏精，有一个阴阳二气瓶，把人装进去后，能把人缩小，而且有火龙来烧。

太上老君有一个金钢琢，后来被青牛精偷去。金刚琢可以套一切法宝。

如来佛有个金钵盂。六耳猕猴想逃走，如来扔出钵盂，把他扣在下面。

甚至观音菩萨的净瓶也是。她将净瓶抛下海去。这净瓶一瞬间就可以装整整一个海洋的水。

水德星君手下有一位河伯，是黄河之神，也有一个钵盂。一盂是一河，半盂就是半河水。

似乎越是顶级的神仙，越是喜欢使用这种“空间系”法宝。相反，我们看一看西方故事里的魔法就不太一样。宙斯的雷电、波塞冬的三叉戟、赫尔墨斯的飞靴等等，都不是“空间系”法宝。“空间系”在西方故事里，虽然不是没有，却远远没有《西游记》里“人手一件”的普及程度。

这是为什么呢？首先应该和传入中国的佛教神话有关。佛教神话有一种特殊的想象，就是一个狭小的空间内可以容下大量的事物。

比如佛教有一个著名的说法，叫“芥子纳须弥”。芥子是一种菜籽，须弥是印度神话中的山名，是世界的中心，极为高大。须弥山虽然大，却可以放在一颗芥子里，这当然是用来讲佛法广大、无所不包的一种禅理的。但这种思维方式却进入我们的文学故事中了。

中国本土的道家，也对奇异的空间有独特的兴趣。比如《后汉书·方术列传》有一个著名的故事。方士费长房年轻时，经常见到市场上有一个老翁卖药，每天在摊位上挂起一个壶（葫芦，古代称之为壶）。市场散了，老翁跳入壶中不见了。这让费长房惊讶不已，便用酒脯招待老翁。老翁知道长房的意思，便对他说："你明日可来。"

第二天，长房拜见了壶翁，两人一起进入壶中。费长房发现外表看起来小小的葫芦，里面竟宽敞、明亮，有层层叠叠的楼阁，简直像个神仙世界。从此，费长房即拜壶翁为师，学行医修仙之道。中医"悬壶济世"这个成语就是从这里来的。

在道教经书里，很多大神都有类似的空间法宝。比如元始天尊有一颗"大如黍米"的宝珠。他说法的时候，把宝珠放在空中，人们成批成批地走进去，等讲完了，再成批成批地出来。宝珠就像一间大教室一样。

甚至我们之前提到过的"洞天福地"，也可以视为一种空间系法宝。总之，在东西方民族的想象力中，西方人似乎在意的是力量，东方人似乎在意的是空间。

镇元大仙回到五庄观，把师徒捆在大殿柱子上，用鞭子打了孙悟空一顿。等到了晚上，孙悟空使个法术，把身子缩小，脱下绳子来说："师父，走呀！"就解开三个人，找了行李马匹，出了大门。

孙悟空又对猪八戒说："你去弄四棵柳树来，我有用处。"猪八戒就来到山崖边，一嘴一棵，拱倒了四棵柳树。孙悟空就叫他折断枝叶，把树根抱进去，照原样捆在柱子上，然后咬破舌头尖，在每个树根上都喷了一点血，念咒语，叫："变！"四棵树根就变成师徒四人的模样，喊他也会答应，问他也会说话。安排停当，这才离去。

镇元大仙第二天早上起来，走出来说："今天该打唐僧了！"那个拿鞭子的小仙就对唐僧说："打你哩！"树根唐僧就说："打么。"小仙抡着鞭子，打了三十鞭。

小仙又对猪八戒说："打你哩！"树根猪八戒也说："打么。"又打了三十鞭。

小仙又对沙和尚说："打你哩！"树根沙和尚也说："打么。"也打了三十鞭。

最后一个打的是树根孙悟空。孙悟空在路上，就打了个冷战："哎呀不好了！我以为他昨天打了我两顿，今天就不打了呢，谁知道今天还要打我的化身。这可受不了，收了法吧。"

说着，他慌忙念咒收法。五庄观那边小仙正打着呢，眼前的师徒四人嗖的一下子，变成了四棵大树根。

这段故事很有意思，因为孙悟空这个法术，也是之前提到的原始思维"接触律"的一种。原始人认为两件东西有联系或接触，两件东西之间就有了神秘的关系。对一件东西施法术会影响到另一件。

原始人认为人是有灵魂的，所以人身上的东西，比如血液啊，头发啊，指甲啊，不能随便丢，因为这些东西都是从身上掉下来的，是和自己身体有神秘的联系的。恶毒的巫师能够通过它们作法，伤害到自己的灵魂。

孙悟空给自己的化身喷了血上去，血和他身体是有联系的。所以这个化身就和他的灵魂发生了联系，就像有一根看不见的绳子一样系了起来。小仙打他的化身，孙悟空这边就会打冷战，觉得受不了。

其他三个树根身上也有孙悟空的血，为什么孙悟空不打冷战呢？因为鞭打者默认打的是唐僧、猪八戒和沙和尚，不是孙悟空本人，所以这根看不见的绳子，就不会系到孙悟空的灵魂上来。

除了血，还有头发、胡子和指甲。原始人对这三种东西格外重视，这个习俗流传了几千年。民俗学家江绍原先生，有一部书就叫《发须爪——关于它们的迷信》。

比如有些地方，孩子刚出生时，剪下的胎发不能乱丢，要保存起来，这是接触律的体现。因为原始人认为孩子的头发是他身体的一部分，是和灵魂连着的，如果被恶毒的巫师得到，知道这头发是哪个孩子的，就有可能通过这些头发伤害到孩子的灵魂。

还有一种民俗，就是剪下来的指甲也不能随便丢。因为猫头鹰喜欢收集人的指甲，会伤害到指甲的主人。今天我们当然不相信这些，但是，把胎发保存起来，或者做成毛笔等纪念品，却是爸爸妈妈疼爱孩子的一种表现。

前面的章节说过：镇元大仙的人参果，长得像人，吃了就能长生不老。这种神奇的想法，是另一种原始思维的体现。这种思维叫“相似律”。民间还传说，很多药材，什么人形的人参，人形的何首乌，吃了都能长寿。核桃像人类的大脑，所以吃了能补脑。黑芝麻是黑的，吃了能让头发变黑。这都是相似律思维在起作用。一个小小的偷吃人参果的故事，里面竟然蕴含着很多人类学、民俗学的底层思维。

孙悟空几次跑不脱，只好去海上寻找医树的方子。原著说，孙悟空驾起筋斗云，先到了蓬莱仙境，找到了福禄寿三星。福禄寿三星，就是福星、禄星、寿星。福星就是给人降福气的，禄星是让人升官发财的，寿星是让人长寿的。这三位，老百姓特别喜欢。虽然他们在道教里地位不高，但在民间地位很高，所以叫“民间俗神”。

福禄寿三星听了，说没有办法。孙悟空只好又到了方丈仙山，找到了东华帝君。这位东华帝君又是什么人呢？他又叫东王公，和西王母是一对儿，他是古代神话传说中主管东方的神灵，西王母主管西方。修道成仙的人，要先觐见西王母和东王公，才能升入天庭。所以你可以认为他是给天下修仙的凡人发毕业证的这么一个人。

孙悟空在东华帝君这里，还意外地遇到了一位小仙人，叫东方朔。

东方朔，历史上实有其人，活跃于汉武帝时期，以滑稽幽默著称。民间就流传着很多他的故事，说他是岁星（木星）之精，因为喜欢游戏，不务正业，又擅自玩弄雷电，终被贬在人间。他还和西王母做过邻居，经常去偷西王母的仙桃。这些故事最早甚至可以追溯到汉代。甚至可以说，孙悟空偷桃故事，很可能就是从东方朔偷桃的故事演变来的。东方朔调皮捣蛋的性格，和孙悟空也十分相似。所以这里孙悟空和东方朔发生了一段饶有意味的对话：

> 行者见了，笑道："这个小贼在这里哩！帝君处没有桃子你偷吃！"东方朔朝上进礼，答道："老贼，你来这里怎的？我师父没有仙丹你偷吃。"

东方朔在民间故事里，曾经在方丈山住过，所以作者把他安排在东华帝君这里。有趣的是，从故事的发展来看，东方朔反倒应该是"老贼"，孙悟空反倒应该是晚辈的"小贼"了。

但东华帝君也没办法医树。孙悟空最后到了瀛洲仙岛，见到了瀛洲九老。九老又叫九老丈人，负责天下凡人的功过。他们都没有医树的仙方。

孙悟空走过三座仙山——蓬莱、方丈、瀛洲，都没办法，又到南海落伽山来求观音菩萨。菩萨就去了五庄观，用净瓶里的甘露水，让仙树起死回生。

你说孙悟空这不是白跑冤枉路吗？他直接来找菩萨不就行了吗？非得去蓬莱、方丈、瀛洲干什么呢？

其实直接来也不是不行，但是小说除了讲故事，还有一个功能，就是尽量为我们展开小说里的世界，让我们看看这个世界的各个角落是什么样的。

《西游记》写的是一个中国传统神话的世界。这个世界，糅合了很多古代神话进去。而中国古代有两大神话体系，一个叫西方昆仑神山的神话体系，一个叫东方蓬莱仙岛的仙话体系。

西方昆仑体系的神话，大致是说，传说中国西部有一座大山，叫昆仑山，是宇宙的中心。山上有很多神，还有吃了果子就能不死的神树。之前的章节说过，人参果的故事，是从西王母神话来的。西王母就是昆仑神山体系里非常重要的一位大神。

而另外的东方蓬莱仙话呢？说东方遥远的大海里有三座神山，分别叫蓬莱、方丈、瀛洲。三座山就是海里的三个岛，岛上住着长生不老的仙人，还有无数的仙鸟、仙果，岛上生活非常幸福。但是没人能到达那里，因为三岛周围的海面上经常刮起大风，船一接近，就被风吹走了。秦始皇就相信这个神话，他想长生不老，派人出海去找，也没找到。

蓬莱三仙岛正好与西方的昆仑山相对。昆仑山在西边，三仙岛在东边；昆仑山在陆地上，三仙岛在海洋里；昆仑山上住西王母，三仙岛上住东王公。甚至这位东方朔，住在东方的仙岛上，却偷过西方王母的桃子。

怎么会这么巧呢？这是因为，我们中国传统的文化不是孤立的，而是得四面八方的文化融合到一起的。来自西方的部族，比如甘肃、陕西，就流传着西方昆仑山神话；来自东方的居民，比如河北、山东、辽宁，就流传着东方蓬莱仙话。这两套神话体系，正好是我们中华民族上古文明的两处源头。

所以偷吃人参果这个故事的背景实在是宏伟丰富极了。而原著为我们展开这幅中国古代神话图卷的方法，却是讲述了一系列轻松的喜剧故事。这份举重若轻的功力，至少我是佩服得五体投地。

孙悟空都有哪些本领？

《西游记》里，孙悟空在须菩提祖师那里学会了很多法术。关于筋斗云，之前说过了，另外还有一种重要的本领叫“七十二变”。原文是：

> 祖师道：“也罢，你要学那一般？有一般天罡数，该三十六般变化；有一般地煞数，该七十二般变化。”悟空道：“弟子愿多里捞摸，学一个地煞变化罢。”祖师道：“既如此，上前来，传与你口诀。”

七十二变，又叫七十二般变化。“般”就是种类的意思。在《西游记》里，孙悟空会“七十二变”，猪八戒会“三十六变”。七十二变又叫“地煞数”的变化，三十六变又叫“天罡数”的变化。为什么这么说呢？因为天罡、地煞，都是传说中的凶星。天罡星有三十六个，地煞星有七十二个，这个传说在古代民间广为流传。所以 72 这个数就叫“地煞数”，同理，36 这个数就叫“天罡数”。

《西游记》里还经常用一些大家耳熟能详的事物数量表示数字，比如“一藏之数”，专指5048这个数。因为一藏佛经是5048卷。所以猪八戒和沙和尚的兵器，斤两都是“一藏之数”，也就是重5048斤，和佛经本身没什么关系。又比如铜台府寇员外的年龄，是“止该卦数”，意思是只该活到64岁。因为当时人都知道《周易》有64卦。“卦数”就指64这个数字，和算卦本身没有任何关系。这种表达方法，就像我们经常说“一巴掌数”，意思就是5个。

网上有一个说法，说三十六天罡变化比七十二地煞变化厉害，所以孙悟空选错了，猪八戒比孙悟空还厉害，只是藏而不露。这种说法，其实是在有意无意地曲解。因为天罡和地煞，在这里只是表示数字而已。书里处处在明确：孙悟空比猪八戒会的变化多，能力强，并没有什么深层秘密。

那么，有没有天罡比地煞厉害的说法呢？有，但那是另外的书里的设定，比如《历代神仙通鉴》和四十回版的《三遂平妖传》。但这两本书都比较晚，等于用其他小说的设定改《西游记》的设定，那当然是没有道理的。

《西游记》里，无论是天罡变化，还是地煞变化，只是变化而已，变个人物或变个动物等等。地煞变化能变的种类多，天罡变化能变的种类少，仅此而已。但有的书里，有“天罡三十六法”“地煞七十二术”，包括“斡旋造化”“颠倒阴阳”“移星换斗”“回天返日”等等看上去特别神奇的名字，远远超出了“变化”的范畴，这只能说不同的书设定不同，是不能互相引用的。

祖师还对孙悟空说，学会七十二变，是为了躲避“三灾”：

> 但到了五百年后，天降雷灾打你，须要见性明心，预先躲避。躲得过，寿与天齐；躲不过，就此绝命。再五百年后，天降火灾烧你。这火不是天火，亦不是凡火，唤做“阴火”。自

本身涌泉穴下烧起，直透泥垣宫，五脏成灰，四肢皆朽，把千年苦行，俱为虚幻。再五百年，又降风灾吹你。这风不是东西南北风，不是和薰金朔风，亦不是花柳松竹风，唤做“赑风”。自囟门中吹入六腑，过丹田，穿九窍，骨肉消疏，其身自解。

这段是什么意思呢？其实这和民间故事里说的动物渡劫有关。

在民间故事里，上天对人的态度与对动物的态度是不同的。对人比较宽容，人类修炼并不需要渡劫，顶多是在修炼的过程中遇到一些考验。即使考验不通过，最多是修不成，也不至于死。

但上天对动物很残酷，动物想修炼成仙，就会遇到很大的考验。因为动物修仙，是一个非常违背“天道”的过程。上天会给它们降下各种劫难，只有渡过这些劫难，才能成仙。

为什么祖师跟孙悟空说这些呢？因为孙悟空是个猴子啊！

这种渡劫的说法，甚至今天网络小说里还经常出现，只不过这些小说错把这种动物才需要承受的劫难扩大化了，认为连人类修仙都需要承受，其实这是不对的。

猴子因为住在深山老林里，对于其渡劫的传说不太多。民间流传着很多狐狸、蛇、黄鼠狼等动物渡劫的说法。例如我家乡河北省中部，流传着狐狸修炼要过三劫的传说：

“童子劫”是指狐狸修炼到一定程度，要去小孩玩的地方出没，经受被小孩殴打的风险。因为小孩杀生无罪，所以被打死的就没有渡过此劫。

“车轮劫”是指狐狸渡过童子劫之后，要去车来车往的大路上等着，一段时间后，若没有被车碾死，狐狸就渡过此劫。

“天雷劫”是指最后一劫。渡过前两劫后，就会有雷劈狐狸。若没被雷劈死，就成了真正的狐仙。

狐狸怎么躲避这些劫呢？那就是学会变化。比如狐狸通过变成人类、器物，或者把身子变小、隐身等方式躲过天雷劫。这种故事，在古代的笔记小说里特别常见。

这个三劫，和孙悟空的“三灾”很相似，颇有些自然选择、自然淘汰的味道。按照这种避劫方式，淘汰掉的肯定都是些笨狐狸，眼明脚快、会法术的活下来了。

但是这种避劫，的确不合逻辑，清代大学者纪晓岚在《阅微草堂笔记》里就提出过疑问：

> 又狐避雷劫，自宋以来，见于杂说者不一。夫狐无罪欤，雷霆克期而击之，是淫刑也，天道不如是也。狐有罪欤，何时不可以诛，而必限以某日某刻，使先知早避？即一时暂免，又何时不可以诛，乃过此一时，竟不复追理？是佚罚也，天道亦不如是也。是又何说以解之？

狐狸到底有没有罪？如果狐狸没罪，用雷劈死它，这是滥刑（“淫”在这里就是滥的意思）。天道至公，怎么可以这样？狐狸要是有罪，什么时候不可以劈它？非得等到某时某刻，让它先知道了躲避起来？就是躲起来了，第二天不能劈它吗？过了之后，居然既往不咎了？

总之，这是一个很残酷的逻辑：优胜劣汰，适者生存，不适应的，没人拯救你，只有灭绝。动物的修仙之路，确实是险恶而充满诱惑。

不过，从后文可以看出，须菩提祖师说的这“三灾”，其实并没有发生。是不是作者忘写了呢？当然也有可能。但我更愿意相信这个逻辑：“三灾”是降给老老实实修炼的动物们的。你想孙悟空连生死簿都销了，天宫都闹了，上天早就拿出十万天兵、斩妖台、八卦炉、五行山对付他了，还降什么“三灾”？况且他从当弼马温开始，就已经被天庭承认了。此后再造反，就是用另外一套法则对待他了，什么“三灾”都是小儿科了。

孙悟空还会一些其他的法术，例如在第三回，花果山老猴问孙悟空能不能去水里，孙悟空说：

> 我自闻道之后，有七十二般地煞变化之功；筋斗云有莫大的神通；善能隐身遁身，起法摄法；上天有路，入地有门；步日月无影，入金石无碍；水不能溺，火不能焚。那些儿去不得？”

这里的“隐身”即隐身法，孙悟空经常用。念一个咒语，别人就看不见自己的身体。“遁身”也是隐形术的一种，但一般借助外物。比如土遁，就是把身子藏在土里；水遁，就是把身子藏在水里。“起法”“摄法”，是两种不同的法术。“起法”指运用法术兴起风、云、雷、电等自然力量，例如起风法、起雷法等。“摄法”有两种。一种是吹一阵风，把人弄走。西天路上的妖怪们也都会，经常用来抢唐僧。另一种是“摄召之法”，用法术招致神灵、鬼魂等。

孙悟空除了会法术之外，还会医道。在朱紫国，孙悟空展示过一个本领，叫“悬丝诊脉”。

朱紫国国王的王后在端午节那天被赛太岁抓去，国王惊恐成病，吃的粽子不能消化，滞留在肚子里。孙悟空到了朱紫国，要给国王看病。无奈国王被孙悟空的相貌吓到，孙悟空就提出可以“悬丝诊脉”，在不与病人见面的情况下诊出脉象，原文是：

> 话表孙大圣同近侍宦官，到于皇宫内院，直至寝宫门外立定。将三条金线与宦官拿入里面，分付：“教内宫妃后，或近侍太监，先系在圣躬左手腕下，按寸、关、尺三部上，却将线

> 头从窗棂儿穿出与我。”真个那宦官依此言，请国王坐在龙床，按寸、关、尺，以金线一头系了，一头理出窗外。
>
> 行者接了线头，以自己右手大指先托着食指，看了寸脉；次将中指按大指，看了关脉；又将大指托定无名指，看了尺脉；调停自家呼吸，分定四气、五郁、七表、八里、九候、浮中沉、沉中浮，辨明了虚实之端。又教解下左手，依前系在右手腕下部位。行者即以左手指，一一从头诊视毕……

寸、关、尺、四气、五郁、七表、八里、九候等等，都是诊脉的术语，我们不必去弄懂。重要的是，这三根金丝似乎起到了类似传感器的功能，把脉搏的跳动传递到孙悟空的手指头上。如果真的靠谱的话，这个原理和我们小时候玩的一种“土电话”是一样的：如果两边把线拉直了，互相确实能够听到对方说话。

孙悟空会医道，这件事是很突兀的，因为之前书里并没有提过。但是，民间流传着另外一个悬丝诊脉的故事，这是关于一个叫“保生大帝”的神仙的故事。

这段故事出自明代人编写的《保生大帝实录》，说是永乐大帝的皇后“患乳疾”，大概就是今天的乳腺疾病。保生大帝变化为一个道士求见。因为古代男女授受不亲，皇后不愿被保生大帝当面诊病，于是保生大帝提出悬丝诊脉。皇后还要试探保生大帝一下，先是把金丝系在猫的身上。保生大帝诊过之后，说“非熊非罴，乃猫也”。又把金丝系在门环上，保生大帝说“是金木性，非人脉也”。他能通过丝线探出另一头是什么东西，皇后这才相信他的能力，让他给自己看病。

有趣的是，1986 版《西游记》也用了这个试探的情节，而这个情节原著里并没有出现。电视剧里，王后把金丝系在金酒壶、凳子和一个宫女手腕上。孙悟空隔空诊过之后说：“一为金脉，一为木脉，一为阴脉，是不是故意试探我老孙啊？”这个情节和保生大帝的一模一样。

保生大帝是什么人呢？传说他原名吴夲，是宋代名医，深受人们敬仰。去世后被奉为“保生大帝”，是一位医药之神，在福建等东南沿海地区非常有名。《西游记》大概就是借用了保生大帝的故事，挪用在孙悟空头上了。

那么，话又说回来，这种悬丝诊脉在实际的医疗中到底靠不靠谱呢？其实是没有那么神的，只是古代的女子不便见人，医生除了诊脉之外，还可以通过向丫鬟、仆妇打听其他的消息来判断病情。一定年龄阶段的人总会有些常见的症状。医生如果经验丰富，也大概能猜出来病情是什么。所谓悬丝诊脉，无非是给病人和家属显示一下神奇，让病人对医生产生敬畏之心而已。

甚至病人还可以用悬丝诊脉反过来达成自己的目的。《靖江宝卷·十把穿金扇》有个故事，说王将军府的姑娘王素珍，与首相之子陶文彬私会，不料怀孕。太医来为王小姐看病，因为男女有别，要悬丝诊脉。王素珍恐怕被诊出喜脉，侍女就故意把线系在床腿上。太医持线头触摸许久，毫无感觉，就认为小姐脉息已停。此时侍女假装哭泣，说小姐死了，这才装死逃过一劫。可见若不会玩悬丝诊脉，就别轻易逞能，否则就像这位大夫一样，被几个女孩子耍得团团转了。

其他

《西游记》是不是禁书?

近十来年，网上流传着一个说法：《西游记》在明代是一本禁书。因为宣扬的是“皇帝轮流做，明年到我家”的反叛思想，当然是要被禁止的。

那么，《西游记》到底是不是禁书呢？其实，这是一个著名的网络谣言。正确答案是：《西游记》从来没有被禁过！

有人问：“难道你说不是就不是吗？”当然，要说它是禁书，你得有史料证据啊。什么时候、什么场合、什么部门，下发了什么文件把它禁了？否则你怎么证明它曾经是禁书呢？

事实上，没有任何史料、任何证据支持这一点。

元明清三代，确实禁过不少书。这并不是多么陌生的知识，很多研究古代小说的学者，都做过研究。其中王利器先生专门编过一本书，就叫《元明清三代禁毁小说戏曲史料》，基本把这三个朝代的禁书书目、禁毁情况、中央法令、地方法令、社会舆论都搜罗了进来。

翻开这本著作，我们就会发现，从中央到地方，从朝廷到民间，没有任何证据表明《西游记》被禁过，也没有任何人说过《西游记》有什么大逆不道之处。

明代末年确实也禁过书，但禁得最厉害是《水浒传》。因为当时各地农民起义，各路英雄拜把子、拉队伍、占山头，纷纷扯旗造反。官府的老爷们不但不知反省，反倒认为一定是《水浒传》这部书把老百姓教坏了。崇祯十五年四月十七日（1642年4月17日），刑科给事中左懋第上奏说：

> ……邪说乱世，以作贼为无伤，而如何聚众竖旗，如何破城劫狱，如何杀人放火，如何讲招安……《水浒传》一书，贻害人心，岂不可恨哉！

于是崇祯下旨，全国范围内严禁《水浒传》。如有人收藏《水浒传》及印版，一律烧毁，不许隐藏，并且立碑公告。

大臣提议，皇帝下旨，相关部门公布政策并实施，这是一个完整的禁书流程。《西游记》根本没受任何影响。也就是在同时，社会上流传着至少七种《西游记》的版本，从大部头到缩略版都有。

有人说：也许明朝出书很自由吧，那么清朝文字狱很厉害，是不是清朝就把《西游记》禁了呢？对不起，同样没有。

清朝搞过很多次禁书活动，乾隆年间最厉害。乾隆四十三年（1778年），江宁布政使司公布了一份《违碍书籍目录》，其中小说、戏曲二十余种，根本没有《西游记》。反倒是著名的《说岳全传》在禁毁之列，因为岳飞抗击的是金人，而清朝统治者认为金人是他们的远祖。

同治七年，江苏巡抚丁日昌查禁“淫词小说”，这是一件禁书史上的大事。这位丁大人足足开列了二百多种小说、戏曲的名单。其中我们耳熟能详的《水浒传》《红楼梦》《金瓶梅》《牡丹亭》全都在列，甚至笑话集《笑林广记》、志怪笔记《子不语》都被禁了。《西游记》仍然不在其中。

所以请问那些说《西游记》是禁书的人，到底什么时候、什么官员、什么法令禁过《西游记》呢？

事实上，《西游记》不但从没被禁过，民间还特别喜欢。明代流传至今的一共七个不同版本，清代的各种改写、评注本也流传下来不下十几种。《西游记》是最受人欢迎的小说，不论男女老少都爱看。康熙到乾隆三朝皇帝还喜欢看一套根据《西游记》改编的宫廷大戏，叫《升平宝筏》。这部戏在宫里一演就是一个多月，足足相当于今天的一部大型电视连续剧。你说在这样的社会环境中，《西游记》怎么可能是禁书呢？

事实上，制造"《西游记》是禁书"这个谣言并不稀奇，谁都希望做出点惊世骇俗的行为。但相信这个谣言的，却有点让人可惜。因为他头脑里总有那么一些条条框框，认为什么话一定是大逆不道的，什么话一定是不能讲的。在无形中，他的心灵就被一些力量包围住了，展不开了。

就好比"皇帝轮流做，明年到我家"这句话，这难道不是孙悟空追求自由的宣言吗？明朝人都不觉得有什么问题，反倒一个现代人竟然认为这是大逆不道，据此认定《西游记》一定是禁书。

明朝有一个版本的《西游记》，据说是大文学家李贽（号卓吾）批注的。不管是真的还是托名，这个版本里的孙悟空对如来佛宣称要造反的时候，旁边的批语是一句赞赏："说得是！"如此可见，这在明朝也是被激赏的。如果我们反而认为《西游记》因为这句话成了禁书，那真是连明朝人都不如了！

所以一部《西游记》告诉了我们什么呢？当然很多，但首先，是自由。

就比如孙悟空对玉帝或者说对上天的态度，就很耐人寻味。无论在《西游记》里，还是在普遍的传统思维中，“天”永远是至高无上的，是神圣的。我们凡人，对天只能顶礼膜拜，感谢上天赐予的阳光雨露。

但你看孙悟空还是石猴的时候，在花果山找到了水帘洞。他跳出来，劝小猴们进去，说的一番话，就很有意思。这一段，是《西游记》的点睛之笔。

因为他劝小猴进去的理由非常特别，他说：“里面且是宽阔，容得下千百口老小。我们都进去住，也省得受老天之气！”

这句话是从没人说过的。它提出了一个大问题：人和上天、老天爷，或者按今天的话说，人和大自然，到底是什么关系？很多人觉得老天爷赐予自己生命，给了自己阳光雨露。大多数人都会想：老天爷啊，我给你磕头啦，你可要保佑我啊！但有没有人想过：这个老天爷也能降下风暴冰雹、安排严寒酷暑，让人不舒服，让人痛苦，甚至让人死亡？

所以，石猴与众不同之处在于，别人只看到了上天的恩典，他却能看出上天也会控制自己，甚至折磨自己。一句话：他认为，因为有这个老天在，人生就不能自由！这就叫“受老天之气”。

求老天爷保佑的人，其实是心里有畏惧，他害怕老天。而石猴不但不怕，反而傲视它。毫无畏惧，直透本质，这就是他刚出世就展现给我们的光彩之处。

等到他当上了美猴王，自由自在地过了几百年，忽然有一天落下泪来。小猴们问他为什么，他说：“今日虽不归人王法律，不惧禽兽威服，将来年老血衰，暗中有阎王老子管着，一旦身亡，可不枉生世界之中，不得久注天人之内？”

这点远虑是众小猴没有的，这点远虑也是推动着美猴王出海学艺的动力。后来他听说海外有神仙，能长生不老之后，立即决定放弃安乐的生活，出海求仙：“我明日就辞汝等下山，云游海角，远涉天涯，务必访此三者，学一个不老长生，常躲过阎君之难。”

你去翻翻原著，作者写到这，都激动得了不得啦，因为他写了这么一句：“噫！这句话，顿教跳出轮回网，致使齐天大圣成！”“噫”是一个感叹词，表示惊叹，相当于“哎呀”“哇”。“轮回网”就是生命无休止地生死，不能超脱。你都能感到他差点跳起来，一边喊着“噫”“哎呀”，一面双手给美猴王点赞。

没错，美猴王激动，作者激动，我们读者也激动。这是因为，我们的美猴王终于要出发了，正式开始他的冒险之旅。而他出发的动机，为我们展现了一种特殊的、宝贵的品质，那就是：追求自由，追求对自己生命的主宰权！

正是这种追求自由的强大动力，推动着他离开了安乐窝，用木材扎了一个筏子，冒着生命危险，划向茫茫大海。

一个人，如果认识到生命是应该由自己主宰的，而不是由别人控制的，并愿意为之努力，那么他注定是不寻常的。这就印证了一句著名的俗语：“我命由我不由天。”

《西游记》作者反复强调的、赞叹的、叮咛的，是最可贵的东西。所以，千万不要因头脑里那点条条框框，就判它是一部“禁书”，那可就亏大发了！

《西游记》有哪些同类书?

《西游记》是我国古代神魔小说的顶峰。所谓神魔小说，就是描写神魔斗争的故事的小说。因为里面有各种各样神奇的想象，所以从明代开始就格外流行。甚至可以说，直到今天网上的各种玄幻、奇幻、仙侠小说，也和古代的神魔小说是一脉相承的。

《西游记》并不是一部严肃文学作品，它出版之后就非常畅销，按照今天的说法就是非常“火”。所以，继《西游记》之后，又出现了一大批同类或相似的作品。这些作品，几乎都有《西游记》的影子，不妨说一说。

你小时候肯定会问过：既然有《西游记》，那么有《东游记》《北游记》《南游记》吗？这个问题，古代的书商早就想到了。回答当然是肯定的。既然《西游记》这么火，为什么不把《东游记》《北游记》《南游记》编出来呢？

于是，明代产生了一套书，叫《四游记》。这书不是一本单独的小说，而是《东游记》《北游记》《南游记》《西游记》四本小说的合集，讲的也都是神魔故事。

《东游记》，又叫《八仙出处东游记传》。一看是不是会联想到“八仙过海”这个成语？没错，这本小说主要讲的就是铁拐李、钟离权（汉钟离）、吕洞宾、张果老、曹国舅、韩湘子、蓝采和、何仙姑八位仙人各自得道成仙后，一起去参加王母娘娘的生日宴，宴后乘兴东游的故事。在过东海时，蓝采和被东海龙王太子抓了去，这就导致了八仙与龙王之间的斗法。最后通过佛祖和观音等人的调和，双方才握手言和。

这本书其实是很头重脚轻的，一共五十六回，光八仙怎么来的就写了四十多回。剩下几回才赶紧讲“东游”。“东游”的主要经历就是打龙王。所以龙王真是很惨，挨孙悟空的打，挨哪吒的打，还要挨八仙的打。

《南游记》，又叫《五显灵官大帝华光天王传》，讲的是一个叫华光的神仙，原本是如来佛身边的童子妙吉祥，后被如来贬出灵山，经历了三次投胎，并且大闹三界，又因救母而死，最后死而复生，被如来收回灵山的故事。这本书受《西游记》的影响也很多，比如华光形象与孙悟空形象非常相似。他们都大闹天庭，反抗佛祖，都有一身本领还善于变化。

这个书名有意思在于，它并不是“一路向南的游记”，而是因为华光是火神，火为南方，意为“属性为南方的神仙的故事”。

《北游记》，又叫《北方真武玄天上帝出身志传》，讲的是真武大帝原本是玉帝三魂中之一魂，后下凡经历四次投胎，一路上降妖伏魔，最后收了许多部将，回归天界，在天庭受封的故事。这个书名和《南游记》一样，因为真武大帝又叫“北极真武”，是“属性为北方的神仙的故事”，并不是真武大帝一路向北的游记。

四游记里当然还有一部《西游记》，又叫《西游记传》，相当于今天百回本《西游记》的简化本。人物、故事情节几乎一模一样。不过只有四十回。

老实说，这套《四游记》因为是跟风出版的，很多情节都比较粗糙，水平上远远不如百回本《西游记》。但是，老百姓喜欢配套，一看《四游记》毕竟把东西南北四个方向都凑齐了，即使创作水平不高，也津津乐道。

明代晚期是一个神奇的时代，一方面大明江山渐渐走向穷途末路，另一方面，出版事业却前所未有地繁荣起来。比《西游记》稍晚一点，又出现了一部巨著，这就是《封神演义》。这部书比毫无创意，只会拼拼贴贴的《四游记》可强多了。

《封神演义》的作者，现在一般认为是一个叫许仲琳的人。但这个人有什么经历，很难考证清楚了，所以也有人认为并不是他。据说《封神演义》的作者，看到《水浒传》《西游记》卖得非常好，就想再写一部，和那两部形成三足鼎立之势。

《封神演义》主要讲的是商朝末年，姜子牙辅佐周武王姬发，灭掉了商朝的故事。这本来是真实的历史事件，但这件事对中国历史的影响实在太大了，所以在当时就流传着许多神奇的传说。到后来，这些故事越来越多，民间文人不停地把各路神仙编进去，说他们有的帮着商，有的帮着周。商周两方人马互相打仗，神仙们也互相打架。到了明代，就形成了一部大书《封神演义》。

《封神演义》的故事，大体是这样的：

商纣王即位后，商朝天下渐渐乱起来了。这时候，西方的一个部族兴盛了起来，这就是周。周朝兴盛，商朝灭亡，就成为大势所趋。在这种大势下，神仙世界也开始不安静了。因为周兴商亡会导致一大批人物在这场劫难中丧命，这些死于劫难的人物，如果生前有些影响力，死后就正好可以成为各个神位的人选。于是由神仙世界的最高管理者昊天上帝牵头，老子、元始天尊、通天教主三位顶级仙人拟了一份大名单。这名单就叫“封神榜”。只有等商朝灭亡，周朝建立，榜单才能公布。

元始天尊和通天教主各管一个教派，分别叫“阐教”和“截教”，各自收了许多徒弟。天下的仙人和有奇异本领的凡人，几乎都出自这两个教派。不是阐教弟子，就是截教弟子。

由于三位仙人不能亲自下凡办这些事，要借凡人的手来办。阐教首领元始天尊，就派凡人弟子姜子牙下山，并且给了他两个任务：第一是助周灭商，第二是修建一座封神台。等灭商之后，在台上公布封神榜，并且给榜单上的人分封职务。

姜子牙先后辅佐姬昌（后来被称为周文王）和他的儿子姬发（后来被称为周武王），与纣王不断交战，越打越激烈。终于，凡间的战争渐渐升级，扩大为神仙世界的战争。

原来，姜子牙是阐教弟子；而纣王这边领兵的大臣、将领，有不少出身截教。渐渐就形成了阐教仙人帮助周朝，截教仙人帮助商朝的局面。阐截两教的矛盾越来越激烈。最后，截教首领通天教主摆下两座大阵，与阐教进行了两次大决战，以截教惨败告终。

于是，姜子牙和武王率大军继续前进，终于打进了商朝的首都朝歌。商朝灭亡，周朝建立，天下终于太平了。姜子牙来到封神台，把“封神榜”挂了起来，给这些年丧生的亡魂一一分封职务。

《封神演义》最吸引人的地方，就是它的想象力，里面有规模宏大的神仙大战，有层出不穷的法术法宝。这些斗法、斗宝的规模，可以说远远超过了《西游记》。

另外，《封神演义》也从《西游记》中借鉴了许多东西。比如人物，哪吒、李靖、杨戬（即二郎神）等人物，以及仙山洞府的描写、场景的描写等。

比如“梅山七怪”之首的袁洪，就与孙悟空十分相似，都是猿猴成精，武器都是棍棒。袁洪与杨戬比武势均力敌，孙悟空和杨戬斗法也不相上下。哪吒故事在《西游记》里是一笔带过的，在《封神演义》里就完善了许多，成了今天各种哪吒题材影视剧的主要源头。

明代还有一部《西洋记》，全名叫《三宝太监西洋记通俗演义》，是明代万历年间罗懋登写的。三宝太监是不是有点耳熟？他就是历史上的明代太监郑和。郑和曾经在明朝永乐、宣德年间七次出使西洋，足迹遍布三十多个国家和地区。

这样世间罕见的航海经历自然引来文人们的想象。罗懋登就是如此，他将“郑和下西洋”这一真实历史事件神魔化，讲述了郑和受永乐皇帝“抚夷取宝”之命，在金碧峰、张天师等人的帮助下，游历西洋各国寻找传国玉玺，并且在途中征服各种妖魔鬼怪，最后回朝面圣，受到封赏的故事。

小说的开头主要围绕主人公之一金碧峰来展开。金碧峰具有十分高强的法力，且以慈悲为怀，这与他的身份、来历密切相关。金碧峰的前世是燃灯佛，也就是如来佛祖的授记师父。他为了解救苍生，下凡投胎到了金员外家，后被封为护国国师，协助郑和下西洋。

金碧峰出场后，迎来了第二个重要人物张天师。张天师是道教的代表人物，他一心想兴道灭佛，容不下金碧峰，多次与金碧峰斗法。经过多次的赌赛，金碧峰战胜了张天师，并且对张天师表示宽容。张天师被金碧峰的能力和气度所折服，接受皇帝诏命，与金碧峰一起帮助郑和下西洋。他们在途中历经多个国家，一路降妖除魔，直到回朝面圣，接受皇帝的奖赏。金碧峰很像孙悟空，张天师就很像猪八戒。

《西洋记》对《西游记》也存在因袭化用，尤其是在故事情节上。比如我们都知道《西游记》有女儿国，女儿国国王想和唐僧成亲，而且女儿国有子母河，无论男女，喝了河水都会怀孕。而《西洋记》第四十七回就是一模一样的情节，郑和船队来到女儿国，国王想跟郑和成亲，郑和的士兵喝了子母河河水怀孕。

《西游记》出名后，就有人给它写续书。这和今天的“同人小说”很像。著名的《西游记》续书，这里介绍两种：《后西游记》和《西游补》。

《后西游记》大概成书于明代，其作者目前还没有定论。顾名思义，《后西游记》是接着《西游记》后面写的，也就是唐僧取经之后的故事。但是，唐僧取经不是已经功德圆满了吗？还要怎么写呢？

对此，《后西游记》的作者做出了解释。原来，唐僧取经回来之后，佛法盛行。但又过了100多年，到了唐宪宗时期，一些僧人歪曲经书、败坏佛法。也就是说，虽然有“真经”，却没有正确的解释，也就是“真解”。

这种情况下，只有重新再找取经人，去灵山取得真解。这个任务，落在了高僧大颠法师的头上。

大颠法师历史上实有其人，他又号称“唐半偈”，和韩愈有交往。上路后，大颠法师先招了一个徒弟孙小圣。这孙小圣也是从石头里蹦出来的猴子，他立志学习孙悟空，不仅有七十二变化，还得到了孙悟空的金箍棒，几乎就是孙悟空的翻版。

唐半偈收的第二个徒弟，是猪八戒和高老庄高翠兰所生的儿子猪守拙，法号为猪一戒，书中描写他在母亲腹中十四年才出生。半偈法师的第三个徒弟，没有疑问肯定是沙僧的后人，不过这回却不是沙僧的儿子，而是他的徒弟小沙弥。至此，师徒四人集合，路上经过重重险阻，最终取得真解，乘云回到东土大唐。

这个结构和人物是不是与《西游记》十分相似？《后西游记》既然是《西游记》的续书，那必然对《西游记》存在着借鉴模仿。两书可不仅在结构和人物上相似，情节也有很多类似的地方。比如《后西游记》里孙小圣去龙宫要龙马，就像《西游记》里孙大圣在东海龙宫取金箍棒。此外，一些《西游记》中的人物也在《后西游记》中重新出现，除去唐僧、悟空、八戒等人，牛魔王、铁扇公主、玉面狐狸精等也再次登场。

《西游补》的作者是明末清初的董说，名为《西游补》，当然与《西游记》有着密切关系。实际上，这本小说就是借《西游记》中唐僧师徒四人的人物形象，另起炉灶写了一个全新的故事。故事只有十六回，六万多字，接在《西游记》第六十一回孙悟空“三调芭蕉扇”之后。

这个故事的主要人物是孙悟空和能幻化幻境的鲭鱼精，另外添加了项羽、秦桧等许多历史人物，讲的是悟空进入鲭鱼精幻化的青青世界，来到古人世界和未来世界，最终回归现世的故事。其中暗含着对当时社会现象的讽刺。这部书的写法有非常强烈的“现代性”，直到今天还有学者研究。

我们可以看出，《西游补》与《西游记》最明显的联系，就是主人公相同，写的都是神魔故事。但在故事结构、情节、思想上，两书是完全不同的。《西游补》主要是对当时一些黑暗社会现实的讽刺。

其实《西游记》续书远远不止这些，从明代到清代，一直到今天，都有人给它写续书。而且每个朝代，都带有自己时代的烙印。例如清陆士谔有一本《也是西游记》，写孙悟空钻进铁扇公主的肚子里，不料被融在肚子里，化为胎被生出，小孙悟空变成女郎，小八戒变成买办，小沙僧变成留学生，反映的是当时上海十里洋场的现状。只可惜这些续书，都是在原有框架下的再发挥，不能有所自立罢了。

《西游记》的作者是谁？

现在提一个简单的问题：《西游记》的作者是谁？

你肯定会回答："吴承恩啊！"

是的，今天几乎所有出版社出版的《西游记》、所有的教科书，都说《西游记》的作者是吴承恩。但是，这并不是一个定论。因为这里要弄清楚两个问题。

第一个要明确的问题是：我们今天说的《西游记》，指的哪部书？

实际上，在大多数情况下，我们说的《西游记》，指的是百回本《西游记》。除此之外，还有其他的一些版本，但都不太常见。实际上，根据史料记载，元代就已经有《西游记》这部书了，只是已经失传了，或还没有发现。所以严格来说，《西游记》并不是一本书，而是一个非常复杂的，时间跨度长达几百年的版本系统。

这个百回本，在明代、清代都有。但今天能找到的最早的是明代一个叫世德堂的书商出版的。今天市面上各大出版社的《西游记》，大多数是根据这个版本整理的。

世德堂本《西游记》，封面上并没有写“吴承恩”三个字，只是在一个不显眼的地方有一行小字：“华阳洞天主人校。”

这个“华阳洞天主人”到底是谁呢？目前还不知道。他只是校对了一番呢，还是这本书的作者呢？也不知道。总之，他肯定是一个高手，是《西游记》这部书的一个整理者，这是毫无疑问的。

第二个问题，古代的小说，是不是由一个作家从头到尾，一个字一个字写出来的？

你可能觉得：这还是个问题吗？当然不是。因为这是我们现代人对现代作家的理解。现代人写小说，基本都是一个作者，不管是花几个月，还是几年，基本上都是从头到尾一次写成的。但《西游记》是古代的通俗小说，就不是这种情况。西游故事，是流传了很久的故事。你想早在元代，就有《西游记》这部书存在了。几百年里，今天你加一点，明天我加一点。明世德堂本《西游记》，只不过是在这几百年的长河中的一个环节，只是碰巧它运气好，保留下来了。

所以，很难说《西游记》有一个明确的作者，因为有无数文人、无数说书先生加入了这条讲故事的长河，每个人都提供了自己的智慧。那时文人和书商合作，或者书商本身就是文人，对书稿一商量，你加一段，我改一段。所以很难说一本书究竟是什么人写的。

所以，弄清楚这两个问题，你就会发现，“《西游记》作者是谁”这个问题，并不像 1+1=2，或者“中国的首都是哪个城市”那样简单。

但是，既然现在我们手里各大出版社的《西游记》都署名是“吴承恩”，这个说法是从哪来的呢？

《西游记》作者是吴承恩的说法，产生的时间并不很早。因为在清代乾隆之前，绝大多数人认为《西游记》是一位著名的道士写的，这人叫丘处机，号“长春真人”，是道教全真派的祖师，生活在金末元初。

为什么有这种说法呢？因为百回本《西游记》里，关于修炼内丹的内容很多（所以这本书在历史上，一定经过了一些道教徒的加工）。而碰巧的是，这位丘处机道长确实有一本《西游记》，但全称多了几个字，叫《长春真人西游记》。这本书的内容，是记录他从中原出发，千里迢迢一路向西，去见西征的成吉思汗的事。和唐僧取经的小说半点关系都没有，只是因为他一路向西，所以名字就叫《西游记》。

这部书写成后，在社会上流传得并不太广。但是因为丘处机实在太有名了，那部小说《西游记》也实在太有名了，于是社会上的人，就把这两件事搞混了，普遍认为小说《西游记》就是丘处机写的。

但是，只要有一定的学识的人，就会知道这个说法是有问题的。因为丘处机是金末元初人，而小说《西游记》里面出现了很多明代才有的东西，比如锦衣卫。这些后代的名词，不是生活在元代的丘处机能知道的。

到了清代乾隆年间，《长春真人西游记》不再尘封在道观和藏书楼里了，也渐渐流传了开来。人们一看，原来这是两本《西游记》啊！于是渐渐就没人相信丘处机是小说《西游记》的作者了。

那么，丘处机如果不是作者，又该是谁呢？也是在乾隆年间，有人在明代天启年间的《淮安府志》里发现了这么一行文字：

> 吴承恩：《射阳集》四册□（方框里这个字原本就丢了）卷，《春秋列传序》，《西游记》。

《淮安府志》，是淮安的地方志。我国有编纂地方志的传统，有县志、府志、省志，甚至一座名山、一座寺院，都会有山志、寺志。这些志书，会记录本地的地理、历史、物产、名人等。吴承恩是淮安的一位知名文学家，自然会被收到《淮安府志》里。通过这条记录，很多人就相信了：啊，原来《西游记》是吴承恩写的啊！

这个说法一直流传到民国，并且获得了鲁迅、胡适等几位大学者的认可。这样，“吴承恩是百回本《西游记》作者”就成了一个被大众认可的常识。

20 世纪 20 年代，各书商出版的《西游记》开始署名“吴承恩”。此后出版的《西游记》都遵从胡适和鲁迅认定的结论，署名“吴承恩”。换句话说，我们如果想找 1920 年以前出版的署名“吴承恩”的《西游记》，是不会有的。

可是光凭《淮安府志》的这行文字是不够有说服力的。因为有许多不利于这个结论的证据：

第一，根据这条记录，吴承恩的确写过一本《西游记》，但这很可能是本重名书，并不是我们今天看到的《西游记》。

因为我们知道，同名的书，就像同名的人一样，太多太多了。先不说别的，就说丘处机的《长春真人西游记》，在很多场合都简称《西游记》，就和小说《西游记》是重名的。今天也是一样，假如你搜索一下《多媒体教程》《高考满分作文》之类，重名的很多很多。

所以，既然同名的书这么多，凭什么只靠《淮安府志》记录了吴承恩写过《西游记》，就认为一定是今天的百回本《西游记》呢？那条记录很简单，又没说多少卷多少回，也没说是本什么样的书。

离吴承恩不远的明末清初，有个大藏书家黄虞稷，他家的藏书处叫“千顷堂”，里面的书非常多。他编了一个目录，就叫《千顷堂书目》。我们翻一下就会发现：这里面竟然收了吴承恩的《西游记》，而且赫然标明，它属于“地理类”！

黄虞稷比吴承恩不过晚四十来年，他又是大学问家，一般来说不会犯错。在《千顷堂书目》的“地理类”里，既有吴承恩的《西游记》，又有《东游录》《南游记》《游山志》这样的书名，甚至还有《徐霞客游记》，这些都是旅游的“游记”，而不是一部神话小说！所以，吴承恩确实是写过一本《西游记》，但很可能就是一本旅游书！

第二，古代的文人的本职工作，是要读四书五经，考秀才、举人，图谋做官。不到万不得已，一般不会去写这种通俗小说。即使写了，也多用一个化名。比如《金瓶梅》的作者，署名“兰陵笑笑生”，到现在也没搞清楚这位“兰陵笑笑生”是谁，因为他本来就没有想留下真名实姓。

既然写通俗小说没有那么受人尊重，所以文人哪怕是写了，也只是赚笔稿费，不会大张旗鼓地宣扬。地方志、史书，会把有名的人物收录进去，同时也会收录他的重要著作。但是，这样的官方出版物，一般只会收录这人的文集、诗集，以及学术专著。即使他写过通俗小说，也很难被收录进去。世德堂本《西游记》只留下了一个“华阳洞天主人”，就是一个很好的例子。

另外，在商业宣传上，一部畅销书署上王小明、张建国、李大庆之类，谁能记得呢？当然不如一个“兰陵笑笑生”宣传作用强了。真名的知名度绝对比“行走江湖”用的笔名差得远。

第三，这部百回本《西游记》，里面对“承恩”两个字，用得十分随意。比如第七回说：“偷桃偷酒游天府，受箓承恩在玉京。”第九回说：“受爵的，抱虎而眠；承恩的，袖蛇而走。”尤其是第二十九回的标题，就写作“脱难江流来国土，承恩八戒转山林”，这里“承恩”和“八戒”直接连在一起，要知道八戒可算不上太光彩的人物。这几个地方，换个什么词都行，何必非得把自己的名字嵌进去。

在前面的章节，讲到和名字有关的法术时，我们提到过：古人对名字是很重视的，不会乱用。因为这里隐含着一种避免名字受到伤害的原始思维。甚至今天，你想想你自己的名字，会不会随意写在文章里？

古人更是如此。例如有人给属下写信，要写自己的名字时，他就画个圈代替一下，或者写个“某”字代替，这就叫“自讳其名”。这种情况不在少数。除非吴承恩实在心大。

所以，直到今天，《西游记》作者是不是吴承恩，还没有一个百分之百的定论。只能说，这个说法成为公众的常识，已经有一百年左右的时间。既然没有一个更好的候选人，我们就姑且先承认，在《西游记》上署名“吴承恩”是合理的。

其实《西游记》作者是张三还是李四，倒不是一个重要的问题，重要的是，我们通过讨论这个问题，会知道古代小说的特点，以及一部古代小说署名是谁，这件事意味着什么，而不是想当然地用一种现代眼光去看待它。

《西游记》的写作技巧

《西游记》既然是一部著名的小说，里面就有许多常见的写作技巧。

写作技巧，说起来也不神秘，无非就是让故事好看。这些技巧，不但《西游记》能用，你写文章的时候也能用。尤其是在记叙一件事的时候，善于使用这些技巧，就能让人爱看。这里讲五个技巧：反复、铺垫、衬托、悬念、对比。

《西游记》最常用的讲故事的手法，就是反复。反复又叫重复，就是让一件类似的事情反复发生，这样故事才会有意思。

比如三打白骨精，就是一个典型的反复。白骨精先变成一个少女，后变成一个老婆婆，最后变成一个老公公，来迷惑唐僧。孙悟空就打了三次，唐僧每次都以为是孙悟空错杀好人。第一次还能忍，第二次也勉强，第三次直接把孙悟空赶跑了。

这种反复的模式在《西游记》里太多太多了。又比如“三调芭蕉扇”，看回目的名字，就知道是反复斗争了三次：第一次孙悟空单独找铁扇公主，借来一把假扇子；第二次孙悟空变成牛魔王，借来真扇子，又被牛魔王骗回去了；第三次惊动了天兵天将、四大金刚，这才把牛魔王堵死，把扇子要到手。

为什么要经常用这种反复的手法呢？原因很多。首先是要让故事精彩。一个故事不能只有一个情节，但是情节一多了，就容易乱。不如把几个情节穿在一起，让每个情节都比较相似，这才容易把故事讲好。

其次，我们读小说，每个人都会把自己代入故事人物里。故事里的人物去冒险，去完成任务，其实就相当于我们去冒险，去完成任务。玩过游戏的都知道，游戏设置关卡要从易到难，一点点提高难度。一上来就直面关底的大 boss，这样的游戏，可玩性就很差。只有慢慢地去打怪升级，才有乐趣。

当然还有一个理由，就是要经过多次铺垫，渲染取经的困难。否则，极易被战胜的妖怪就会显得故事张力不足，十分无趣。面对困难，总是要反复斗争，才能体现出胜利来之不易。

这种手法几乎是讲故事人的必杀技，写小说的都会用。比如《三国演义》有"三顾茅庐"的故事。刘备去请诸葛亮，前后请了三次才成功。前两次虽然失败了，但是通过诸葛亮身边的人，读者能够越来越清晰地认识了这位本尊。《水浒传》有"三打祝家庄"的故事，宋江攻打祝家庄，也是前后打了三回。随着难度逐渐升级，卷进来的人也越来越多。

甚至我们平时唱的歌也是这样。一首歌可以分第一段、第二段、第三段。三段的歌词会稍有变化，但旋律是一样的。如此一来，我们会随着歌曲演唱过程的推进，逐渐融入感情。

一般来说，人类比较能接受"三"这个数字。因为三次重复刚刚好，符合人们认识陌生事物的规律：第一次初步试探，第二次积蓄力量，第三次取得胜利。

世界上的著名故事，很多都在用"三次重复"这个结构。比如在我们都熟悉的《三只小猪盖房子》的故事里，猪妈妈生了三只小猪，老大盖了一座草房子，老二盖了一座木头房子，老三盖了一座砖房子。大灰狼吹倒了草房子，撞倒了木头房子，最后没法破坏砖房子，只好从烟囱进去，掉进开水锅烫死了。

又比如《白雪公主》也是利用了“三次重复”的写作方法：恶毒皇后第一次用毒梳子害白雪公主，白雪公主被小矮人救了；第二次白雪公主被丝带勒住，又被小矮人救了；第三次白雪公主吃了毒苹果之后就死了，后被王子救活。

这样的故事是层层递进的，吸引人的。读者读故事的时候，就觉得情节一步步展开，挑战越来越大。

反复也不一定必须是三次，如果故事很长，需要展现的东西多，就可以延长到四次、五次甚至更多。在车迟国，孙悟空和三位大仙斗法，就斗了四次：第一次比求雨，第二次比坐禅，第三次比隔板猜物，最后一次比砍头剖心下油锅，终于把三个妖道消灭了。除了第四次比较惨烈之外，前三次并没有升级的作用，只是为我们展现各种神奇法术。

希腊神话里有一个大英雄，叫赫拉克勒斯，天生力大无穷。但由于其出身而被宙斯的妻子天后赫拉所憎恶，因此遭到赫拉的诅咒。赫拉克勒斯完成了十二个“不可能完成”的任务。这十二次任务当然不可能严格地步步升级，只是为我们展现了一个广阔的神话世界。

所以我们自己写文章也是这样，一定不要让情节太简单。哪怕写一个很小的事，都不要写得平铺直叙，应该安排几次反复的情节，这样故事才会有张力。

让故事好看，还有两个重要的手法，这就是衬托和铺垫。

孙悟空在黄风岭遇到了黄风怪。黄风怪的三昧神风很厉害，孙悟空就变了个小虫子，进洞探听消息。黄风怪说：“要想定住我的风，除非是请灵吉菩萨来！其余的，我谁都不怕！”

孙悟空正好听见这句话，就飞了出来，一路筋斗云，直奔灵吉菩萨住的小须弥山。来到山上，碰上一个道人（道人就是庙里打杂的，不是道教的道士）。孙悟空说："我是东土大唐驾下御弟三藏法师的徒弟，齐天大圣孙悟空行者。今有一事，要见菩萨。"没想到这个道人说了一句话："老爷字多话多，我不能全记。"孙悟空只好说："你只说是唐僧徒弟孙悟空来了。"

这个细节说的是什么呢？是让孙悟空碰了个软钉子。孙悟空自以为齐天大圣很厉害了，到哪里都报名头，没想到人家根本不认。于是效果就出来了：小小一个打杂的道人，就对这种名头根本不在乎，你想灵吉菩萨得是多么超然的人。

灵吉菩萨这个人，在佛教里没有，在任何古书里都查不到，只有在《西游记》里出现过。他帮过孙悟空两次忙，可以说是一位世外高人。世外高人，就是这样一副超然的样子。但《西游记》并不写他怎么超然，却通过一个道人去衬托他的超然，这就是高明的写法。

《三国演义》里也有类似的一段，刘备一顾茅庐的时候，诸葛亮不在家，开门的是一个童儿。

> 玄德曰："汉左将军、宜城亭侯、领豫州牧、皇叔刘备，特来拜见先生。"童子曰："我记不得许多名字。"玄德曰："你只说刘备来访。"童子曰："先生今早少出。"玄德曰："何处去了？"童子曰："踪迹不定，不知何处去了。"玄德曰："几时归？"童子曰："归期亦不定，或三五日，或十数日。"玄德惆怅不已。

这段比《西游记》还要好。刘备啰里啰唆说了一大堆头衔，没想到人家童儿根本不感兴趣。刘备反复追问诸葛亮的下落，童儿根本不给一个准确的答复。作者在这里是写童儿吗？当然不是，是通过童儿，衬托出主人诸葛亮。童儿都这样，主人得多超然的一个人啊。

铺垫，就是在精彩故事之前做一些预示。比如孙悟空第一次上天宫，被封为弼马温。他一开始不知道情况，干得挺欢。后来发现这是一个最卑微的官，就火了："这样小看我老孙！我老孙在花果山称王称霸，怎么骗我来替他养马？这种下贱的事，我偏不做，偏不做！老孙我走了！"哗啦一声，孙悟空把公案推倒，从耳朵里取出金箍棒，噼里啪啦一路打出御马监，闯出南天门去了。

这是一场激烈的冲突。冲突的原因是孙悟空的个性和天庭的规矩发生矛盾。但是，如果前面任何铺垫都没有，孙悟空上天后就这么闹一场，我们读起来就会觉得突兀。为了这场冲突，作者在前面铺垫了两次。

第一次是太白金星请孙悟空上天，没想到孙悟空筋斗云快，先到了南天门。守门的天兵天将拿着兵器，把他拦住了，不让他进去。孙悟空一下子就火了，等太白金星赶到，发生了这样一段对话：

> 猴王道："这个金星老儿乃奸诈之徒！既请老孙，如何教人动刀动枪，阻塞门路？"正嚷间，金星倏到。悟空就觌面发狠道："你这老儿，怎么哄我？被你说奉玉帝招安旨意来请，却怎么教这些人阻住天门，不放老孙进去？"金星笑道："大王息怒。你自来未曾到此天堂，却又无名，众天丁又与你素不相识，他怎肯放你擅入？等如今见了天尊，受了仙箓，注了官名，向后随你出入，谁复挡也？"悟空道："这等说，也罢，我不进去了。"金星又用手扯住道："你还同我进去。"

为什么写这么一段呢？其实这是一个预示，预示着天上的生活也不一定那么自由自在。这是孙悟空自由的性格和天宫规矩的第一次冲突。大门还有门岗守着，这不跟凡间的衙门一样吗？所以孙悟空第一反应是：没意思，老孙不进去了。这就看出孙悟空强烈的个性了。别看这么短短一段，这预示着更大的风波隐藏在后面。

第二次冲突是在灵霄宝殿上：

> 太白金星领着美猴王，到于灵霄殿外。不等宣诏，直至御前，朝上礼拜。悟空挺身在旁，且不朝礼，但侧耳以听金星启奏。金星奏道："臣领圣旨，已宣妖仙到了。"玉帝垂帘问曰："那个是妖仙？"悟空却才躬身答应道："老孙便是。"仙卿们都大惊失色道："这个野猴！怎么不拜伏参见，辄敢这等答应道：'老孙便是！'却该死了！该死了！"玉帝传旨道："那孙悟空乃下界妖仙，初得人身，不知朝礼，且姑恕罪。"众仙卿叫声："谢恩！"猴王却才朝上唱个大喏。

灵霄宝殿可比人间的皇宫还尊贵。见了玉皇大帝要三拜九叩，连说话都不能大声，称呼自己要低着头，说"臣某某某"。谁在玉帝面前表现得越卑贱，谁就越懂礼仪。怎么能说"老孙便是"呢？

这句话，就四个字，就写出了孙悟空性格中的另一面：平等和自尊。这是孙悟空和天庭秩序的第二次冲突。孙悟空想：你喊我妖仙，我回答老孙便是，这没什么呀，你玉帝是人，我老孙比你差哪了？干吗要对你三跪九叩啊？

这两次冲突，都是小事。但有了这两次铺垫，铺平垫稳，孙悟空的形象更加鲜明了。后面写孙悟空的大爆发就有了足够的理由。读者就会非常理解孙悟空的造反行为。如果没有前面的铺垫，那么孙悟空推倒公案，下界造反，就显得毫无理由。

如果是高手，甚至可以同时运用铺垫和衬托这两种手法。《西游记》里用得最好的片段，莫过于唐僧师徒刚进入五庄观。

五庄观的观主是镇元大仙，他是地仙之祖，地位极高。但这天他去弥罗宫听元始天尊讲道去了，只留下两个童儿看家。一个叫清风，一个叫明月。

唐僧师徒走到五庄观门前，看见门上贴着一副对联："长生不老神仙府，与天同寿道人家。"孙悟空笑道："这道士说大话吓唬人呢。我老孙五百年前大闹天宫时，在太上老君的门口，也没见过这样的大话！"猪八戒说："嗨，管那个干什么。进去看看，进去看看。"为什么要写孙悟空这番嘲笑呢？这就是一个铺垫，孙悟空被这幅对联刺激到了，预示着孙悟空一定要和主人发生冲突。

但是，镇元大仙并没有出场，而是他的两个童儿清风、明月从里面走出来，躬身施礼，把唐僧迎进大殿。唐僧见殿上供着"天地"两个大字，就拜了几拜，说："仙童，你这里为什么不供太上老君、玉皇大帝、日月星辰，只是供'天地'两个字呢？"

清风、明月笑道："不瞒长老说，太上老君是师父的老朋友，玉皇大帝是师父的老熟人，日月星辰，那都是师父的后生晚辈！"

说实话，道童说的也没错，因为镇元大仙是地仙之祖，所有地上的神仙，都是他晚辈。所以他当然和太上老君、玉皇大帝算是朋友，那些小神仙他更看不上眼啦。所以镇元大仙只供奉"天地"两个字。因为别的什么神也实在不值得他供奉。

孙悟空一听，就不高兴了。他这人心高气傲，一看这两个道童居然说话毫不客气，就冷笑着说："嘿嘿，都说我老孙会捣鬼，原来这道童也会胡说八道！"唐僧怕道童回嘴，就赶紧拦住："哎，悟空，你争执什么？你快去山门前放马；悟净，你看守行李；八戒你借他锅灶，做顿饭吃。"三个人就都出去了。

这段小小的交锋写得特别好。因为它有两个作用。

第一个作用，还是铺垫。这是一个小摩擦，一进门就发生了不愉快，预示着将来会发生大冲突。

第二个作用，就是衬托，这里和前面提到的孙悟空求见灵吉菩萨那段一样。主人公不出场，但通过他家里的摆设，通过他的手下人，展示这个主人的性格。你想，道童都这么傲了，这主人镇元大仙得多傲呀。这里镇元大仙虽然没有出场，但那气势就已经通过道童的表现展现出来了。

所以，我们读五庄观这段，会觉得镇元大仙很高傲，很自信。但是你仔细去原著扒一扒，正面写他的这种高傲、自信的文字，其实并不算太多，多数反倒是通过别人的行为写出来的。

除了清风、明月，孙悟空推倒了人参果树，被迫去海岛求仙方，通过海上神仙的嘴，也侧面描写出了这位大仙的地位。比如孙悟空去蓬莱岛，见了福禄寿三星，说了来意。

> 三老惊讶道："五庄观是镇元大仙的仙宫。你莫不是把他人参果偷吃了？"行者笑道："偷吃了能值甚么？"三老道："你这猴子，不知好歹。那果子闻一闻，活三百六十岁；吃一个，活四万七千年，叫做'万寿草还丹'。我们的道，不及他多矣！他得之甚易，就可与天齐寿；我们还要养精、炼气、存神，调和龙虎、捉坎填离，不知费多少工夫。你怎么说他的能值甚紧？天下只有此种灵根！"

这其实相当于作者不停地告诉我们：所有的人都在说"镇元大仙好厉害呀"。那么，不需要直接写他多厉害，只通过其他人的表现完全可以展现镇元大仙的傲气。

悬念是什么呢？悬念就是先不告诉你全部真相，只透露一点消息让你猜，一般用在记叙文的开头。《西游记》里神仙鬼怪特别多，所以特别会在故事开头设置悬念。

唐僧师徒路过一个比丘国，跟以前不一样，他们进城不是直接进城门。孙悟空在城门口碰上一个老人，就跟他打听："这座城叫什么名字啊？"老人说："这个地方，原来叫比丘国，最近改名小子城。"

小子就是小男孩的意思。孙悟空很奇怪：什么叫小子城啊？这是第一个悬念：国名很奇怪。你就很想知道这个地方为什么叫小子城，你就看下去了。

等到了大街上，四个人一看，家家户户门口都摆着一个笼子，上面盖着五颜六色的彩缎子，这更奇怪了，这是干什么呢？孙悟空就变了一个小蜜蜂，从彩缎子缝里钻进去一看，里面都是小孩，大的不到七岁，小的只有五岁。这又奇怪了啊，为什么家家把小孩放门口呢？这是第二个悬念：风俗很奇怪。

唐僧就找了一个驿站住下，问驿丞："为什么街道两边摆着许多笼子，笼子里装的都是小孩呢？"驿丞面如土色，赶紧捂嘴："长老，我劝你别管他、别问他，也别理他、别说他。赶紧睡觉，明天上路。"这是第三个悬念：驿丞的反应很奇怪。

连着三个悬念，还会出现第四个吗？不用了，再多读者就烦了。所以这时候作者揭开谜底了。唐僧死活要问，驿丞才说："这是当今皇上无道，听信妖道之言，要家家户户献上一个小儿，一共一千一百一十一个，明天午时三刻要开刀问斩，拿这些小孩的心肝配长生不老之药。因为这件事，这座城才又叫小子城。"唐僧一听大惊失色，这才让孙悟空大显神通，把小孩用神风刮出城去。

比丘国这个故事很短，只有一回，但作者在前面足足铺了三个悬念，从各个方面透露一点信息，吸引你看下去，这就是制造悬念的艺术。你写记叙文的时候，也要注意，如果一个故事足够精彩，就不要轻易在开头透底，可以用悬念一层层展开。

对比，就是把两件截然相反的事放在一起写，一般是用来刻画人物。《西游记》里对比用得最好的，就是在猪八戒身上。

在孙悟空三打白骨精后，唐僧把孙悟空赶回了花果山。这回轮到猪八戒卖弄了，因为他成了大师兄了。接下来师徒三人就遇到了黄袍怪，黄袍怪抢走了宝象国的公主百花羞。百花羞十三年没有和父王见面，就写了一封信，托唐僧带去。唐僧把信带到之后，宝象国国王求唐僧派徒弟降妖。这一段写猪八戒的表现，是很有意思的：

国王定性多时，便问："猪长老、沙长老，是那一位善于降妖？"那呆子不知好歹，答道："老猪会降。"国王道："怎么家降？"八戒道："我乃是天蓬元帅，只因罪犯天条，堕落下世，幸今皈正为僧。自从东土来此，第一会降的是我。"国王道："既是天将临凡，必然善能变化。"八戒道："不敢，不敢，也将就晓得几个变化儿。"国王道："你试变一个我看看。"八戒道："请出题目，照依样子好变。"国王道："变一个大的罢。"

八戒他也有三十六般变化，就在阶前卖弄手段，却便捻诀念咒，喝一声叫"长"，把腰一躬，就长了有八九丈长，却似个开路神一般。吓得那两班文武，战战兢兢；一国君臣，呆呆挣挣。时有镇殿将军问道："长老，似这等变得身高，必定长到甚么去处，才有止极？"那呆子又说出呆话来道："看风。东风犹可，西风也将就；若是南风起，把青天也拱个大窟窿！"那国王大惊道："收了神通罢，晓得是这般变化了。"八戒把身一矬，依然现了本相，侍立阶前。

其实猪八戒这种变化，什么用都没有，就是能吓唬吓唬人。但是作者为什么非得让他露这么一手呢？你往下瞧，猪八戒驾起云头刚走，沙和尚一直沉默，这时在旁边说："师父！那黄袍怪拿住你时，我两个与他交战，只战个手平。今二哥独去，恐战不过他。"

这就把实话说出来了，而且沙僧很厚道，因为不是当着猪八戒面说的。等到了黄袍怪的洞前一交战，猪八戒不行了，几十回合之后，气喘吁吁。猪八戒假托上厕所，往草丛里一钻，跑了！沙和尚独战黄袍怪，失手被擒。黄袍怪威逼利诱，问沙和尚是谁，谁叫他们来的，又要杀害公主。沙和尚宁死不屈，坚决不出卖公主。这时有一段心理活动：

> 沙僧已捆在那里，见妖精凶恶之甚，把公主掼倒在地，持刀要杀。他心中暗想道："分明是他有书去，救了我师父，此是莫大之恩。我若一口说出，他就把公主杀了，此却不是恩将仇报？罢！罢！罢！想老沙跟我师父一场，也没寸功报效，今日已此被缚，就将此性命与师父报了恩罢。"

阵前吹大话，临阵脱逃，这都是猪八戒干过的事。坚强不屈，替师兄保留面子，这是沙和尚干的事。但是你发现没，两件事单独看没什么，必须得放一起看。对比就是把两件看起来完全相反的事情放在一起写，于是猪八戒的这两个特点就各放大了一倍。越是吹大话，心里越虚，越是胆小无能，这就是对比。反过来，写沙和尚也是一个对比，开始不言不语，默默无闻，最后坚强不屈。如此一来，猪八戒和沙和尚之间又形成一个对比。所以这一段，你别看故事挺简单，却有三个对比：两个人自己各有一个对比，两个人之间还有一个对比。这就把两个人写活了。

西游记虽然是400多年前的著作，但是这里面的故事，都在民间流传了很长的时间，经过了千锤百炼，打磨得非常精彩了。反复、铺垫、衬托、悬念、对比，这五个手法，是讲故事常用的技巧，也是我们写记叙文常用的技巧。悬念引出主题，对比和衬托刻画人物，反复组成剧情，剧情中用铺垫来控制情节的发展。这五个手法用到了，一篇故事就基本成形了。

旧小说要怎么读？

《西游记》是一部明代的小说，我们常见的世德堂本《西游记》，距今已经有 400 多年的历史。除此之外，还有更早的西游故事。明、清两代的小说，和现代小说比起来，有很多不一样的地方，所以叫“旧小说”。我们读的时候，应该注意旧小说自己的特点。

比如说，旧小说很不重视前后情节的协调，所以网上就产生了一些有趣的说法。有一个说法是：“你根本不知道唐僧师徒四人的真实身高。”

原来，依照原著，除了唐僧是正常凡人之外，其他三人的身高是很出奇的。比如《西游记》第二回说孙悟空身高不到四尺，因为这是他和混世魔王交手的时候，混世魔王说的。

> 魔王见了，笑道：“你身不满四尺，年不过三旬，手内又无兵器，怎么大胆猖狂，要寻我见甚么上下？”

明代的一尺约为 0.33 米。所以这样算，孙悟空的身高在 1.3 米左右，和一个 10 岁儿童差不多。

书里有一段是这样描述猪八戒的：

> 碓嘴初长三尺零，獠牙觜出赛银钉。
> 一双圆眼光如电，两耳扇风唿唿声。
> 脑后鬃长排铁箭，浑身皮糙癞还青。
> 手中使件蹊跷物，九齿钉钯个个惊。

“碓”就是捣米的锤头。“三尺零”就是 1 米左右。嘴都有 1 米左右，那猪八戒的身高，岂不是至少 3 米以上？

沙和尚呢？原著在第二十九回，唐僧向宝象国国王介绍他说：“他生得身长丈二，臂阔三停，脸如蓝靛，口似血盆，眼光闪灼，牙齿排钉。他都是这等个模样，所以不敢擅领入朝。”

沙和尚身长丈二。按一丈约为 3 米计算，一丈二尺是 3.7 米左右。

所以，有人就说，电视剧里师徒四人的身高是不对的，是不符合原著的。电视剧应该忠实原著，还原成原著描述的身高才对。然而，在书里，除了唐僧，师兄弟三人的身高就是一直在变化的！

例如孙悟空刚出五行山，还没有衣服，只剥了一张老虎皮系在腰里。这时候唐僧脱下一件白布短小直裰（一种白布长袍），孙悟空就扯过来，披在身上。这细节明显表明，在作者心目中，孙悟空和唐僧的身量是差不多的。否则如果他“不满四尺”，又怎么能穿得上唐僧的衣服？

另外，在比丘国，妖怪国丈看上了唐僧的心，要骗唐僧进宫把他杀掉。孙悟空知道了，就和唐僧互变。他把唐僧变成猴子模样，把自己的衣服给唐僧穿上。他自己变成唐僧模样，把唐僧的衣服穿上。这不也说明孙悟空和唐僧的身高没什么差别吗?

那么，猪八戒和沙和尚，是不是真的身材超高呢？也不一定。因为师徒经过一个叫灭法国的小国，国王要杀害和尚。孙悟空就连夜进城，偷来了四套衣服，给师徒四人换上，扮成客商。这四套衣服就是住店的普通客人脱下的，孙悟空随便拿的，但猪八戒、沙和尚穿的时候，也并没有说他们身材太高，衣服太小。

这些细节说明了什么呢？说明原著里描述的身高并没有一个不变的标准，只看情节的需要。

当书里要夸大猪八戒、沙和尚的相貌奇特时，就会把他们的身高说得很高。当要塑造孙悟空貌不惊人却本领超群的形象时，就会把他的身材说得很矮。因为故事里身高异常的人物，在正常的社会生活中毕竟很不方便，所以当他们需要扮客商、融入凡人的社会时，书里就不再管之前怎么写的了，而是直接把他们写成正常身高的人了。如此看来，《西游记》里人物的身高，只是为了情节需要。需要它高就可以高，需要它矮就可以矮。

另外，如果你注意读，就会发现《西游记》里有许许多多解释不通的事。例如书里有一个设定：天上一日，地下一年。在天宫过一天，凡间就会过整整一年。孙悟空上天，做了半个月的弼马温，再回到花果山，就发现已经过了十多年。孙悟空第二次上天做齐天大圣，在天宫住了半年左右，再回到花果山，就发现已经过了一百多年。

这个设定很有趣。但是你仔细看就会发现，除了这两处，书里大部分场合，并没有严格地遵守这个设定。

比如有一次，无底洞的老鼠精抓走唐僧，强逼他成亲。孙悟空下到洞里寻找。结果，因为这洞太复杂，孙悟空没有找到唐僧，反倒找到托塔天王和哪吒的神位。原来老鼠精是托塔天王认的义女。孙悟空就拿着牌位上天告状，说天王训女不严。玉帝审理了之后，就传旨叫孙悟空去见天王。天王大怒，要杀孙悟空，两边闹得不可开交。幸亏太白金星劝架：

> 金星道："'一日官事十日打'。你告了御状，说妖精是天王的女儿，天王说不是，你两个只管在御前折辨，反复不已。我说天上一日，下界就是一年。这一年之间，那妖精把你师父陷在洞中，莫说成亲，若有个喜花下儿子，也生了一个小和尚儿，却不误了大事？"行者低头想道："是啊！我离八戒、沙僧，只说多时饭熟、少时茶滚就回，今已弄了这半会，却不迟了？"

"喜花"，即生儿育女。"花"指生育的子女。男孩、女孩，又叫"男花""女花"。金星的意思是说：打官司很麻烦，就算打一天官司，按照天上一日，地下一年的过法，下界可就过了一年，要误事的。孙悟空这才醒悟，不再闹了。天王就带着哪吒，点兵下界，捉拿老鼠精去了。

但是即便如此，从孙悟空上天开始算，玉帝审案、发旨意，到天王这里争吵，再到天王点兵下界，少说也得过了两个小时了吧？天上两个小时，地上岂不早已过了一个月？这一个月里，妖精难道就不伤害唐僧了？

类似的事情经常发生。因为孙悟空经常上天庭，要么请天兵帮忙，要么调查是不是有天神或坐骑下界。他在天上的这些时间，在地上可就延长到365倍！哪怕只有一个小时，人间就是半个月。唐僧岂不早就被妖怪吃了？

所以说，原著的作者，大概根本没有在意这些细节。天上的时间需要比凡间快，他就会特地写出来。如果不需要，天上的时间就会和人间的时间以同样速度流逝。

另外，孙悟空金箍棒的威力，也是一个谜。金箍棒重 13500 斤，十分威猛。在大多数场合下，妖怪被金箍棒碰一下就死，磕一下就亡。这金箍棒打石头粉碎，打生铁也有痕迹。

不要说金箍棒，就说猪八戒的九齿钉钯，也重 5048 斤，也是一件神兵利器。但是有一次在黄风岭，孙悟空追一只老虎精，竟然出现了这种场面：

> 却说那行者、八戒赶那虎下山坡，只见那虎跑倒了，塌伏在崖前。行者举棒，尽力一打，转振得自己手疼。八戒复筑了一钯，亦将钯齿迸起。原来是一张虎皮，苫着一块卧虎石。

两件神兵，竟然打不碎一块普通的石头？而且以孙悟空的本事，刀砍斧剁都没事，怎么又会被震得手疼？

另外，金箍棒平时是装在孙悟空耳朵里的，那么孙悟空自身的重量，岂不就有一万多斤？他们在西天路上，经常在凡人的街市上住店、吃饭。那些凡间的桌椅板凳、床铺地板，怎么能受得了？在祭赛国，孙悟空捉住了两个小妖。国王为了表示对孙悟空的重视，专门派了一顶八抬大轿，抬着他去押解妖怪。这八个凡人，怎么能抬得动一万多斤的重量？

所以，原著里本来就有两套逻辑。当作者需要强调这些神兵的威力时，他就会把它们写得很厉害。当不需要这些神兵的威力时，作者就会有意无意地忽视。这就是旧小说的特点：设定永远跟着剧情走。

因为旧小说往往脱胎于评书先生的底本。评书有一个特点：观众是靠说书先生的说唱来接收信息的，而不是靠读纸上的文字。一套大书，往往要说两三个月，而且每天说书的时间都不长。所以观众每次只能听到一段内容。过去又没有录音，又没有录像，昨天听过去的，大多也就忘了。

所以说书先生只要保证这一小段故事里逻辑通顺，就可以了。甚至这小段里逻辑不通也没太大关系，只要热闹好听，观众们的注意力全在故事上，就不会注意“天上时间流逝的速度到底有多快”这种问题了。

像沙和尚的“身长丈二，臂阔三停”，更是评书里形容人身材魁梧的套话，不能太当真的。又比如，文殊菩萨的狮子精，在乌鸡国出现了一次，在狮驼岭又出现了一次。这到底是两头狮子呢？还是一头狮子下凡了两次呢？为什么第二次出现的时候，孙悟空竟然没提第一次的事呢？其实这就是成书的时候，没有严格统稿产生的矛盾，读者不必太过深究。

这些矛盾，只有在整理出版成书后，读者拿在手里反复地看的时候，才会凸显出来。但是古代大多数人都是文盲，并不会买本书从头到尾地看。所以出版商也不会在意这些细节。

直到文化普及的今天，大家都有了阅读能力，都会通过文字获得信息，才会更多地注意到原著里个别细节前后不一的问题。我们遇到旧小说这种问题的时候，不要太当回事，知道它的成因就可以了。也更不必去做“原著党”，认为只要是原著的内容就必须得忠实于它。

另外，旧小说里经常有一些不符合今天价值观的内容。比如猪八戒、沙和尚，都曾经吃人无数。按今天的价值观，哪怕伤害一个人，都是极恶劣的行为。但观音菩萨劝化他们的时候，似乎并没有清算他们这些恶行。这笔账似乎就轻轻揭过去了。难道他们的“罪行”就没人管了吗？

这也是传统文学里的一个普遍现象。传统文学里，对人命是不太看重的。《西游记》还不明显，明显的是《水浒传》。在《水浒传》里，好汉动不动就乱砍乱杀，造成不少无辜群众的死亡。甚至爱情故事《白蛇传》也是这样。传统曲艺《白蛇传》里有这么两句唱：

> 有青儿拘来了鱼兵蟹将，她拘来了鱼兵蟹将水淹庙堂，法海禅师他本是神通广大，水也涨庙也涨水淹钱塘。钱塘县的众黎民遭了横祸，数十万生命水内亡。

如果一定要用今天的眼光评判，白娘子和小青岂不是两个女魔头？为了一己之爱情就淹死数十万百姓，还怎么让人同情？但奇怪的是，民间艺人都这么唱，老百姓也都这么听，丝毫也不觉得有什么不妥，而且听完之后，大家还是同情白娘子的爱情遭遇，认为淹死多少万生灵是无所谓的事，尽管这生灵逻辑上也包括他们自己。

这种现象在今天看来是很难理解的。但我们应该知道，古代社会对这种事情是普遍麻木的，或者说，古代的草民百姓本来对自己的生命就没那么在乎。因为他们的现实生活已经很苦了。而且那时候，生命权人人平等的观念也并没有广泛流行。他们更多的时候，恐怕是已经安于自己低人一等的现状。

这种文化背景下产生的文学，自然就只关注神仙打架、帝王将相。他们的生命在故事里的“权重”，是远远高于数十万生灵的。数十万生灵，无非是人臣、人妻、人子、人奴，是附属品，死了也仅仅相当于当于“财产损失”。

这种长期以来的共识，以及麻木的、对生命毫无感觉的精神状态，直到晚清、民国也在流行。虽然可悯可哀，却是一种现实存在的价值观。我们评价传统作品时不能脱离实际去苛求古人。然而从这也可以看出，实现生命权人人平等的共识是多么的艰难。

后 记

我喜欢研究《西游记》。记者在采访我时，总是会问起有关《西游记》的各种话题。

很有趣的是，他们通常都会这样问我：“您读过多少遍《西游记》的原著了？”

通常我总是很为难，因为我也不知道我看过多少遍了。并不是我看得太多记不得，而是这件事根本不重要！

当然我很清楚，他们是想知道我对这部书有多了解。读过多少遍当然是一个非常简单明了的指标。

然而，每逢这时我都要解释：一部书看过多少遍，和对它是否有深入的了解，并没有正比例的关系。因为比起机械地重复读书，对内容的深入了解和从中获得的广阔视野其实更重要！

因为经常和人聊读书，我发现，很多人都相信：简单的重复能掌握知识。或者相信这句话：书读百遍，其义自见。

然而，简单的重复，只能学到一点简单的知识。但复杂的知识，必须经过复杂的活动，例如研讨、思辨、求教、搜集材料、对

比分析……

一次讲座之后，有一位听众找到我说：“《西游记》我整整看过二十遍，写了五十万字的论文，能不能给你看看？”我立即觉察到他身上带着某些拧巴的气质，因为他不断地强调他看过“多少遍”。

果然，聊起来就发现，他的观点是蛮惊世骇俗的。他发现《西游记》的花果山就是他老家门口的一座小山。龙宫就是他们村门口的一条河沟。没有到过他们家，就不可能了解《西游记》。甚至还说，《西游记》作者姓“终”，因为第一百回最后一句话是“《西游记》至此终”。

然而我当时就告诉他：现存最早的世德堂本，最后一段并没有这句话。

他把“论文”用邮件发给我，排版精美，甚至还加了脚注。看来是下过一番功夫的。然而粗粗一看，基本都是这种调调。应该说，这位老兄一脸的诚恳，并不是哗众取宠的人，是老老实实地在看书。而且，他真的在书里发现了这些问题。然而，他的毛病是把

《西游记》原著太当回事了！

于是，我给他写了这样的回信，劝他说：虽然你喜欢《西游记》，但现在不要再看《西游记》了！

还有一些人，除了读《西游记》之外，确实还读别的书，然而他的看法却也莫名其妙。比如有一位给我发消息，信誓旦旦地说：《西游记》根本不是一部神话小说，而是一部史书，影射的是嘉靖王朝，里面孙悟空对应谁、唐僧对应谁……不停地声称他掌握了《西游记》的“正解”。

后来我发现，《西游记》只是一个小领域。几乎所有的古典名著，都有这种问题。

有人认为小孩子读经典就是要背诵几十万字，不需要任何解释的；有人熟读了李商隐的诗，认为他每首诗都是谋划造反的；有人熟读了《红楼梦》，一口咬定《红楼梦》的作者是某个明末文人，而理由只是几个非常粗糙的类比。

为什么会出现这样多的不靠谱说法？我想，假如不是故意哗众取宠，那么，就是视野太狭窄了！

他们以为，一部经典著作是孤立的，和外界没有任何关系。他们长时间只看一本书，只接触一个领域的知识，久而久之，就觉得这就是世界的全部。所以，他们只会在这部经典内部翻来倒去，再联系一些自己熟悉的事情。

这样的话，名著里的人、事、物就和自己熟悉的事情产生了或多或少的联系。而且，他们还不想搜集相反的或不同的证据，只要认定了一个说法，就自说自话，不容反驳。

其实，《西游记》也好，《红楼梦》也好，《论语》也好，它们只是在特定的历史节点上产生的作品，它们横向上、纵向上都和各种元素发生着关系。

所以，包括《西游记》在内的任何一部著作，只是我们认识古代文化的起点，或是一个中间站，绝不是终点。

而且，《西游记》的重要价值，除了它的文笔之外，还在于它体现在方方面面的文化背景。

为了让大家了解《西游记》在传统文化中是一个什么地位，和哪些元素有关，我特地做了一个很大的表格。

如果想对《西游记》有个全面认识，可以了解下这张表格上每个节点。

当然，这只是一个粗略的表。但基本可以看出《西游记》涉及的文化内容。

大体说来，《西游记》中包含的元素，可以分为：西游故事、纵向背景、横向背景、学者研究（仅为举例，排名不分前后）四个大的板块。这就像一个戏台：

“西游故事”是演员，在舞台上为我们表演；

“纵向背景”是后台，提供化妆、造型、特效、音响、灯光；

“横向背景”是幕布，上面画着布景，让我们看起来带感；

“学者研究”是观众，都看得很投入，评头论足带鼓掌。

每一个分支，每一个节点，都可以牵出一大套学问。而且，每个节点，都不是终点，还可以继续延伸。如果以每个节点当中心，反过来看，《西游记》反倒成了分支！

例如里面“横向背景”→“明代思想”→“王阳明”这个节点，就足以成为一个远超《西游记》的三头六臂的核心。

我们天天说的多了不得的“《西游记》原著”，其实指的是百回本《西游记》，或者叫“明代《西游记》繁本”。它只是在“西游故事”→“西游记版本”→“现存的明本”→“繁本”这个分支上。这样一个分支，当然不是《西游记》的全部。越是想了解一部书，就越应该去了解它周边的内容，而不是钻在一部书里面死抠。

会看戏的人，知道演员是哪一门哪一派。琴师是谁的徒弟，剧场是谁的资本，剧团是哪个老板，谁是票友，谁要唱大轴……这些了解得越全面，才越懂戏。才会知道为什么这样演，不会那样演。今天为什么上这出不上那出。

应该说，不仅仅是《西游记》，对于任何一部名著，都可以画出这样一张大表，分四个板块去研究它。这样才能读得透彻、全面。

因为，任何经典名著对我们来说，都应该只是起点，而不是终点。

（全文完）

学者研究 —— 纵向背景 ——

学者研究

（仅为举例）

- 胡适
- 鲁迅
- 郑振铎
- 林庚
- 章培恒
- 朱一玄
- 程毅中
- 陈宏
- 齐裕焜
- 刘荫柏
- 蔡铁鹰
- 曹炳建
- 张锦池
- 李时人
- 竺洪波
- 刘勇强
- 潘建国
- 李小龙
- 胡胜
- 赵毓龙
- 张怡微
- 左怡兵
- 郭健
- 李天飞
- 日本学者
- 业余爱好者

纵向背景

- 艺术史
  - 汉画像砖
  - 敦煌壁画
  - 明清西游故事绘画、塑像
  - 取经故事瓷枕
  - 水陆画
  - 西游戏曲脸谱、面具
  - 《西游记》画册
    - 日藏《西游记》图册
    - 国博藏《西游记》册页
    - 清彩绘《西游记》画册
    - 刘继卣《西游记》连环画
    - 李云中《西游记》系列绘画
- 道教史
  - 先秦两汉方术——墨子五行变化术
  - 天师道的建立
  - 魏晋南北朝的道教整合——道教神谱的确立
  - 魏晋至唐的仙传
  - 唐代道教与炼丹
  - 宋代内丹术的兴盛
    - 张伯端《悟真篇》
    - 《钟吕传道集》
  - 金元全真教的兴起
  - 元代的佛道辩论
  - 元明雷法的发展
  - 明代丹鼎派的烧炼活动
  - 明代全真道的内丹实践
  - 明代社会的服食风气
  - 明代《道藏》的编纂
  - 明代茅山道术及民间法术
  - 道教诸神
- 文学史
  - 上古神话
  - 全真道教文学
  - 元代诗词
  - 明代诗词
  - 明前文学提到的西游故事
  - 明代文学与《西游记》的互动
  - 清代文学与《西游记》的影响
  - 吴承恩
  - 其余可能的作者
- 语言学
  - 蒙古语汇对汉语的影响
  - 淮安方言
  - 吴方言
  - 南京方言
  - 福建方言
  - 藏语
  - 其余地域方言
  - 元明俗语
  - 元明刻本的俗学
- 民间宗教信仰
  - 猴精信仰
  - 瑜伽教
  - 罗教
  - 俗神崇拜
- 地理学
  - 西域交通史
  - 淮安地理
  - 泰山名胜
  - 福建地理
- 科技史
  - 古代天文学
  - 牲畜养殖
  - 明代工艺
- 佛教史
  - 印度中世纪佛学
  - 唐代佛学
  - 佛教造像的传播
  - 中土的译经活动
  - 《大藏经》的编纂和刊布
  - 明代应赴僧制度与佛教世俗化
  - 元明之后的丛林制度
  - 三教合一思潮
  - 佛教诸神
- 思想史
  - 心学
  - 术教
  - 易学
  - 丹道思想
  - 现代心理学
  - 社会学
  - 女性

西游记

横向背景

- 明代政治
  - 王府制度
  - 治安与司法
  - 御马监
- 明代思想
  - 王阳明
- 明代经济
- 明代社会
  - 社会习俗
  - 民间宗教
- 明代海洋文化
  - 金箍棒与锚碇
  - 福建沿海文化

西游故事

- 西游史实
  - 玄奘西行
  - 佛教东传
  - 历代取经僧人
  - 玄奘与宫廷政治
  - 玄奘的翻译活动——《心经》的流传
- 现代演绎
  - 民国西游题材电影
  - 新中国成立后西游题材影视戏剧
  - 1986版《西游记》及续集
  - 浙版、张纪中版等其余版本
  - 日本、美国的西游动漫、影视
  - 今何在《悟空传》
  - 周星驰《大话西游》及后续
  - 《大圣归来》等西游动画
  - 以西游文化为背景的网络文学
  - 阴谋论与暗黑化解读
- 其余形态的西游故事
  - 西游戏剧
    - 《西游记杂剧》
    - 《礼节传簿》
    - 《升平宝筏》
    - 京剧猴戏
    - 绍剧猴戏
    - 莆田戏等其余剧种
  - 说唱文学
    - 西游题材宝卷
    - 评书
    - 大鼓词
    - 子弟书
    - 《江淮神书》
  - 汉族民间故事
  - 少数民族传说
  - 歇后语、俗语
- 《西游记》的版本
  - 早期西游故事
    - 《取经诗话》
    - 《朝鲜所见西游记》
    - 《永乐大典》本《西游记平话》
  - 可能的『世前本』
    - 登州本
    - 鲁府本
    - 周府本
    - 全真本
    - 其余推测的佚本
  - 现存的明本
    - 繁本
      - 世德堂本
      - 李卓吾评本
    - 删本
      - 唐僧本
      - 杨闽斋本
      - 闽斋堂本
    - 简本
      - 杨本
      - 朱本
  - 现存清本与评点
    - 《西游证道书》
    - 《西游真诠》
    - 《西游原旨》
    - 《西游正旨》
    - 《西游记评注》
    - 《西游记记》
    - 《新说西游记》
  - 少数民族版本
    - 蒙古族《唐僧取经故事》
    - 蒙古族其他西游故事
    - 古彝文《西游记》
  - 现代出版
    - 黄肃秋校注
    - 李洪甫校
    - 黄永年《证道书》
    - 李天飞校注
  - 《西游记》续书
    - 《后西游记》
    - 《续西游记》
    - 《西游补》
    - 海诚《新西游记》
  - 《西游记》的海外传播
    - 李提摩太译本
    - 韦利译本
    - 余国藩译本

李天飞

作家、学者。

毕业于北京大学中文系古典文献专业，曾任中华书局文学室编辑。

出版作品有《为孩子解读〈西游记〉》《万万没想到：〈西游记〉可以这样读》《号令群神：李天飞“封神”笔记》等。

少年读西游

作者 _ 李天飞

产品经理 _ 来佳音　　装帧设计 _ 付诗意　　技术编辑 _ 丁占旭
责任印制 _ 梁拥军　　出品人 _ 曹俊然

果麦
www.guomai.cn

以 微 小 的 力 量 推 动 文 明

图书在版编目（CIP）数据

少年读西游 / 李天飞著. — 济南 : 山东文艺出版社, 2023.4

ISBN 978-7-5329-6082-8

Ⅰ. ①少… Ⅱ. ①李… Ⅲ. ①《西游记》—少年读物 Ⅳ. ① I207.414-49

中国国家版本馆 CIP 数据核字（2023）第 018954 号

少年读西游

SHAONIAN DU XIYOU

李天飞 著

主管单位	山东出版传媒股份有限公司
出版发行	山东文艺出版社
社　　址	山东省济南市英雄山路 189 号
邮　　编	250002
网　　址	www.sdwypress.com
读者服务	0531-82098776（总编室） 0531-82098775（市场营销部）
电子邮箱	sdwy@sdpress.com.cn
印　　刷	北京世纪恒宇印刷有限公司
开　　本	710 毫米 ×1000 毫米　1/16
印　　张	21.75
印　　数	30,001—35,000
字　　数	280 千
版　　次	2023 年 4 月第 1 版
印　　次	2025 年 3 月第 5 次印刷
书　　号	ISBN 978-7-5329-6082-8
定　　价	68.00 元